岁月回眸

朱典淼 ◎ 著

安徽师范大学出版社
· 芜湖 ·

图书在版编目(CIP)数据

岁月回眸 / 朱典淼著. —— 芜湖：安徽师范大学出版社，2018.2（2018.5 重印）
ISBN 978-7-5676-3350-6

Ⅰ.①岁… Ⅱ.①朱… Ⅲ.①散文集 – 中国 – 当代②随笔 – 作品集 – 中国 – 当代
Ⅳ.①I267

中国版本图书馆CIP数据核字（2018）第025953号

岁月回眸　　　朱典淼◎著

SUIYUE HUIMOU

责任编辑：胡志恒
装帧设计：任　彤
出版发行：安徽师范大学出版社
　　　　　芜湖市九华南路189号安徽师范大学花津校区
网　　址：http://www.ahnupress.com/
发 行 部：0553-3883578　5910327　5910310(传真)
印　　刷：虎彩印艺股份有限公司
版　　次：2018年2月第1版
印　　次：2018年5月第2次印刷
规　　格：700 mm×1000 mm　1/16
印　　张：20
字　　数：248千字
书　　号：ISBN 978-7-5676-3350-6
定　　价：59.80元

写在前面的话

这是一本散文集，内容为记人、记事、记游等。

本人专修中文，禀性又好读文、撰文。自进入退休生活，时间完全由自己支配。平时陆续在报刊上发表了不少作品，从中遴选了八十九篇，构成了本书内容。

我把选入的作品，分作四大类：

其一，为"名人踪影"，属记人部分。涉及曾光临芜湖的著名人士、出生芜湖的著名人士、身为皖籍的著名人士。有的只是片断剪影式的描述，有的则是一生重要经历的刻画。抒写这些，读者可以从对名人的记叙中，得到有益的启迪。

其二，为"山河屐痕"，这是若干记游之作。"读万卷书，行万里路"。应是文人的共同爱好，敝人亦陶醉于祖国的大好河山。每游一处，身心获益匪浅，形诸文字，成了这些篇章。关爱自然，是人类共同的美德。读这些山水之作，对陶冶情操，增长见识，应不无帮助。

其三，为"时光片羽"。属对恩师、亲朋的回忆文字。人的成长离不开亲人的抚育、老师的教诲、挚友的相助。岁月如烟，却磨灭不了对昔时的记忆。历历往事，正是自我鞭策、奋然前行的不竭之动力。

其四，为"文苑拾锦"。在芜湖工作多年，与当地文艺界、新闻界、教育界的人士，有较多的交往。或参加画展，或观赏演出，或约写序言，或评述新作。现将相关文字，汇集起来。从中可了解江城文苑的动向，亦可为芜湖当代文化史，提供有益的史料。

古代贤人主张"文章合为时而著"。为文，反映了一定时空的真实。雪地鸿爪，它是逝去时光留下的印记。汇集的八十九篇散文，亦可看作对流逝岁月的一次回首和仰望。由此，将书名定为《岁月回眸》。

昔日的记叙所形成的历史，是不应当忘却的。从对昔日历史的重温中，可以感悟正道，获取良知，净化灵魂。

"敝帚自珍"，这是人们常怀的一种情感。然而是非曲直应由众人评判。文集辑成，付梓成书，送到读者手中，读者在翻阅后，自有切身的感受。孔夫子云："三人行，必有我师焉！"作者恳切企盼大家畅叙高见，提出中肯的批评与建议。

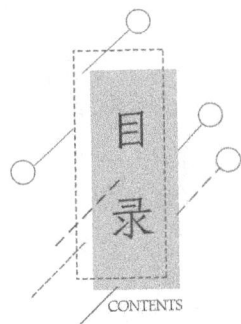

目 录

CONTENTS

名人踪影

3   吴冠中莅芜小记

6   蒋孔阳在芜的美学讲演

9   吴组缃妙说《红楼梦》

12   根深方能叶茂——记漫画名家方成

15   吴印咸来芜追忆

18   无闻者名扬天下

21   大义凛然齐白石

23   赵燕侠献演《红梅阁》

26   李准盛赞芜湖佳肴

28   海子,生命因诗而生辉

35   黄梅戏名家黄新德

40   数学之星钟家庆

45   芜湖籍杰出科学家黄纬禄

50   皖籍作家戴厚英

55   江城诗人刘湛秋

60   "时代鼓手"田间

64   名垂史册的文化战士

70   一代剧星舒绣文

75 皖籍音乐家张曙

80 黄山脚下的资深女教授苏雪林

85 也谈刘文典

88 "中国的济慈"——朱湘

94 近代词坛女杰吕碧城

100 《资本论》提及的中国人：王茂荫

110 南陵籍藏书家徐乃昌

115 萧云从与姑孰画派

118 名贵千秋黄庭坚

123 才华横溢且有几分癫狂的书画名家
米芾

山河屐痕

137 秋访武夷

139 置身水墨画卷中

142 秀色丽江

145 幽哉青城

147 沱江灯火

150 群山似海

153 武当览胜记

156 月牙泉边的沉思

159 中华第一寺

162 黄山脚下古村落

164 小中见大意匠深

167 涂山行

170 访李克农故居

172 仁者栖息之地

174 话说山西大院

177　　　雕塑园里品芳记

179　　　桂林奇山甲天下

时光片羽

187　　　又到栀子花开时

190　　　祖保泉先生二三事

193　　　蜀籍学者刘元树

196　　　模糊美学的开拓者王明居教授

200　　　此情常留记忆中

202　　　品文共商情意长

205　　　挞偀的思念

207　　　难忘的岁月

209　　　一个圣洁的灵魂

211　　　家母轶事

213　　　母爱如山

215　　　忆屏姐

217　　　故乡的祖宅

220　　　关爱生命之源

223　　　难忘的视觉盛宴

228　　　亲观"天狗食日"记

230　　　秋之韵

233　　　与石为友　其乐无穷

242　　　园丁的情愫

244　　　徽商与芜湖

247　　　知识乎？破烂乎？

249　　　天道酬勤

253　　　　　痛失江南一枝竹

256　　　　　斯人怅然逝去　艺作流芳千古

259　　　　　师生丹青情

261　　　　　想起了李瑛先生

263　　　　　文学之路非寻常

266　　　　　崔之模先生的国画艺术

269　　　　　其仁其书

272　　　　　史上应留其名的画家

274　　　　　终喜画魂归梓里

　　　　　　　　　　　——观《张玉良遗作展览》

276　　　　　梨园妙曲　誉满江城

　　　　　　　　　　　——观赵燕侠演出有感

278　　　　　难忘的京剧演唱会

281　　　　　创始画派的艺术大师

283　　　　　别开生面的画展

285　　　　　勤奋谱新曲　吟唱和谐篇

288　　　　　文若清风　人淡如菊

290　　　　　水仙清雅怡人心

293　　　　　时代风貌　百姓心声

296　　　　　伉俪觅石度韶光

300　　　　　步入万卷闻书香

303　　　　　谦逊自处

305　　　　　才义双佳数董郎

307　　　　　撰史圆梦　点赞芜湖

309　　　　　后　记

名人踪影

MINGREN ZONGYING

名人的足迹遍及祖国各地，江城芜湖亦留下了他们的踪影，演绎了一串串动人的故事。

吴冠中莅芜小记

二十年前，在"湖平两岸阔，风正一帆悬"的初夏季节，著名绘画艺术大师吴冠中赴黄山写生，途经芜湖。因被委派参与接待工作，有幸与这位艺术大师有一段交往，此情此景至今仍栩栩如生，叫人难以忘怀。

上世纪80年代，交通尚不方便。由省会合肥至黄山的著名人士，一般都首日抵芜湖，在江城歇息一宿，次日至徽州。吴冠中先生是当日十一时携夫人到达铁山宾馆，用过中餐，稍事休息，即步入附近的翠明园参观，并在水池边的茶舫内，啜茗叙谈。

吴先生虽为名扬海内外的艺术大师，但为人极为低调，毫无夸张做作之态，一见面就给人留下清癯慈祥的长者印象。

翠明园在赭山一侧，是一座人工建造的小型园林，对这一工程，当时尚有一些不同的见地。有人认为，真山旁边垒假山，吃力不讨好。游园时，向画家反映了这一看法。吴先生微笑着说，问题不在于真山真水，还是何山何水，关键是要给游客带来美感，只有生动的美感才让人流连忘返，赞叹不绝。他还说，翠明园规模虽小，却不失为一处

幽雅的憩息之所，它为市民提供了休闲的方便，带来了审美的空间。

对于绘画艺术创作，向来褒贬不一。那么，什么样的绘画艺术才是不朽的杰作呢？吴先生畅谈了自己深刻的见解。他说，中国文人对绘画作品有"能品、精品、神品、逸品"之分。"能品"指大致能够表现客体物象的作品。"精品"指进一步反映客体基本特征的作品。"神品"虽传递了客体内在精神，但仍以客体为指标。只有"逸品"才以主观感受为主体。超出象外，得其环中。画家这种强烈的主观感受，使其作品，步入艺术殿堂的高峰。吴先生高度赞赏这种属于"逸品"的杰作，认为获得这样极大成功的"逸品"，存世并不多。他还指出，高超而强烈的艺术感受力和表现力，正是创作"逸品"的基石。路遥知马力，这"力"多半体现在作者的文化素养和人格品位上。因此，欲创作出"逸品"，画家理应甘于寂寞，经受长期的艰苦磨炼。

艺术的形式美，也是吴大师十分关注的课题。他向我们强调，决不能安于"内容决定形式"的窠臼，必须充分认识形式美的独立意义。

当然，揭示形式的重要作用，也不是孤力地追求形式。就我个人而言，并不喜爱缺乏意境的形式，也不认为形式就是归宿。但是，艺术形式的创造和驾驭，对于画家来说，实在是太重要了。试问，离开了优美的线条和动人的色彩，画家还能画出动人的画卷吗？由此可见，一个缺乏形式感的画家，如同没有武器的战士，只能成为一名无所作为的画匠，而不能成为一位彪炳画史的大家。

在众多绘画流派中，有两大突出画派。一是具象画派，以真诚再现客体为创作目标；一是抽象画派，强调主观感受和抒发，用畅想和变形的手法观照现实。吴冠中先生30年代毕业于杭州国立艺术专科学校，对我国传统绘画作过深入研究。40年代后期，他留学法国，考入巴黎国立美术学院学习西画，对西方的绘画流派和表现方法，进行过认真的学习和探索。他确实是一位学贯中西的绘画艺术大师。他既注意吸取多方营养，又立志开拓新路。从不满足于单纯地描摹景物的表象，认为一味追求逼真，并不能达到美的目的。因为"像"不一定就"美"。画家要把那倏忽即逝的美感表现出来，才能赢得极大的成功，即是十分费劲的事。他更不推崇那种令人费解的信手涂鸦。认为绘画创作如同放风筝一样，必须植根现实，牢牢把握手中的线。只有风筝不断线，才能创作出让人惊服的逸品。吴冠中的绘画作品，介乎于抽象和具象之间，表现自我对物象的独特感悟。既不是对客观物象的简单临摹，又易于广大受众对作品内涵的理解，做到了画有尽而意无穷。其作品清新悦目，独树一帜，深受海内外藏家的追捧。他是第一位在大英博物馆举办个展的在世东方画家。由于他在绘画艺术上的杰出贡献，2003 年，被选为法兰西学院通讯院士。

1985 年初夏，吴冠中先生途经芜湖，逗留虽短，但在我市留下了他的足迹。在接待他的过程中，亲眼看见这位绘画大师的动人风采，亲耳聆听这位绘画大师畅谈他对绘画艺术的真知灼见，委实受益匪浅。写下这篇小记，与读者分享。

蒋孔阳在芜的美学讲演

上世纪80年代，改革开放的春风吹拂大地，学术活动逐渐活跃起来。安徽师范大学开始邀请一批学者名流到校举行学术报告。复旦大学教授、著名美学家蒋孔阳先生应邀到安徽师大开讲美学专题。我有幸听他三个多小时的讲演，受益匪浅。他态度安详，语言平实，用浓厚的川音，将艰深的美学原理，剖析得明白易懂，引人生趣。

说起来，蒋先生与芜湖真有一段姻缘。1946年，他大学毕业后，分在镇江中国农民银行，曾在芜实习三个月。在芜湖期间，因酷爱文史，写过一些诗文，在报刊发表，此亦为蒋先生踏入文学之门的开端。后转沪上，进入高校任教。其夫人濮之珍教授，为安徽师大中文系濮之琦先生的妹妹。因此，他来安徽师大讲学，如同来丈人家探亲。

蒋先生是四川万县人，学贯中西，英语修养极好，上世纪70年代翻译出版了英国李斯托威尔的《近代美学史评述》。他风雨十八年，写成《德国古典美学》，填补了我国西方美学史研究领域的一个空白。蒋先生还致力于我国古代美学的发掘与探索，出版了《中国古代美学艺术论文集》《先秦音乐美学思想论稿》等书。《美学新论》倾注了他数十年研究美学的心血，书中有不少新颖独到的见解，备受学术界推崇。

他在安徽师大举办的"美是什么"的讲座中，一开始就申明，美是一个既熟悉又难解的课题。美是什么呢？看起来，十分简单。我们谁不曾见过美，感受过美？一朵花，一片晚霞，我们觉得美；一首诗，一曲音乐，一部电影，我们认为美；穿的衣服，用的家具，我们周围的许多事物，都要和我们发生审美关系，我们都会用审美的眼光，判断其美或不美。然而，如果认真追问一下，究竟什么是美？大家就会莫衷一是，很难找到一致的答案，这真是看似寻常却艰深啊！在对"美"的追问中，人们常常会把"美"和"美的事物"混为一谈，把"美的东西"当成"美"。这是由于当我们和现实发生审美关系时，常常先碰到具体美的事物，然后再从美的事物中概括出美的意义。殷周甲骨文和金文，就有"美"字的存在。许慎《说文解字》中有："美，甘也。从羊，从大。"徐铉注："羊大则美，故从大。"后来，有人不同意这一说法，认为羔羊比大羊，味更胜一筹。同时，天下美味多，不仅限于羊。足见，用具体事物来说明美，那是难以揭示美的本质的。任何美的东西只能说明其本身之美，而不能说明其他事物之美。同时，美的事物也具有相对性，不是永远不变的……例如，同是下雨，情景不同，美的感受亦不一样。

蒋先生结合美学发展史，对各种"美"的见解，如"美在形式""美在愉悦""美在关系""美在理念""美在生活"等，一一作了精到的阐析，指出各自的可取之处和严重不足。譬如，蒋先生对"美在愉悦"分析说，"美"可以给人带来愉悦，但生活中的愉悦并不一定都"美"。四川人喜爱吃辣椒，吃得满头大汗，津津有味，此情此景可不能称作"美"。弗洛依德主张"快乐原则"，认为本能欲望得到满足，感到愉悦，即为"美"。早在古希腊时代，柏拉图就竭力否定这一观

蒋孔阳在芜的美学讲演

点。他指出，对于美的"真正的爱，就要把疯狂的或是近于淫荡的东西，赶得远远的"。由此足见，赤裸裸地描写人的感性快感，非但不美，反而带来丑陋……

美学是哲学的一个分支，对美的分析难免陷于枯燥。然而，蒋先生深入浅出地讲解，让人听得饶有兴味。最后，蒋先生幽默地说：分析"美"，是件吃力不讨好的事。一朵玫瑰花楚楚动人，倘若分析其美，将其花蕊一瓣一瓣地拆下来，顿时失去美感，让人索然无味。我今天的讲演，会不会也是这样？他谦逊的学者风度，引来了满堂热烈的掌声。

名人踪影

吴组缃妙说《红楼梦》

粉碎"四人帮"不久，学术界成立了《红楼梦》研究学会。北大著名教授吴组缃，被推为第一任会长。1988年，由安徽师大承办全国第六届《红楼梦》学术讨论会。当时，八旬高龄的吴先生欣然与会，并在会上三次畅谈《红楼梦》。我有幸聆听了他的学术报告，深为他儒雅的学者风度以及对《红楼梦》的精湛分析所折服。

吴先生不仅是一位研究中国古代小说的学者，还是一位从事小说创作的大家。他在上世纪30年代发表的《一千八百担》《樊家铺》等作品，引起文坛普遍关注。他的作品擅长于人物内心世界的挖掘，刻画细腻，意蕴深远。因其自身有丰富的创作体验，评说《红楼梦》，往往能道出别人难以体察的妙趣，让人获益匪浅。

吴先生是泾县茂林人，中学时代曾在芜湖省立第五中学（即今芜湖一中）读书。同到阔别多年的江城，自然有一种回到家乡的亲切感。他说，芜湖是水陆码头，长江岸边的繁荣商埠，青少年时期在芜的生活，给他留下了美好的印象。

吴先生极其推崇《红楼梦》，他认为，《红楼梦》使中国古代现实

主义小说发展到了一个辉煌的顶点。这部小说既体现了曹雪芹博大的才智，也饱含了他对社会的深切体验。简单地把《红楼梦》视为"自传体"小说是不妥的。但小说中，确有不少是作者个人遭际的艺术再现。小说中具体描绘了贾府由"钟鸣鼎食之家""花柳繁华之地"，到最后"好一似食尽鸟投林，落了片白茫茫大地真干净"的剧变。而曹雪芹也经历了由少年时期江宁织造府的纨绔子弟，到晚年潦倒西山，过着"举家食粥酒常赊"的贫困生活。鲁迅先生说过："有谁从小康人家而坠入困顿的么？我以为在这途路中，大概可以看见世人的真面目。"曹雪芹亲历了由大康到困顿的巨变，他看清了世人的真面目，并用生花妙笔，做了入木三分的刻画，从而使《红楼梦》成了不朽的传世佳作。

人物塑造是小说创作取得成功的重要因素。吴先生认为，《红楼梦》的成功与作者善于塑造人物有关。有人统计，书中有名有姓人物448位。不仅主要人物性格鲜明，就是次要人物也令人过目难忘。贾宝玉的率真，林黛玉的尖刻，薛宝钗的圆通，王熙凤的泼辣，都个性异常鲜明。次要人物如李嬷嬷的可厌，赵姨娘的无识，夏金桂的凶恶，贾环的下贱，都写得真切生动。曹雪芹确实是一位塑造人物的高手，他能够在互为观照中，在立体场景中，展示人物的风采。小说第三回"林黛玉进贾府"，看似寻常，却极具匠心。第一回，有楔子的功能。第二回，冷子兴的"演说"，也只是在贾府之外作轮廓式的评点。只有到了第三回，才正式转入对贾府生活的描写。外孙女来到外婆家，原本是生活中一件极普通的事，但作者通过黛玉之眼，写出了贾府的尊贵和豪华，还让府中的女眷，从老祖宗贾母到邢、王夫人，到李纨、凤姐，到迎、探、惜三春，最后还有虽非女眷却系"诸艳之冠"的贾宝玉，先后登场。对这些人物着墨虽多少不等，却凸现了各自不同的性格。看似淡淡写来，却个个鲜活动人，且极富深意。吴先生指出，真正成熟的艺术，应得之艰辛，出之舒徐，看似平淡，却耐人寻味。

吴先生强调，语言是文学的基本材料，优秀的小说家都是驾驭语言的高手。《红楼梦》采用的是语体文，语体文早在《宋人平话》中就已使用，然而到了《红楼梦》，才运用得如此纯熟，如此活泼，如此精彩。作者还把诗、词、曲、赋、联、谜语、偈语、对额、酒令等多种语言形式，写入作品，丰富了小说的表现力。作者还向民间语言学习，在小说中融入了许多机智风趣的俗语、俚语、谚语、歇后语，让人读之叫绝。

吴先生生前打算撰写一部《吴批〈红楼梦〉》，因 1994 年病故，未能如愿，实为红学界的一大憾事。

根深方能叶茂——记漫画名家方成

上世纪90年代，著名漫画家方成曾来芜湖，热情地为我市漫画创作爱好者作了一场精彩的专题报告。他幽默的语言、渊博的学识、鞭辟入里的分析，至今仍令广大听众难以忘却。

方成，原名孙顺潮，广东中山人。早年毕业于武汉大学化学系。一个学工的人，怎么成了从事漫画创作的艺术家？这是令人十分惊奇的事。其实，兴趣是巨大的推动力，从小他对绘画就有浓厚的兴趣，不时动手画几笔。日长月久，他的绘画获得了超出一般的水平。时代风雨，召唤他以笔作武器，创作了大量的漫画艺术作品。他曾任上海《观察》周刊漫画版主编。新中国成立后，调入人民日报社，任高级编辑。方成一面致力于漫画创作，一面对幽默这一独特的艺术表现形式，进行深入的研究，曾被聘为中国社会科学院研究生院新闻系硕士生导师，武汉大学、郑州大学兼职教授。

方成在芜湖所作的专题报告，从切身体验出发，强调从事艺术创造，必须善于学习，不断增加自身的学养，譬如一棵大树，唯有扎根大地，广收养分，才能枝叶茂盛。他没有进过美术学院，没有经历名师的指点，完全靠自己在学习的生涯中，不断实践，不断求索，不断获取创作的喜悦。他告诉广大喜爱漫画创作的人，不要以为漫画是轻而易举的艺术，寥寥数笔，就构成了一幅画。其实，要创作出一幅让人喜爱的漫画佳作，绝非易事。漫画有两个最明显的艺术特性：一是有语言的功能，可用作评议；二是谐趣逗笑，有滑稽性和幽默讽刺的功能。漫画是语言的艺术，创作时须用幽默语言方法，才会造成寓庄于谐的效果。漫画又是评议的艺术，自然需要一定的学识，才会在所见闻的事物中发现问题，做出合理的评议。由此，方成要求从事漫画创作的人，一定要多读书，扩大自己的视野，才能适应创作的需要。"根深方能叶茂"，对任何一种艺术是这样，对漫画艺术更是这样。

　　方成是一位勤奋的艺术家，也是一位谦逊待人、善于向同行学习的艺术家。他对著名书法家、美术理论家、散文家黄苗子十分景仰，说人们只知道黄苗子是位名书家，而不知三十年代他是一位有名的漫画家，"他已把漫画中的奇巧构思，转移到他的书画文章里了"。华君武是一位有独特艺术创造的漫画大家，方成对其作品赞赏有加，认为华君武的作品在笔墨技法上，可以"看出他传统的笔墨功底"。他还指出："漫画里的飞禽走兽虫鱼，大都是人格化的生物，而且是漫画式的，造型同样很难处理，因为在变形中须以原形加上人化了的形态为依据，艺术加工自然分外吃力。华君武在这方面表现出高超的技法。"文画结合是华君武作品的一大特点。华君武长于书法，一种漫画风味的书法，这种书法与漫画形象紧密结合，使作品极具表现力。

　　方成瘦高个子，戴着一副眼镜，颇有一派学者风度。实际上，他是一个学者型的漫画家。他在一幅自画像上题诗："生活一向很平常，骑车画画写文章，养生就靠一个字：忙。"他忙于读书，忙于创作，忙于探讨幽默艺术。他曾创造了大量让广大读者喜闻乐见的漫画佳作。《武

根深方能叶茂——记漫画名家方成

13

大郎开店》是一幅寓意深刻、讽刺犀利的名作。作品以《水浒传》中的武大郎为切入点，对社会生活中那种嫉才妒能、排斥和打击胜过自己的人的丑恶现象，做了入木三分的讥讽。《新潮小贩》则是揭露社会上一味贪大求洋、夸张失实的陋习。一个卖冰棍的小贩，居然打起"美迪冰棍儿贸易中心"的横幅，叫人啼笑皆非。利用古诗作画，也是方成的拿手好戏，《白居易诗意》则是其中一例。白氏有诗云；"每到驿站先下马，循墙绕柱觅君诗。"方成据此诗意，画一古人绕柱觅诗，柱上题满了"×××到此一游"的字款。此画对旅游中的不文明行为作了辛辣的讽刺。《春睡图》画的是一贪污者趴在钱袋上对着《反腐败条例》而惶惶不能入睡的窘态。画的上端附有一首打油诗："纸上长文一条条，越看越想睡不着。良心全喂狗吃了，换来金宝受煎熬。"诗图并茂，对党的反腐败斗争，作了深刻的反映。

方成有一位志同道合的恩爱妻子。其夫人陈今言，是新中国第一位女漫画家，曾任北京日报社编辑。她不仅画漫画，还从事连环画、版画创作。"文革"中备受冲击，因突发心脏病而去世。方成为其遗作出了画集，并写了《深切的怀念》，作为画集序言。

方成来芜时，顺道观光了九华山，对佛教圣地清新优美的景色，颇为赞许。他还盛情地为有关同志画了数幅水墨画。我也得到了一张《钟馗醉酒图》，画面上的钟馗栩栩如生，神采飞扬，因饮酒过量，热得脱下一只靴子，提在手里，真是洒脱得很。每当欣赏这幅画，就会想起方成来芜时的情景。

吴印咸来芜追忆

吴印咸是一位享誉中外的著名摄影艺术家，曾任中国摄影家协会主席。上世纪30年代，在上海积极从事左翼文化活动，曾担任著名影片《马路天使》的摄影。后来，向往革命，进入延安，用他携带的相机，拍摄了许多珍贵的革命历史镜头，如毛主席在抗大讲演、白求恩大夫为八路军战士做手术等。新中国成立后，他还担任著名影片《红旗谱》的摄影，以其出色的写实技法，使该影片大为增色，成为新中国成立以来的经典影片。

上世纪80年代后期，吴印咸先生应邀来芜访问并从事摄影创作活动，他还参加了在芜召开的全国摄影工作会议。当时，我因参与了相关的一些活动，有幸同吴先生有过一段较为密切的接触。追忆往事，那动人的一幕尚清晰地浮现在眼前。

吴先生身材魁梧，脸上架着一副眼镜，从镜片中透射出睿智的光。他说话慢条斯理，待人温文尔雅，完全是一派仁厚长者的风度。那时，吴先生已是一位功成名就的摄影大师了，但还是孜孜不倦，从不满足。他说，摄影是一门艺术，艺术要无止境地去追求。凡是艺术都

只有起点，而绝没有终点。他把每一次摄影创作，都当作是一次新的起点，极为严肃地认真对待。他在铁山宾馆二栋一住下，就提出选择一高处，拍摄芜湖风貌。那时，芜湖尚未建有大的高层楼房，只得选择安徽师大艺术楼，登高拍摄。吴先生不顾年事已高，健步登上楼顶，放弃休息，不停地四处察看，选取最佳拍摄点，力求把芜湖的倩影，理想地反映在相片上。吴老告诫我们：照相看起来十分容易，只需对准实体，按一下快门，咔嚓一声，便完事了。但同一对象，不同的摄影者，拍摄水平不同，效果会大相径庭。曝光是摄影成功的第一步，一定要审慎对待。倘若角度未选取好，构图未处理好，光度未把握好，就草率地按快门，那一定拍不好片子。摄影是依据光与影的关系，在二维平面上，真实再现拍摄对象的状态，所以，一定要处理好光与影相互的关系。一个好的摄影工作者，要勤于思考，勇于创造，力争通过瞬间的拍摄，不仅再现对象物的客观风貌，还要揭示对象物丰富的内涵，让人看了相片，觉得好看，耐看。

吴印咸先生在芜期间，曾赴工厂走访，拍摄一线工人的劳动场景。当时，天河羽绒厂生产的羽绒制品畅销省内外，是一个较为出名的轻纺企业。我们陪同吴老在天河羽绒厂参观时，因产品展厅设在五楼，需乘电梯前往。不料，电梯行至一半，即停止行驶了。我们和吴老被关在电梯里，上下不得。大家非常焦急，生怕因这一突发事故，影响吴老的健康。好在电路较快修好，电梯恢复正常运行。出了电梯，我们一再向吴老深表歉意。吴老却微笑着说，没有什么。经历过枪林弹雨，今天只不过是一场虚惊。

全国摄影家会议在芜召开期间，我市曾组织与会人员到荻港船厂参观。长航为会议提供了游艇，让大家乘艇饱览大江景色，水上直达荻港。我和吴印咸先生同乘一艘游艇，边啜茶，边交谈。为了观赏东西梁山的两山对峙、雄视千古的壮丽景色，小艇逆水北上，当"天门中断楚江开"的雄伟图画，展现在大家面前时，吴老振奋不已，他富于深情地对众人说：芜湖真是个好地方，不但物产丰富，而且山川秀美。

人们常说，艺术是触类旁通的。吴印咸先生摄影水平首屈一指，这早已是人所共知的。可是，吴老的书法艺术也颇具功力，非同凡响，却是许多人所不了解的了。见其为参观单位题辞，极有风味，就向他索取墨宝。吴老挥毫为我题写了"腾飞"两字，字体属行书，但融入了隶意，看去极有腾飞而起的昂扬气势。它在我的书法珍藏中，是一幅不可多得的名人佳作。

为了扩大对芜湖的宣传，提升芜湖的知名度，市委宣传部曾编印了一本摄影画册《芜湖掠影》。这本画册中，就收入了吴先生在芜的部分摄影佳作。这是吴先生留给芜湖的一份弥足珍贵的纪念。尔后，我率芜湖教育代表团访问日本高知时，曾带了数本《芜湖掠影》，作为赠送日本友人的礼品，不少日本友人见到这本摄影画册时，都对山水相依的芜湖美景发出由衷的赞美。

无闻者名扬天下

前些日子，购得《现代书家书论》一书。书中不少关于书法艺术的精妙论述，颇能动人心弦。特别是书家徐无闻先生的那些资料，让我久久难以平静。

徐无闻先生（1931—1993），字嘉龄，名永年，西南师范大学教授，是一位书法、篆刻、绘画俱佳的学者型艺术家。自幼随父攻书法篆刻，后又请益于名家沈尹然、潘伯鹰，其作品法度严谨，秀丽俊美，自成一家，深得藏家喜爱。三十岁时，两耳失聪，遂更字为无闻。

徐先生于1990年秋，率西南师大研究生来皖南，作文房四宝专项考察，途经芜湖，宿铁山数日。因对其来芜活动作接待与安排，有较多接触。乍一见面，很难断定这位就是学识渊博、用笔隽秀的大书家。厚实的面孔，谦逊的态度，毫不张扬的仪表，宛如一位辛劳一生的老农，根本让人猜不出，此人就是著名高等学府的一位名教授。承蒙徐先生厚爱，特地为我撰写了一幅行书立轴，书曰："余志学之年，留心翰墨，味钟张之余烈，挹羲献之前规，极虑专精，地逾二纪，无闻临池之志，有乖入木之术。"此立轴写入了先生学书的深切体验，笔力苍劲，一气呵成。字与字之间既富于变化，又浑然一体，形成一种疏朗清秀之书卷美。我市书家后其仁先生见此佳作，连连赞赏，称其展现了大家风范，应为徐无闻先生的扛鼎之作。

徐先生在芜期间，没有提出多大的要求，只是希望赴当涂青山谒太白墓。即安排他与研究生一同前往，本人亦作陪同。徐先生十分认真地参观了太白陵园的建筑，仔细察看了园内的碑刻。他久久伫立在李白墓前，凝神沉思。此时，我清楚地看到，这位默然的书家，脸上淌下了两行热泪。这滚滚的热泪，不知是对李白客死他乡的哀思，还是对一代诗仙怀才不遇的惋惜，也可能是文人多愁善感的一种真诚的流露吧！

徐先生既是一位书法实践家，又是一位书法理论家。他"留心翰墨"，"极虑专精"，终生笔耕，虽自谦"有乖入木之术"，然而其行书章法有度，疏朗有致，隽美动人，赢得广泛好评。据说，东瀛人士争购其作品，竟出现了洛阳纸贵的局面。其篆刻临习周秦汉魏铄印，兼及赵之谦、黄牧甫诸家，形成了自己疏爽刚健之风格，被西泠印社特聘为社员。徐先生还善画竹子，其笔下的墨竹风韵有致，楚楚动人。这位雅士虽临池不辍，亦挤出时间从事理论研究。他发表的《褚遂良书法试论》《颜真卿书竹山连山辨伪》《小篆为战国文字说》等，均为突出的书论之作。他还主编了大型字形字典《秦汉魏晋隶书形表》，为人们了解隶书的发展由来，提供了一部详尽的工具书。徐先生在书论方面，发表了不少精辟的见解。他主张学习传统，尊重典范，认为"书法必须从传统中来"，"传统学得越好，将来越有办法"。他特别强调个人气质的重要性，指出："气质有高有低，有俗有雅，这就要靠人品，靠学养，不单靠字了。"因此，学写字，有个功夫在字外的问题。他还清醒地指明："艺术家生前的名声，往往与他实际的成就不完全相符，然而历史的考验总是公正的，生前名过其实者，身后名声自渐降归还位；生前因种种原因而名不及实者，身后也会显露他自有的光辉。"

世上的事情，就是这样让人感到惊奇。一个刻意张扬自己，一心想成名成家的人，到头来却空空如也，一无所获。而不事张扬，只顾低下头来，终日劳作的人，本想默默无闻，反而名声大振，永垂青史。徐无闻先生可视为后一种的典型代表。名曰无闻，其人品与作品将永驻人间。

名人踪影

大义凛然齐白石

当代杰出的国画大师齐白石与吴昌硕齐名，这两位国画巨匠，被人们称为"南吴北齐"。齐白石不但绘画一流，而且人格高尚。日本鬼子入侵北平时，他冒死抗争，坚决不与侵略者合作，谱写了一曲感天动地的正气歌。

早在1922年，经友人推荐齐白石的画作赴日参展，大受日本人欢迎，作品被抢购一空。从此，日本人知道中国有个大画家齐白石。

1937年卢沟桥事变后，北平沦陷，日伪当政，豺狼当道。居于北平城内的齐白石，内心极度苦闷。因齐白石早已闻名于东瀛，很多日军头目都想弄到一幅齐白石的作品，经常有人到齐府索画。对侵略者的鄙劣行径，齐白石既藐视又愤慨，他在门上贴出告示，拒绝与外人往来。门前的告示写道："画不卖与官家，窃恐不祥。"又告云："白石老人心病复作，停止见客。"其实，此时白石老人并没有"心病"，只不过因国土沦丧，十分痛恨入侵的豺狼。

后来，日本侵华头目坂垣、土肥原多次诱逼齐白石加入日本国籍，劝他迁徙东洋。每次游说，均遭白石严正拒绝。白石老人掷地有声地

对日军头目说："齐璜，中国人。绝不去日本，你们硬要齐璜赴日，可把齐璜的头拿去！"盛怒之下，不顾八十高龄，亲手持刀，将院内栽种的花木全部砍倒，表现了一位艺术大师坚决不同邪恶势力同流合污的凛然正气，誓死为国的高风亮节。

有一次，北平伪警察署司令、大汉奸宣铁吾过生日，强逼齐白石到宣府作画。白石环视大堂宾客，略加思索，迅笔在纸上画了一只大螃蟹，墨色生动，引来全场掌声。随后，挥笔题款，书写了五个大字："横行到几时？"见此款书，众人面面相觑，宣铁吾十分尴尬。老画家昂起头，拂袖而去。

日伪统治期间，齐白石常以诗画抒发亡国之痛，坚信不义的日本侵略者终有一天会垮台。他在当时所写的诗中，这样表白："晚学糊涂郑板桥，那曾清福及吾曹，老云扶病逃吞药，小未啼饥苦骂庖。名大都防人欲杀，年衰常梦鬼相招。寿高不死羞为贼，不丑长安作饿饕。"画家宁愿饿死，也决不会认贼作父，取悦于侵略者。他在一幅《鸬鹚图》中题款："大好江山破碎时，鸬鹚一饱别无知。渔人不识兴亡事，醉把扁舟系柳枝。"对那种只图温饱、不识国家兴亡的现实十分不满，希望举国上下大家都来担负起天下的兴亡。他还在一幅《蛤蟆图》中题诗："四月池塘草色青，聒人两耳是蛙鸣，通宵尽日挝何益，不若晨鸡晓一声。"齐白石企盼听到晨鸡报晓的啼鸣，诗中的"晓一声"，寓指抗战胜利的到来。

齐白石在日伪统治北平之时，年届八十，不顾个人安危，坚持不为敌人作画，不按日寇旨意东迁日本，奋力抗争到底，表现了一位中国艺术家赤诚的爱国之心，以及疾恶如仇的高风亮节。这位老画家的确是一位德艺双馨、铁骨铮铮的伟人。

赵燕侠献演《红梅阁》

上世纪80年代后期，著名京剧表演艺术家赵燕侠光临芜湖，在和平大戏院献演传统名剧《红梅阁》，引起了芜湖戏迷的极大兴趣，成为江城菊坛的一大盛事。

赵燕侠，祖籍河北。七岁随父在杭州、上海、汉口等地搭班演戏。十四岁在北京先后拜诸如香、荀慧生为师，学习青衣、花旦。十五岁演出《大英杰烈》，初露头角。曾和多位名角合作演出，如同杨宝森合演《武家坡》、同金少山合演《霸王别姬》、同马连良合演《坐楼杀惜》、同侯喜瑞合演《十三妹》等。她吸收了荀慧生善于塑造天真、活泼、热情的少女形象，具有柔媚娇娆的表演特征，同时又结合自身条件，大胆加以丰富和突破，在柔媚中蕴含着刚健，在娇婉中透露出矜持。嗓音甜润畅达，吐字清晰动听。1964年，她在北京京剧院主演现代京剧《沙家浜》，成功地塑造了足智多谋的阿庆嫂形象，受到了观众的好评。为了总结丰富的舞台艺术经验，她写成了《我的舞台艺术》一书。

赵燕侠是一位刚正不阿的京剧表演艺术家。"文革"期间，对江青颐指气使的那一套，不予理睬，甚至对江青的种种拉拢和示好，断然拒绝。引起了这位不可一世的"女皇"的极度不快，被剥夺了扮演阿庆嫂的权力，还遭受到了疯狂的迫害。

粉碎"四人帮"，赵燕侠才回到阔别多年的舞台，重新把栩栩如生的艺术形象展现给广大观众。而在芜的演出活动，正是她率团赴全国各地演出的一个组成部分。

那时，和平大戏院是省内规模较大、设施较为齐全的一个演出场地。剧院可容纳观众一千余人。除了大厅内有众多座位外，楼上尚有座位。舞台前面，有乐池；舞台后面，有化妆室；院内，有贵宾室。还设有供演出人员住宿的招待所。可以毫不夸张地说，当时的和平大戏院，是仅次于合肥江淮大戏院的一个较好的剧场。

赵燕侠在和平大戏院献演的《红梅阁》，是一出传统名剧。此戏最早见于明代周朝俊的《红梅记》，是我国戏曲史上影响很大的一部鬼戏，取材于《剪灯新语·绿衣人传》。明代冯云龙《古今小说·木绵庵郑虎臣报冤》，亦有相关的记述。20世纪60年代，被剧作家孟超改编为昆曲《李慧娘》。剧情为：南宋奸臣贾似道游西湖，侍女李慧娘偶见书生裴瑀，脱口赞之，引起老奸大怒。归府后，立斩慧娘。又诱裴生入府，囚之红梅阁。贾遣家将杀裴，慧娘鬼魂相救，助其脱险，并惩治了奸贼。剧中主角李慧娘，是一位正直善良、敢于同邪恶抗争的女子。她虽被杀戮，但决不放弃复仇念头，终化为厉鬼，救助心上人，逃脱樊篱。这是一曲忠贞战胜邪恶的颂歌，它曲折地表达了百姓善良的愿望，因而获得了广大观众的喜爱。"文革"中，曾因以鬼戏宣扬封建迷信，而大张挞伐。这些大人先生，对艺术自身规律都弄不清楚，真是荒唐透顶。纵览古今，戏剧作品中，涉及鬼魂者，不胜枚举。莎士比亚的《哈姆雷特》，汤显祖的《牡丹亭》，都有鬼魂出现的情节。

鲁迅先生说："神魔皆有人情，精魅亦通世故。"神魔也好，精魅也罢，皆为人的化身，都是人类社会的深刻反映。

赵燕侠扮演的李慧娘，既楚楚动人，又处处散发出刚烈的正气，给人留下了极为深刻的印象。在"游湖"一场中，她载歌载舞，让少女的青春与浪漫，凸现于舞台。当慧娘与裴瑀相遇时，下意识地发出了"美哉，少年"的赞叹，声音清脆，又带有微微的颤抖，表现了一个弱女子对美的由衷追求却又十分无奈的悲惨境地。慧娘无辜被害，仍对裴瑀身陷险境异常担忧。她以鬼魂之身，义无反顾，勇敢地去搭救裴瑀，让其化险为夷。此时裴瑀十分感激慧娘，向她提出"永结为好"。慧娘悲痛万分，因她已身首分离，不能再为人妻了。演员欲将剧中人物这种极为复杂的痛苦心情展现出来，是有相当的难度的。赵燕侠用悲愤的眼神，抖动的双手，急速磋步的舞姿，作了极为传神的表演，赢得了满堂彩。《红梅阁》中，李慧娘有大段的唱腔，赵燕侠处理得十分精彩。她天生有一副好嗓子，音域宽，音量大，越唱到高音处，越铿锵动人。演唱跌宕多姿，行腔极富韵味。这一夜的演出，确实让观剧的戏迷，过足了京戏瘾。

光阴荏苒，赵燕侠来芜演出《红梅阁》，屈指已有二十多个春秋，那次动人的演出盛况，至今还清晰地留在脑海中。写下这些，权作我市戏曲演出史上的一段佳话。

赵燕侠献演《红梅阁》

李准盛赞芜湖佳肴

上世纪80年代，著名作家李准应我省作协之邀，来皖访问，在芜作短暂逗留。市文联安排在同庆楼款待，我亦作陪。李准曾出访欧美，国内也跑过不少码头，尝过各地的风味菜肴，而在同庆楼用餐时，却对芜湖美食大加赞赏，情有独钟。那时的情景，尚历历在目，如今写来，权作江城饮食文化中的一段佳话。

李准，河南孟津人，一位擅长写农村生活的作家。他创作的小说《李双双小传》，以及改编的电影《李双双》，风靡全国，赢得了广大观众的喜爱。他所改编的电影《牧马人》《高山上的花环》，都曾引起社会的强烈反响。李准虽学历不高，仅念到初一即辍学。但自小随祖父读了大量的中国历史、古典文学、戏曲作品，积累了丰厚的文化底蕴。作为文化人，李准对饮食颇有讲究。他说，每到一处，总要打听那里的风味小吃，尝尝那里的特色食品，才称不虚此行。为此，市文联请他赴同庆楼，让他品尝芜湖菜肴。

同庆楼位于中山路南端，它是一家以经营徽菜为主的百年老字号。1982年出版的《中国名餐馆》中，安徽仅有一家名列其中，它就是同庆楼。同庆楼除了继承徽派菜系的特色，重油、重色、重味外，还博采沿江菜肴的制作精华，做到了色泽明丽，滋味丰厚，汤汁清醇。

那次，在同庆楼为李准设的晚宴，安排了这样几道菜：红酥刀鱼、红烧蹄髈、板栗烧仔鸡、蒌蒿炒肉丝、荸荠炒腰花、银鱼炒鸡蛋、冬菇烧白菜、火腿炖冬瓜。这八样，均为芜湖餐馆中的常见菜，本地人不会有稀奇之感。曾经走南闯北的名作家李准，享用之时，却赞不绝口，夸奖餐馆配料得当，做到了色、香、味俱佳，让其大饱了口福。他认为，同庆楼这顿晚餐是他有生以来最值得回味的美食佳肴。他对红烧蹄髈尤为赏识，认为这道油而不腻、烂而不化的徽菜，确实让人叫绝。李准对红酥刀鱼十分青睐。长江独有的刀鱼，经香油烹炸，再配以香葱、料酒、香醋等作料，入口松脆，香味诱人。炒鸡蛋，本是极普通的家常菜，但配以新鲜的银鱼，竟显示出不同凡响的风采。李准赞扬这道菜为"天然去雕饰，清水出芙蓉"。他认为苏轼提出的"人间有味是清欢"，十分有理。那些未经太多加工，而以本色取胜的菜肴，是最清新可口的佳肴。同样，蒌蒿炒肉丝这道菜，也因其风味纯美，而博得李准的喜爱。蒌蒿，采自乡野江滩上的蒿根，择其嫩芽，与咸肉丝相炒，鲜嫩可口，又有一股扑鼻之清香。虽来自民间却赢得了食客的赞赏。

李准那趟来芜已二十余年了，他对芜湖佳肴和赞赏言犹在耳，当年就餐的同庆楼却不复存在了。该店招牌，被合肥梦都餐饮发展有限公司以27.3万元的标价拍走。据说，将在合肥组建一个新的同庆楼。如今，凤凰山下，美食一条街正以崭新的风貌迎接八方来客。希望我市的餐饮业越来越好，做出如李准所赞许的色、香、味俱佳的芜湖菜，成为人们铭记芜湖的一张靓丽的名片。

海子，生命因诗而生辉

当代诗坛上，曾涌现了一颗引人注目的明星，他就是皖籍诗人海子。虽仅活了二十五个春秋，却保持了一颗圣洁的心，他是中国当代文学史中，一位全力冲击文学与生命极限的诗人。在短暂的一生中，留下了200余万字作品，其优美诗篇《面朝大海，春暖花开》，已选入高中语文课本。海子的一生是一部多彩的传奇，让我们打开这部传奇，窥视其真实的一生。

早慧的孩子

海子原名查海生，1964年3月24日生于离安庆不远的怀宁县高桥镇查湾村。

查湾位于丘陵地带，周围有起伏的冈峦，还有较为开阔的田野。村庄中住有数十户人家，大多以农耕为生。

海子的父亲查振全刚读完小学二年级，因家境困顿而辍学，后来学了裁缝。有了这一手艺，收入虽不丰厚，尚能养家糊口。其妻操采菊，出身大户人家，因家道中落而嫁至查家。操氏上过五年学，爱读书报，海子小时候最舒心的事，就是听妈妈读书报上的故事。

海子从小聪明伶俐，五岁入小学，十岁便离家到了高河读初一，开始了独立生活，自己洗衣，自主安排学习。中学生活极为清苦，从家中带上大米，让学校食堂帮助蒸熟，佐以母亲自制的咸萝卜，便是日常的饭菜。初中毕业时，海子的成绩十分出色，按考分完全可以进安庆一中。因高河离家较近，还是选择在高河读高中。那时的学制，高中为两年，海子十五岁时，便完成了高中学业。高中文理分班时，学校为了夺取高考文科的好成绩，动员海子上文科班。虽然海子文、理科成绩都很优秀，还是服从学校的安排进了文科班。

海子给人的第一印象便是"小"，瘦小的身材，两只大而有神的眼睛，加上硕大的脑袋，显现出十足的孩子气。然而，他在学习中始终名列前茅，两个文科班的考试成绩中，总是稳居第一。高考前三天，海子正在拉肚子，仍以顽强的毅力，完成了高考，各科都获得了高分，数学成绩尤为出色，那时高考数学总分为100分，海子获得了96分。那年，他荣获安庆地区文科状元，被北京大学法律系录取。

海子的父亲陪着儿子，带上被条和一只装满衣物的木箱，踏上赴北京的上学之路。海子的母亲站在村口，眼里噙着泪水，目送孩子远离家门。海子的父亲陪儿子到了合肥，送他上了火车，便返回查湾。

海子独自一人来到首都，跨入北大校门，内心无比振奋，又十分好奇。由于乡村英语教学不太理想，与其他同学相比，有较大差距，好强的海子决心攻克英语难关，经一番努力，英语水平有很大提升。因各科成绩优秀，海子荣获北大奖学金。

在大学期间，除了上课，图书馆是海子经常光顾之地，他阅读范围十分广泛，除法律类，还读文学、历史、哲学、艺术等书籍。多角度地吸取知识，使他在诗歌创作中，具有广阔的视野，既继承传统文化之精华，又吸纳外来文化之芬芳，写出的诗篇，卓尔不凡。

海子对文学有浓厚的兴趣，而在法律专业的学习上，亦取得了突出的成绩。在北大期间，他的论文《法的起源与国家产生的不同处试析——从读书笔记到跨学科分析》，被评为优秀论文，收入系里汇编的论文集中。他写的另一论文《从突变理论看国家产生形式和法的作用》，也在一家高校的学报上刊载。

燃烧的诗情

上世纪80年代是中国经历巨大变革的年代，人们一方面反思过去，一方面憧憬未来，大家激情澎湃，诗情满怀，大量新诗涌现，一些与往日不一样的诗作如朦胧诗出现了，诗的激情在中华大地上熊熊燃烧。

诗歌文体热情奔放，真挚感人，文字纯净凝练，又饱含着思想芬芳，广大青年最乐于接受。因此，80年代的北大燕园中，大学生纷纷投入新诗创作和朗诵活动。或成立文学社团，油印自创诗稿；或组织诗歌吟诵会，欣赏经典的新作的篇章；或举办新诗专题研讨会，就新诗的现状和发展，各抒己见……

海子本来对文学就有独特的爱好，很快被校园中燃烧的诗情所吸引，积极投入了新诗创作活动。

由于爱读诗和写诗，海子在北大认识了一些诗歌朋友，其中关系最为密切的是中文系的骆一禾、英语系的西川。后来，人们把西川、骆一禾、海子，并称为燕园诗歌"三剑客"。

骆一禾为著名经济学家骆耕漠的儿子，小时候随父母下放河南农村，同海子有相似的童年经历。他与海子同一年入北大，曾任校"五四"文学社《启明星》编辑，在北大早有名气。一禾欣赏海子的诗歌才能，毕业后分到大型文学刊物《十月》当编辑，数次编发海子的诗作。海子辞世后，受海子遗书所托，一禾忙于整理海子诗稿，过于劳累，在海子去世65天后，突患脑溢血，而随海子一同共赴天国。

西川原名刘军，祖籍江苏徐州，比海子晚两年入北大。在海子、一禾先后辞世之际，毅然承当了整理海子遗稿的重任，耗费数年辛劳，出版了《海子诗全集》。在向广大读者推荐海子诗歌的工作中，西川功不可没。

不幸的结局

海子在北大法律系经过了四年的学习，于1983年分配到中国政法大学哲学教研室工作，他一边从事教学，一边忘我地投入诗歌创作。他平时总是省吃俭用，把钱汇至家中，帮助父母购买化肥和稻种，帮助三个弟弟支付读书费用。

此时，海子的精神状态不太好，内心十分焦灼和孤寂。

1989年3月25日，海子从政法大学在北京学院路的校址出发来到山海关，他在山海关逛了一个下午，晚上也不知寄宿何处。次日中午，沿着铁道朝龙家营方向走。下午，五点三十分天色微暗，当1205次火车开来时，海子钻入轨道，结束了年轻的生命。

海子自毁的举动，引起社会极大的震惊。对海子之死，有各种推测：

有的认为：诗人封闭、孤寂的性格导致了悲剧的发生；

有的认为：海子日夜驰骋于诗的疆域，耗尽心力，他希望到天国去歇息；

有的认为：情场屡屡受挫，致使海子陷入极度痛苦，应是导致死亡的主因；

海子，生命因诗而生辉

有的认为：诗人死前有幻听幻相的病态，说明他已陷入精神分裂的境地。正是这种疾病造成了他的自我毁灭。

究竟是哪一种原因所致，还是多种因素酿成，确也难以断定。

总之，海子走了！当代诗坛上的一颗明星陨落了！这是令人扼腕的悲剧。

流芳的诗作

海子在人间仅生活了二十五个春秋，却留下了200余万字的作品。大部分是诗歌，有的诗评家把海子称为"生命诗人"，因为他把整个生命都献给了诗歌创作，同时在作品中，热情讴歌生命，以及和生命相关的土地、家园。

《亚洲铜》，写于1984年，是海子的成名作：

> 亚洲铜，亚洲铜
>
> 祖父死在这里，父亲死在这里，我也死在这里
>
> 你是唯一的一块埋人的地方
>
> 亚洲铜，亚洲铜
>
> 爱怀疑和爱飞翔的是鸟，淹没一切的是海水
>
> 你的主人却是青草，住在自己细小的腰上
>
> 守住野花的手掌和秘密
>
> 亚洲铜，亚洲铜
>
> 看见了吗？那两只白鸽子
>
> 它是屈原遗落在沙滩上的白鞋子

让我们——我们和河流在一起，穿上它吧

亚洲铜，亚洲铜

击鼓之后，我们把在黑暗中跳舞的心脏叫做月亮

这月亮主要由你构成

　　此诗中反复歌吟的"亚洲铜"具有深刻的双重含义，既是祖国的精妙比喻，又是民族传统文化的形象概括。全诗分四节，第一节点出"亚洲铜"即黄土地，是我们世代生存的家园。第二节用具体的自然意象，反映中华民族昔日苦难的命运，以及顽强的生存意识。第三节由"白鸽子"转化为"屈原遗落在沙滩上的白鞋子"，抒发了对为民族的光明前程而献身的仁人志士的敬慕与礼赞。第四节通过"击鼓"的狂欢图景，传达出对生命相生存的虔诚祈祷与美好企盼。全诗意象鲜明，联想丰富，寓意深刻，极具感染力。

　　《面朝大海，春暖花开》，写于1989年。此诗明白晓畅，适于吟诵，为广大诗歌爱好者所推崇：

从明天起，做一个幸福的人

喂马、劈柴，周游世界

从明天起，关心粮食和蔬菜

我有一所房子，面朝大海，春暖花开

从明天起，和每一个亲人通信

告诉他们我的幸福

那幸福的闪电告诉我的

我将告诉每一个人

海子，生命因诗而生辉

33

给每一条河每一座山取一个温暖的名字

陌生人，我也为你祝福

愿你有一个灿烂的前程

愿有情人终成眷属

愿在尘世获得幸福

我只愿面朝大海，春暖花开

　　全诗充满了欢快、幸福和温馨之感，表现了诗人对日常生活和整个世界的真挚之爱和无比眷恋。

　　著名诗人艾青曾写道："为什么我的眼常含泪水？因为我对这土地爱得深沉！"同艾青一样，海子也深恋着脚下的这片土地，他永远和祖国的土地在一起，和亿万人民在一起。虽然海子离开我们已十四个年头了，但他依然活在广大读者的心里，他的名字因其动人的诗篇而熠熠生辉。

黄梅戏名家黄新德

黄梅戏扎根江南乡村，曲调清新，表演朴实，深受群众喜爱。提起黄梅戏、人们便会想到杰出的表演艺术家严凤英、王少舫，而在严、王之后，便涌现了马兰、黄新德等黄梅戏新秀。黄新德老家在怀宁，其父在芜当码头工人，母亲随夫寓居芜湖，新德就出生在芜湖。他曾在柳春园小学念书，恰逢省艺校前来招生，从此走上戏曲表演之路。他戏路颇宽，塑造了不少鲜活形象，终成黄梅戏名家。

从江城扬帆起航

黄新德，著名的黄梅戏表演艺术家。1947年生于芜湖。其父安庆怀宁清河乡温桥村黄老屋人，长期在芜谋生。新中国成立后，由世代相传的个体自由扛包人，成了国营贮木场工人。其母亦为怀宁人，后来定居芜湖。为人勤劳朴实，除操劳家务，还帮人洗衣，贴补家用。因来自戏乡，喜爱看乡间戏班演出。平常在家里，一边洗衣，一边哼唱黄梅调，这在新德幼小心灵中，可称作最初的戏曲熏陶。

黄新德家住二街附近，离家不远有所柳春园小学，便是他上小学之

处。新德从小聪明伶俐，好学上进，在小学被选为少先队大队长。1960年初夏，省艺校来芜招生，亲临柳春园小学，因黄新德是校文艺骨干，常上台说段相声，打个快板，毫不怯场，便让他在招生老师面前表演一番，新德扯起嗓子，吼起了"我家住在大桥头"，引起哄堂大笑，竟然被艺校老师看中。第二天，便来到新德家，动员他入学。新德的母亲见老师登门动员自己的儿子入艺校学戏，开始极不情愿，因旧时将唱戏视为"下三等"。艺校老师介绍了学生待遇，不仅包一日三顿，还发冬夏衣物。这对清贫家庭来说，是极有诱惑力的福音。在来者一再劝说下，黄新德父母终于同意让儿子到艺校学戏。许多年后，新德幽默地称，这是"生存战胜传统，肚子打败脑袋"。

在省艺校的岁月

1960年9月1日，黄新德来到艺校报到。进校这一年正值学校由中专升格为大学，专业增多，招生人数扩大。新德所在的黄梅戏专业，录取了150名学生，分成三个班，寄住于今日之省图书馆大楼内，一住三年。不久，大学又下马，仍为中专。

艺校十分重视教学质量，自京、沪、浙请来不少京剧名家来校传艺，来自京城"富连成"的有罗盛远（净行）、钱世仪（生行）、张元秋（生行）、郑瑶卿（旦行）等，还有来自上海的，扮演关公而享有盛誉的红生李吉来。

黄新德学的是黄梅戏，定的是武生行当。为了让他打好武功基础，主要跟一位名叫明海亮的老师傅学表演技艺。这位师傅已有七十多岁，曾与盖叫天齐名，武艺超群，深得圈内人士敬重。他对新德要求严格，容不得半点马虎。整整一年，让新德练《白水滩》里的好汉十一郎，每天头扎甩发，横咬口中，身系络子大带，耍棍不止。又整整一年，让新德练《八大锤》里的双枪陆文龙，每天厚底双枪"走边"，"枪架子"，"枪下场"，没完没了。正是这些严格的训练，让黄新德打下良好的表演基础。

冬去春来，新德和明师傅在传艺与学艺的过程中，处得极好，像爷孙两人。后来，明海亮老人身染重病，新德在病榻前服侍恩师整整三年。师傅去世，新德又以孝子身份，送他归山，为他料理后事。

1969 年，黄新德调入省京剧团，改唱现代革命京剧。因其扮相俊美，功夫扎实，常任男一号，先后扮演过《林海雪原》中的杨子荣、《奇袭白虎团》中的严伟才、《平原作战》中的赵勇刚等。这些，为他积累了丰富的舞台实践经验。

回到黄梅戏舞台

黄新德学的是黄梅戏，以优异成绩在艺校毕业，虽未直接回到黄梅戏舞台，但十年京剧演出经历，使他在传统戏曲程式方面，打下了扎实基础，这对缺少程式规范的黄梅戏来说，构成了新德的一大优势。粉碎"四人帮"后，省黄梅戏剧团急需补充男演员，黄新德被调入省黄梅戏剧团。1979 年，他第一次登台演出《春草闯堂》，赢得了一片喝彩。以清新的表演，抒情的演唱，征服了观众。随后，便成了省黄梅戏团的顶梁柱。

他戏路宽，善于揣摩各种角色，先后扮演过《打金枝》中的郭暖、《陈州怨》中的包勉、《罗帕记》中的五科举、《天仙配》中的董永、《女驸马》中的冯益民、《龙女情》中的姜文玉、《风尘女画家》中的潘赞化、《无事生非》中的白力荻、《遥指杏花村》中的白马驹、《红楼梦》中的蒋玉菡、《柯老二入党》中的柯老二等。

演出不断增多，黄新德的表演艺术也越来越成熟。1981 年，他随

团赴港演出，成功地扮演了本由王少舫扮演的《天仙配》中的董永，激起了香港观众的由衷喜爱。著名导演李翰祥仿佛发现奇珍异宝似的说："我一直悲叹没有好的小生，今天却站在我面前。"这位名导出于对黄新德表演的钟爱，特意邀他赴饭馆吃饭。

到了上世纪八九十年代，黄新德已成了黄梅戏苑中一颗耀眼的明星，成了继王少舫之后，扬名海内外的黄梅戏生角名家。

荣获梅花金奖

黄梅戏是一个以柔美风格为特征的地方剧种，在长期发展中，形成了以女性角色为主体、女腔丰富多彩的特色。这样，使黄梅戏中男性演员，处于配戏地位，艺术潜力难以充分发挥。黄新德登上黄梅戏舞台，通过认真思索和反复实践，力求探索出一条适合男性演员施展才华的新路。他在演出实践中，逐步形成了自身的特色，扮演的生角，有"亮"和"醇"两大亮点。

所谓"亮"一，指的是扮相"亮"，嗓音"亮"，更重要的是表演"亮"。在《陈州怨》中，一句"春风得意马蹄疾"，紧接着一个亮相，将包勉少年得意的神态，鲜明地展现在观众面前。表演"亮"，还体现在对角色个性和情感的细致把握上。《风尘女画家》中的潘赞化，是辛亥革命时期的资产阶级民主人士，他身上既有军人的英武，又有文人的儒雅；既有革命的热情与魄力，又有对人的同情和对爱的追求。黄新德扮演这一人物时，对这些都有深入的领会和精确的把握，因此塑造的人物富有立体感和艺术感染力。所谓"醇"，指唱腔韵味醇厚，耐人品味。黄新德的演唱，黄梅味十足，既做到如行云流水，字正腔圆，徐疾适度；又在演唱中飘闪出婉曲，极富抒情性，让人感到婉转多姿，在质朴中显出华彩。

梅花奖是由中国剧协下属的《中国戏剧》杂志创办的，专门颁发给演员个人的奖项。它是我国奖励杰出演员的最高奖。

1991年，恰逢建党七十周年，省黄梅戏剧院为此创作了现代剧《柯老二入党》。文化部特地调这台戏赴京演出。剧中柯老二，由黄新德主演。黄新德深入农村，吸吮人物性格生成的生活原汁，经过细心体察和反复思量，终于将一个生活气息浓烈、十分富于人情味、又有执着的信仰追求的改革开放中的新型农民典型，展现在舞台上，受到了专家、观众的一致赞赏，荣获第九届戏剧"梅花奖"。

耕耘梨园谱新曲

黄新德因在戏曲表演艺术上荣获的突出成就，以及他在剧坛内的良好影响，被选为安徽省戏剧家协会主席；从此，他一方面致力于全省戏剧事业的繁荣和发展，一方面继续耕耘于黄梅戏艺苑，努力从事新的艺术创造。

鉴于他已年逾花甲，又是国家级"非物质文化遗产传承人"，决定出一专辑，名为"梅之韵"，便于广大黄梅戏爱好者欣赏和传播。这一专辑由著名作曲家时白林任艺术顾问，著名琴师李万昌操琴，全国十大录音师之一、著名音乐制作人陈小东挂帅录音，著名黄梅戏表演艺术家马兰、黄梅戏新秀周源源分别配戏，录制了黄新德首演首唱的许多曲目，原汁原味，圆润醇原。经一番辛勤劳作，《梅之韵——黄新德演唱作品》专辑，已与广大受众见面，受到众多黄新德粉丝的追捧。这亦是黄新德艺术创造的宝贵结晶。

数学之星钟家庆

钟家庆（1937—1987），从芜湖走上世界的一名杰出的数学家，新中国诞生后，我国自行培育的一位品学兼优的高级知识分子，数学王国天空中一颗璀璨的明星。上世纪九十年代，我在市教委工作期间，有机会接触过钟家庆的亲友及老师。在赴京开会期间，到他的夫人吴美娟处，做过专访，收集了有关钟家庆的一些资料。这里选摘数则，供读者参阅。

一、良好的家风

钟家庆老家在安庆，十岁时，因父来芜工作，全家迁至芜湖。他生活在一个人口较多的家庭，上有姐姐哥哥，下有弟弟妹妹。由于家境困难，最小的妹妹，出生不久，便让别人抱养。其父钟万森，从事财务工作，有聪慧的数学头脑，且富于文化修养，尤喜爱古典文学，常吟诗作文，与人唱和，办事认真，为人耿直。其母卢文英，操持家务，勤劳俭朴，热情待人，是一位教子有方的好妈妈。来芜时，钟家庆入长春小学读三年级。升入四年级时，转入励德小学。小学毕业，入市二中，读初中。初中毕业，考入芜湖一中高中。每当晚饭后，一家人围坐在煤油灯下，妈妈纳着鞋底，孩子们做着作业，全家洋溢着温馨祥和的气氛。

二、强烈的求知欲望

人靠不断求知充实自己，只有保持强烈的求知欲，方可不断进取，积累丰厚学识，成为一名卓尔不群的大家。

钟家庆天资聪慧，从小就有强烈的求知欲。上课总是全神贯注地听老师讲解，经常向老师提出"为什么"。除了课内学习外，对书本有一种异乎寻常的阅读兴趣。因家境贫寒，不可能让他购买许多课外书。放学过后，他总是在附近的书摊上，贪婪地阅读各种图书。有一次，他在书摊上被一本童话书深深地吸引，读着，读着，夜幕降临了，他才匆匆赶回家。家里的妈妈正焦急地等他吃晚饭，还以为他出了什么意外。这种热衷读书的劲头，一直到他进入北大，丝毫未有减退。课余假日，常常清晨背着书包，带着干粮，离开宿舍，一头钻进图书馆。直到晚上十点钟，图书馆关门，他才结束一天的读书生活，返回宿舍。钟家庆大学的同窗好友，十分佩服他那种勤于阅读的好习惯，给他取了一个"书虫子"的雅号。

三、锐敏的解题能力

数学家都具有锐敏的解题能力，钟家庆在这方面显得十分突出。钟家庆的中学同学回忆说，遇到代数、几何上的难题，不少同学都束手无策，钟家庆却思路敏捷，很快就找到了解题方法，数分钟内就能破解难题。有一次举行数学统考，时间为120分钟。过了半个小时，钟家庆请假上厕所，却没有返回考场。监考老师到他座位边一看，原来所有题目均已完成，且答案全对。他是为了不招人注意，以请假如厕为名，离开了考场。

四、全面发展的人才

钟家庆虽有敏捷的解题能力，却不偏科，是一位文理俱佳的双优生。1956年春，全市举行高三数学、语文竞赛，钟家庆均荣获第一。他的语文水平在一中是出类拔萃的。钟家庆喜爱古典文学，唐诗宋词许多名篇都能背诵。他写的作文，经常被老师选为范文，评讲时推荐给全班同学。由于他语数成绩都十分优秀，高考填志愿时，语文老师竭力主张他填报文科，数学老师则动员他填报数理专业。他自己权衡再三，还是报了北大数学力学系。进入北大，仍然没有割舍对中文的喜爱，在攻读数学力学之余，报名参加了北大的文学社，课余经常参加文学社的一些活动。钟家庆不仅学业优秀，而且兴趣广泛，谈吐幽默，生活达观。他对家乡曲调优美、充满生活气息的黄梅戏，十分喜爱，《打猪草》《夫妻观灯》《天仙配》中的一些唱段，都能哼上几句，每当班级联欢，同学们总欢迎他唱上一段。

五、仁者爱人

钟家庆才学出众，却没有半点傲气，与人相处，十分低调，处处显露豁达、大度、真诚。在同学眼里，他是一位可亲可敬的兄长。

钟家庆的妻子吴美娟在清华大学任教。"文革"期间，钟家庆和妻子随清华的教员一道下放江西南昌附近的"鲤鱼洲"农场。由于在劳动中十分踏实肯干，钟家庆被军宣队分配去看管"黑五类"队员。钟家庆却和这些队员过从甚密，不让他们从事过重过累的劳动，累活、苦活总是自己抢先去干。军宣队找吴美娟谈话，要她转告钟家庆，必须"划清阶级界线"。吴美娟十分不安，将军宣队的批评告诉丈夫。钟家庆听后淡淡一笑，坦然回答说："我心中自然会有数的。"他坚持按自己的做人原则，去对待这些"阶级敌人"。钟家庆逝世后，力学系当年曾与钟家庆一道劳动过的老教授，含着热泪说："逆境中最能显示一个人的品格。当年在江西农场，家庆帮我扛最沉的麻包，帮我挑最重的担子，我一辈子也忘不了他！"

六、爱国情深

宿鸟恋故枝。钟家庆对养育他的家乡，充满了诚挚的爱。他的两个子女钟文、钟宁，数学禀赋好，继承父业，先后考入北大数学系，后又赴海外深造。钟家庆在给子女的信中，总是叮嘱他们，不要忘记自己的祖国，学好本领，报效祖国。

钟家庆把攻克数学难关，与振兴中华大业紧密联系在一起。他说：我们祖国有数千年历史，我们的先人在数学上有伟大的创造。今天，我们的条件更为优越了，应当作出更大的奉献。他年过不惑，还买来英、俄、德、法、日文字典，奋力学习外文，争取更多地吸取国外的数学研究成果，力求有新的突破。他在美国斯坦福大学工作时，与美方的一位数学家合作，研究紧致黎曼流形、拉普拉斯算子第一特征值的估计问题，改进了前人的成果，获得新进展，被权威的国际数学杂志发表，引起数学界的关注。此外，他在多复分析、群表示论、代数等方面都有重要研究成果。著名数学家丘成桐认为：钟家庆的数学研究"非常深刻"，赞扬钟家庆是"中国中年一代数学家中的最杰出者"。著名数学家张荣庆指出：钟家庆的数学研究"很杰出，已经成为数学文献中的重要成果"。

七、浩气长存

天不假人以寿。长期艰苦的数学研究，使钟家庆的健康状况日趋下降。1987年4月13日，钟家庆在美国进行学术访问时，因突发心脏病而与世长辞。

钟家庆在生命的最后几年，频繁地奔波于欧美和祖国各地。一方面，为了吸取海外数学最新研究成果，他经常前往海外；一方面，为了培育数学尖端的新苗，在北大、清华、武大、厦大、中科院数研所，经常会看到他讲学的身影。

钟家庆的同窗好友、中国科学院数学研究所所长杨乐，在八宝山公墓礼堂隆重举行的钟家庆遗体告别仪式上，泪流满面地致悼词，他说："钟家庆是我国卓越的数学家"，"他在数学上的光辉成就是以自己的血汗以至生命为代价的"，"他的逝世是我国数学界的重大损失"，"钟家庆同志的形象将永远留在我们心中"。

一个年轻有为的数学家永远离开了我们，虽然他仅度过四十九个春秋，然而他给后人留下了一笔丰厚的精神遗产。1987年5月8日，钟家庆在美国的同行和弟子，在哥伦比亚大学，为他举行了纪念会。同时，中外数学家共同发起创立"钟家庆纪念基金会"，并在此基础上设立"钟家庆数学奖"，从1988年开始，每年一度，奖励国内优秀的数学硕士生、博士生。

当前，我们正在建设合芜蚌自主创新实验区，实现芜湖的新崛起。新崛起需要大批尖端人才作支撑。我们应当学习数学家钟家庆那种不倦求知、刻苦攻关、奋力开拓、敢为人先的崇高精神，促使人才更快成长，让芜湖的明天更加美好。

芜湖籍杰出科学家黄纬禄

芜湖,这片富庶的土地,滋润了一代代的人民,也诞生过名垂史册的杰出人物,如词人张孝祥、画家萧云从、学者钱杏邨、科学家黄纬禄等。说起黄纬禄,可能不少人还不太熟悉。他数十年远离家乡,在京从事国防科研工作,因保密之故,报刊过去极少对其作报道。

书香门第 聪颖之子

1916年12月18日,芜湖北门一户居民的院子里,一个男孩呱呱坠地,他就是日后成为我国固体战略导弹奠基人黄纬禄。其父黄藻,又名黄慎闻,徽州人,清末秀才,后任小学教员,授国文、美术课。生有四子两女,平时对子女管教甚严。纬禄在家属老六,大哥长他十五岁,学农,二哥学数理,三哥学土木工程,两个姐姐均有中学文化程度,他们都是学校中学习的佼佼者。日常,哥姐们在一起交谈,纬禄总是一旁静静倾听着,他暗自下定决心,一定好好念书,决不落在哥姐的后边。其母姓汪,是一位忠厚善良的女性,她总是勤劳地操持家务,宽厚地对待他人,悉心照料子女。

黄纬禄童年就读于芜关小学,后入芜关中学初中部。现市第二中学,其前身即为芜关中学。黄纬禄孩提时期,皮肤黝黑,读书用功,成绩一直名列前茅,尤其喜爱数学,是一位好动脑筋的孩子,从飞入空中的竹蜻蜓,便产生借助空气动力遨游太空的妙想。1933年,他以优异成绩考入江苏省立扬州中学高中部,在这所闻名全国的中学中,得到了更好的培育。他在高中阶段,继续保持向上的劲头,高三时,数、理、化考试成绩,均为100分。当时,无线通信是一项新兴的工程技术,黄纬禄对此很感兴趣,决定报考此专业。1936年8月,黄纬禄以高分被南京中央大学机电系无线电专业录取。

潜心钻研无线通信技术

黄纬禄选定无线通信专业,步入名牌大学。他如饥似渴地钻研无线通信原理,埋头于实验室,从事相关试验。抗战爆发,他随学校迁往重庆。1940年8月,他以优异成绩完成大学学业,被分配到资源委员会电器件厂重庆分厂,任助理工程师、工程师。1943年5月黄纬禄前往英国,在标准电话及电缆公司、马可尼无线电公司实习。他目睹国外无线通信先进技术,扩大了眼界,收获颇丰。1945年考入伦敦大学帝国学院无线电系,攻读研究生。1947年9月,完成学业,以《双路无线电通信》毕业论文,获硕士学位。在英期间,正值二战战火蔓延。1944年9月的一天清晨,黄纬禄在上班路上,听到了德式V-2火箭发动机发出的嗡嗡声,他知道只要导弹的发动机还在响,就没事。发动机一停,表明接近了目标,就会爆炸了。不一会,远处传来了巨大的爆炸声。当他来到实习工厂时,熟悉的车间办公室,已成了一片废墟。黄纬禄因在途中顺便买了一条领带,耽误了数分钟,幸运地躲过一劫。他目睹德国导弹的爆炸,看到了这一新式武器的威力,暗下决心,回国后一定要帮助自己的国家成功研制弹道导弹。

1947年10月，黄纬禄回到了灾难深重的祖国，被安排在资源委员会无线电公司上海研究所任研究员。1949年5月，上海获得解放，解放军严明的纪律，特别是他们露宿街头、从不扰民的事迹，让黄纬禄深受感动，他决心将自己的聪明才智，奉献给新的社会。1949年5月至1952年9月，他在上海华东工业部电信工业局电工研究所任研究员，继续从事其专业研究，并获得丰硕成果。他创立的"双工发报机体制"，使线路通信效率提高了一倍。他研制成功的我国早期保密电话机，对电话通信保密工作发挥了重要作用。他还与人合作，将俄文版《调频》一书译成中文，为当时无线电科技工作者，提供了极有价值的参考文献。

1952年10月，黄纬禄奉命调入北京，参与国防部第五研究院研制导弹的重大项目。他蕴藏心头多年的夙愿终于可以实现了。

弹道火箭研制成功与重大突破

上世纪50年代，黄纬禄到了五院，立即开始了火箭的研制工作。

他聆听了刚从美返回祖国的钱学森所作的冲破重重阻力、回到祖国怀抱的报告，内心十分激动，极为崇敬钱学森的赤子之心和报国之情，决心不辱使命，早日研制出中国的战略火箭。

起步时，黄纬禄对火箭的自动控制，还知之甚少，一切从头开始。研究人员之间互帮互学，共同突破难点。办公室内，经常灯火通明，有时为了攻克一个关键环节，大家通宵达旦。他们从仿制苏式9-2液体近程导弹开始，逐步由近程上升到中程，直至远程战略导弹。经历多年的探索和实践，积累丰厚的经验。黄纬禄历任"东风一号""东风二号""东风三号"副总设计师，对重大关键技术的解决，对大型工程方案的决策、指挥以及组织实施都发挥了重要作用。他在导弹武器系统总体及控制技术的理论和工程实践方面均有很深的造诣。

黄纬禄是我国固体战略导弹的奠基人，被誉为"中国固体战略导弹之父"。基于黄纬禄扎实的功底和敢为人先的精神，中央任命他为潜地固体战略导弹及陆基机动固体战略导弹总设计师。他和团队攻克了研制过程中一个又一个难题，制定了一个又一个改进措施，终于在1982年金秋，使我国核潜艇水下发射运载火箭获得成功，让中国成为世界上少数拥有潜地导弹的强国之一。在潜地导弹的研制过程中，黄纬禄敢于打破常规，摒弃了外国周期漫长、耗资巨大的弊端，又快又好又省地研制成功我国潜地导弹。这种自行设计的潜地导弹完全可以与美苏的导弹相媲美，而且在许多技术性能方面大大优越于他们。鉴于黄纬禄在潜地导弹研制上的杰出贡献，1985年被授予国家科技进步特等奖。

从上世纪50年代至今，我国宇航事业从无到有、由弱至强，经历了一个极不平凡的发展过程，这当中老一辈科学家的无私付出和创造性劳动，是永世难忘的。业内人士把黄纬禄亲切地称为"航天四老"之一，他的杰出贡献，将彪炳史册。

深入实际 知难而上

黄纬禄从研究无线通信起步，经过不断探索，成为我国导弹自动控制技术的创业者。研制起步时，我国的经济实力和工业基础还十分薄弱，科学技术也相当落后，而黄纬禄所负责的控制系统需要解决的技术难关则更多。面对困难，黄纬禄总是带头深入研制、试验、生产第一线，凭借扎实而深厚的技术理论基础和深入钻研的奋发精神，和大伙一道，排难攻坚，终于圆满完成了一个又一个研制任务。

科研之路不可能一帆风顺。有一次，潜地导弹的发射试验中，由于导弹控制参数发生误差，试射未取得成功。黄纬禄亲临发射场，仔细察看各个部位，核对各种数据，发现了问题所在，迅速作了纠正，终使试射获得成功。黄纬禄为了取得第一手资料，常在高温、低温、风暴、雨淋等恶劣条件下从事实验。他从不放过一个与质量有关的任何问题，遇到疑问，总要查个水落石出。他严谨的科学态度和知难而进的创造精神，在同行中赢得广泛的赞誉。

硕果累累 为人低调

黄纬禄是一位杰出的导弹总体和自动控制技术专家，是我国导弹与航天技术的主要开拓者之一。中国科学院院士、国际宇航科学院（IAA）院士。

1999年9月18日，建国五十周年之际，党中央、国务院、中央军委决定对当年为研制"两弹一星"作出突出贡献的钱学森、邓稼先等23位科技专家予以表彰，授予"两弹一星"功勋奖章，黄纬禄名列其中。他曾多次受到党和政府的表彰；1984年荣立航空部一等功；1985年荣获全国"五一劳动奖章"；1989年被评为"全国先进工作者"，1994年获求是科技奖金会"杰出科学家奖"。

黄线禄一贯谦逊自处，低调做人。面对众多的赞誉，总是自谦地说："导弹是一项系统工程，工作是大家做的，作为型号总师，获得这么多的奖励和荣誉。为此，我深感过意不去。"

如今，这位科学家已九十五岁高龄，他是芜湖人民的骄傲，我们衷心祝福他益寿延年。

皖籍作家戴厚英

戴厚英（1938—1996），一个特立独行的女强人，一个直面人生、勤奋著述的皖籍作家。江城芜湖曾留下她过往的踪影，其毕业于同济大学的前夫，就是由戴厚英陪同来芜湖报到。而当时尚未成名的戴厚英本人也曾积极谋求调芜湖工作，她托朋友与芜湖造船厂联系，打算先到车间劳动锻炼一年，如考察满意，愿去厂部从事宣传工作。如果此事果然遂愿，那么其人生当是又一番截然不同的经历了。本文通对戴厚英在成长和创作方面的简要介绍，让我们大致了解这位饮誉海内外的皖籍作家，并从中感知其心灵的高度和终生的遗憾。

一、淮河女儿

戴厚英出生在颍上县南照集。在家乡读完高中，考入华东师大中文系。大学毕业，留沪工作。不少人把她算作"海派人士"，戴厚英却一再申明自己是"淮河边上的儿女"。黝黑的皮肤，是家乡赐给她的标记；透过眼镜，那双炯炯有神的眼睛，则体现了皖北人的坚毅和刚强。

戴厚英原籍寿县枸杞园子，曾有一个光荣的门第。她的祖辈做过清代武官，镇守威海，战死沙场。后因政局变动，家道中落，祖父十六岁背井离乡，来到颍上南照集落脚，靠经营土布谋生。父亲读完几年私塾，便当了学徒。

母亲生了五个女儿，二女从小夭折，作为老三的戴厚英，便成了二闺女。由于她模样周正，天资聪慧，从小被父母重点培育，未满七岁，便进了当地一家私立小学读书，后来考入县中，成为学校中一位成绩出众的女学生。

淮河水灾频仍，让戴厚英养成了不惧困苦的顽强性格。父亲和顺善良，母亲刚直不阿，使戴厚英既悲天悯人又昂然挺立。这些都给这位女作家以深刻影响。

二、坎坷人生

戴厚英从小机灵，口头表达能力极强。解放初，她正好上小学，参加当地文娱宣传队，饰演《刘胡兰》中的二兰子，真切感人，被人称道。六年级参加全校演讲比赛，荣获第一名。然而平静的生活没有持续多久，她在乡下的父亲在"反右"运动中被划为右派，二叔因单位失窃，被诬"监守自盗"，蒙冤而自杀。一系列遭际让她痛苦不已，在大学生涯中，只得用革命人生观不断审视自己，力求与当时的政治潮流保持一致。1960年，上海作协召开会员大会，批判钱谷融、蒋孔阳等几位教授和学者的人道主义思想。为了壮大声势，决定从复旦、华东师大选拔师生参加。戴厚英是华东师大的学生代表之一。她拿着按领导意图写好的讲稿上台发言，口才和文采都让与会者刮目相看，由此赢得了"小钢炮"的绰号。同年夏，上海作协成立文学研究室，她被分配到该室工作。

"文革"期间，风华正茂的戴厚英任"战恶风战斗队"队长，积极

参与"造反"活动。1968年初，机关造反派大联合，成立勤务组，有五人组成，戴为第四把手，分工宣传。同年3月，诗人闻捷从《海港》剧组回作协接受审查。戴与另一同事负责对闻捷的审查工作。在与闻捷的接触中，她深感诗人忠厚坦诚，历史上并无什么污点，且诗才与诗人特有的气质让人折服。于是彼此产生了爱情。1969年夏，前夫与她办理了离婚手续。彼时闻捷之妻受政治迫害而自杀身亡。两人希望组成新的家庭，一同向组织提出了结婚要求。但是，这一正当要求遭到了粗暴干涉，竟被视为"阶级斗争新动向"。在政治重压下，闻捷失去了生活的信心和勇气，他以自杀来向世人宣示自己的无辜与清白。诗人之死让戴厚英心灵产生了极大的震撼，她作为见证人，将与闻捷交往的经过、闻捷自杀身亡的始末，一一记述下来。上海文艺出版社的一位编辑，见到《诗人之死》手稿，决定将此书出版。有关方面却从中阻挠，致使该书搁置三年。至1981年4月，方由福建人民出版社出版发行。这应该是戴厚英创作的第一部长篇小说。她的同乡同学黄某，被打成"右派"，在外流浪二十余年，回到故乡，与戴厚英促膝长谈，让她感触良多，于是以此真实事件为蓝本，写成小说《人啊，人!》，1980年11月4日由广东花城出版社出版。这是她写的第二部小说，却是最先出版的第一部小说。

戴厚英以批判其老师钱谷融的"人道主义"初露锋芒，尔后又因其小说宣扬了人性和人道主义而遭到非议，是耶？非耶？人们已找到了正确的答案，时间委实是最好的老师。

三、情系故土

树有根，水有源。戴厚英始终忘不了养育她的故乡。她用感人的笔触，写成了长篇小说《流泪的淮河》，既写出了多灾的淮河给百姓带来的苦难，也写出了淮河儿女与命运抗争的顽强意志和博大胸襟。家乡的歌谣给她丰富的营养，她到美国探亲，一边摇着睡窝中的外孙女，一边哼着家乡的儿歌："挖荠菜，别过河，过河挖不着。挖荠菜，别过沟，过沟只能挖一兜……"她认为，外孙女在家乡的儿歌中，会长得更健壮。

戴厚英写道："既然淮河哺育了我，我就该俯首帖耳地做她的忠实儿女。"1991年6月，江淮地区连降暴雨，造成多年未见的特大洪涝灾害。她与同乡邓伟志等在香港《文汇报》发表救灾呼吁书，多方募集善款，并自费赴灾区，参与抗灾活动。她亲临故土，调查农村教育状况，草拟了《支持乡村教育的计划草案》。1984年春，省作协组织皖籍作家访河南，戴厚英参加这一活动。同年秋，阜阳文联组织淮河乡土文学笔会，戴厚英应邀出席，在笔会上作了长篇发言，她激动地说："我希望有更多这样的机会。我要在那一块土地上寻找的不是创作的灵感和素材，而是我自己；我的根，我的叶，我的寄托和归宿。"

四、江城踪影

江城芜湖与作家戴厚英有着割舍不断的情感联系。这里曾留下过她的欢乐，也留下了她的心酸。

戴厚英与其前夫，既是同乡，又是同学。在高中读书时，就萌生了爱情。后来，对方考上了同济大学，读工程建筑专业。因男女学制的差异，当戴厚英在上海作协工作时，对方才走出校门。由于男方在"反右"中有所谓"错误言论"，不能留沪工作，而被分回安徽。他们出于"青梅竹马"式的纯真之爱，于1961年9月在家乡办了简朴的婚礼。戴厚英陪丈夫到省城办了分配手续，又送他来芜报到，在市里一家建筑单位，担任工程设计工作。这大概是戴厚英首次光临这座滨江城市。

婚后，聚少离多，夫妇情感日趋淡化。眼看着婚姻已名存实亡，戴厚英不想让刚满四岁的女儿失去父亲，总想维系这风雨飘摇的婚姻。她连续四次赶至芜湖，希望丈夫"冷处理"。同时，积极谋求自己调芜工作。她曾托朋友与芜湖造船厂联系，先到车间劳动，考察一年，如组织上满意，愿到厂部从事宣传工作。然而事与愿违，上海不同意放人，婚姻最终解体。1969年夏，丈夫来沪，与她办理了离婚手续。

上世纪80年代，戴厚英应邀来芜作短暂访问。交谈中，十分感谢芜湖文联在她婚变时对她的关心与帮助。还谈到，芜湖襟江带湖，风光秀美，是一个令人难忘的城市，但这座城市也留下了她辛酸的回忆。

五、中年遇害

改革开放，给戴厚英带来了创作的生机。正当她倾心写作，一部部作品相继问世之时，来自她家乡的一个逆子——她的一位老师的孙子，将她视为"大款"，潜入其住宅谋财，将其杀害。天公何忍?！一位始终与家乡同命运共呼吸的善良作家，竟倒在来自家乡的凶残歹徒屠刀之下。消息传来，各方震惊。1996年9月7日在龙华殡仪馆举行戴厚英教授遗体告别仪式。王元化、杜宣、徐中玉、邓伟志、吴中杰等师友二百余人参加。巴金、萧乾、叶文玲、陈忠实、陈若曦、蓉子等海内外人士发了唁电、送了花篮。一代英才的女作家魂归故里，骨灰就安葬在颍上县南照镇其父墓之一侧。故乡人民为了纪念忠诚的女儿，在南照镇新区北部大路交叉口，建立了戴厚英雕像。在戴厚英遇害两周年之际，安徽文艺出版社编辑出版了《戴厚英文集》共八卷，让读者能较全面地阅读和了解这位杰出的皖籍女作家的作品。

斯人逝去，作品尚存。在皖军奋起的进程中，我们仍可以从中汲取有益的养分，创造新的辉煌。

江城诗人刘湛秋

当你打开电脑，在"百度"搜索点击"刘湛秋"一词时，便会得到许多相关资讯。资讯中清楚地介绍：刘湛秋，当代著名作家，安徽芜湖人。他的优秀诗作，被选入中小学课本，他的不少作品被译成英、法、日、俄、意、德等多种文字。为了让大家对这位成就斐然的芜湖老乡有更多了解，本文作者于此作较为详细的补充介绍。

生于长江岸边的孩子

刘湛秋，原名刘自强，1935 年生于芜湖的一个中医世家。中学时，就读于芜湖中学。这所中学，即今日之芜湖一中。

据刘湛秋中学同学——前市文联秘书长蒋廉声回忆，蒋在上高中时，刘正在读初中。那时，刘湛秋个头矮小，长得较瘦，学习认真，举止斯文。

新中国成立前，芜湖尚未喝上自来水，都是将江水挑入家中，放入明矾，待水澄清，再饮用。刘湛秋在父母身边，就是这样靠喝长江水长大的。

芜湖依山傍水，风光秀美。赭塔积雪的冬姿，镜湖细柳的春意，都让幼小的刘湛秋留下明晰的记忆。满城烟雨的诗情画意，使刘湛秋萌发了创作冲动。他在中学时，就开始向报刊投稿，并在《进步青年》上发表了最早的诗作。

童年生活，成了刘湛秋美好的回忆，他曾在《斗蟋蟀》一文中写道："建国前，在我的家乡——江南的小城，我们小巷子里几乎家家玩蟋蟀……我七八岁的时候，瞎凑热闹，蹲在旁边看别人的蛐蛐两军开战，用捻子一撩，蟋蟀便起了斗性。会用捻子撩的，能让蟋蟀团团转，杀戒大开，两只咬起来，其有天旋地转、飞沙走石之势。"在刘湛秋笔下，芜湖民间斗蟋蟀的情景，被刻画得淋漓尽致。

刘湛秋置身书香之家，从小管教甚严。五六岁即描红习字，稍大即临帖写字。他能写端庄的楷书，并把练字作为一种生活乐趣。他说，练书法的过程就是学会宁静的过程，与写诗的激情奔放截然相悖，这种不同心境的磨炼，对人的养生砺志大有裨益。

1952 年，刘湛秋在芜读完高中。此时，正值"学习苏联老大哥"热潮，掌握俄语成了最时尚的选择。刘湛秋确定赴北国攻读俄语，开始了新的生活。

负笈北上读俄专

刘湛秋考取了哈尔滨俄语高等专修学校，负笈北上，开始了专攻俄语的大学生涯。

哈尔滨是我国北方一座美丽的大都会。由于历史的原因，那里欧风颇浓，中央大街有许多欧式风格的建筑，作为东方东正教最大的教堂索菲亚大教堂屹立在这条街上。刘湛秋尽情领略了这座北方城市独特的风光，并在俄语专科学校专心致志地学习俄文。

哈尔滨俄专，为今日哈尔滨外国语学院的前身。当时，在哈市居住的俄罗斯人比较多，他们语音纯正，俄罗斯语言水准较高，学校聘请他们来校任教。所以，那时哈尔滨俄专的俄语教学水平，在全国是首屈一指的。刘湛秋在这所专业水平很高的学校，得到了系统、严格的训练，为他熟练地掌握俄语，打下了坚实的基础。

出于对文学的爱好，刘湛秋一边学习俄语，一边阅读俄罗斯文学名著，他为俄罗斯文学巨匠深邃的思想和卓越的表现力而折服，尤为喜爱普希金和列夫·托尔斯泰的作品。

1955年，刘湛秋从哈尔滨俄专毕业。当时，正是第一个五年计划建设时期，东北正大力兴办工业，急需俄语译员。刘湛秋被分配到沈阳一家机械厂任翻译。上世纪60年代战备时期，这家工厂下迁南宁，刘湛秋曾联系芜湖，希望回家乡工作，未如愿。他随工厂在南宁生活了较短的一段时间。由于他连续在刊物上发表了数篇诗作，崭露了诗歌创作才能，被借调到《诗刊》编辑部从事编辑工作，后来留在《诗刊》，数年后提升为副主编。从此，他一直居住北京。退休后，仍在京生活。

"轻诗歌"的倡导者和实践者

刘湛秋不仅是优美抒情诗的创作者，而且也是一位诗歌创新理论的不倦求索者。他主张以轻松的方式对待生活，以轻松的方式从事诗歌创作。在一首《心灵的轻》的抒情诗中，他写道："生命是一个自己的不可转让的专利。生命的过程，就是时间消费的过程。在时间面前，最伟大的人也无逆转之力；我们无法买进，也无法售出；我们只有选择、利用。"人应该善待生命，以轻松的方式对待生活。因此，在诗歌创作上，应该以轻松的表现形式，让人获得美的享受。

文学有十分突出的审美功能，一首好诗，必然给人带来审美的满足。她会让读者心灵上感到轻松、愉悦、畅快，"而这种感觉会导致行为的选择更富有人生和潇洒，一个人自己活得很累，会使你周围的人和社会也感到很累。如果说，我能有益于他人和群体，就是我能释放出这种轻松的气息，使别人和我有缘相聚（无论多么短暂），都能感到快乐"。在生活节奏加快的今天，让大众读上一些"轻诗歌"，有助于减轻生活的压力，以更充沛的精力去从事宏伟的事业。

刘湛秋特别指出："我所说的轻并非纯粹的游戏人生和享乐，而是追求心灵的轻松和自由，过自我宽松的日子。"他所写的诗作，实践了自己的创作主张，即清新、空灵，给人以宽慰，又含有一定的思想启迪，让人悟出生活的哲理。例如，他在《无题》一诗中写道："我不去想会怎样结束/既然幕已拉开了/就要愉快地演出/既然玫瑰花已在身边/就要尽情地去吮吸甘露/既然小船已经离了岸/哪怕驶向荒岛也不会孤单/既然已在荆棘中匍行/就不必害怕毒蛇和猛兽虎//啊，春天已在频频地招手/不用去担心冬天的冷酷……"诗中用一系列的象征和排比，刻画了一位开拓者感人的形象，诗的倾向是唯美的，字里行间却饱含了积极向上的力量。

刘湛秋是一位出色的歌手，他的优美动人的诗篇赢得了广大青年学生的喜爱，他被称为当代诗坛的"抒情王子"。

与麦琪的忘年情缘

诗是抒情之作，诗人总是多情的。刘湛秋在《诗刊》任职期间，恰逢年轻的李英调至编辑部，两人在交往中引为知己，渐渐堕入爱河。

李英笔名麦琪，1963年生于北京。1986年毕业于北京大学分校中文系。毕业后，先在京城的一家杂志社工作，不久调入《诗刊》社。

在与刘湛秋的接触中，深为刘的个性与诗才所吸引。此时，刘早已有了自己的家庭，并有了一个可爱的女儿。刘对李英颇为爱慕，却又深感"前妻是一个很好的女人"，"我还要保持在女儿心中的形象"……因此，他一直难以决断，未满足李英的要求。1990年李英愤而要与刘绝交，接受了顾城夫妇的邀请，赴新西兰激流岛。1992年顾城夫妇应邀访问德国。李英与新西兰气功师约翰，双双离开小岛，在澳大利亚悉尼定居，不久分手。1993年发生了激流岛事件，顾城杀妻并自尽。随后发表的顾城遗作《英儿》中，透露了两人之间的交往，以及脉脉的情愫。在顾城夫妇离世后，李英写了《魂断激流岛》，回忆与顾城夫妇共同度过的日子，书中有"爱上顾城"的表白。激流岛事件发生后，人们对著名诗人顾城之死，议论颇多，有的认为是顾城本人气质所致，有的认为与李英的介入有关。此时，刘湛秋挺身为李英辩解，认为李英是单纯、清白而无辜的。李英在国外期间，刘湛秋曾到国外探访。李英回国后，亦曾住在刘家。经历了几番风雨，这对忘年的情人，终于走到了一起。如今，他们已组成了一个新的家庭。

"时代鼓手" 田间

20世纪上半叶，中国人民经历了血与火的考验。抗战期间，文艺工作者以笔为刀枪，积极投入了抗日救亡运动，涌现了一批激动人心的不朽作品，如田汉词、聂耳曲的《义勇军进行曲》、艾青的诗作《雪落在中国的土地上》、田间的诗作《给战斗者》等。而田间正是抗战诗人中，涌现出的一颗新星。他是一位皖籍作家，出生于芜湖对江的无为农村。

生于大江之滨的农村

田间，原名童天鑑，1916年生，无为县开城镇羊山村人。

滔滔江水流不尽，也许是长流不断的江水，给童天鑑以智慧，让他在家乡读完了小学和中学，懂得了做人的根本，激发了文学的兴趣，也许是流传久远的唐诗宋词以及家乡的民歌民谣，让他萌发了写诗的冲动，十八岁便开始了新诗的创作，不到二十岁便出版第一部作品集《未明集》。

农村的天地毕竟十分狭小，农民的苦难让他内心极度不安，他要拓宽生活的世界，寻求自己的出路。1933年，决然离开了家乡，来到上海，考入光华大学外文系。

从无为到上海，一条最省钱、最便捷的通道，就是在芜湖买上大轮票，直接抵沪。或许童天鑑就是由无为渡江至芜湖，然后由芜湖乘大轮至上海，开始了人生新的旅程。

革命文艺之路

光华大学有一批活跃的进步人士，给童天鑑以深刻的影响，帮他认识了不少革命的真理。

这是一个风云聚集的年代，需要通过文艺，抒发内心深切的感受；这是一个革命烽火熊熊燃烧的岁月，需要以文艺为武器，唤起民众斗争的激情。于是大批有为青年，走上了革命文艺之路。他们以笔为刀枪，加入了传播真理的行列。

童天鑑在光华大学时，一边读书，一边创作新诗。他给自己取了一个笔名：田间。诗人生于农村，长于农村，对乡村肥沃的田野，青青的禾苗，充满了深厚的感情。尔后，这一笔名成了诗人的姓名，它集中体现了对故土田园的无限怀念。

由于从事革命文艺活动，1934年，田间参加了左翼作家联盟，担任《文学丛报》《新诗歌》的编辑工作。1935年任《每周诗歌》主编。这一年，他的首部诗集《未明集》出版发行。

1936年，他刚满二十岁，又有《中国牧歌》《中国农村的故事》两部诗集问世。《中国牧歌》是反映东北人民抗日斗争的短诗集。《中国农村的故事》是以红军长征为背景，描写农民反抗斗争的长诗。这两部诗作有力地揭露了国民党统治的黑暗，积极宣传抗争意识，触动了当局者的神经，刚一出版即被列为禁书。诗人还险遭逮捕。

「时代鼓手」田间

在白色恐怖下，田间在上海无法再生活下去。1937年春，来到东京，专攻日语。然而仅隔数月，"七七"事变发生，日寇大举侵犯中国。诗人不愿继续在日逗留，回到了战火纷飞的上海，重新投入抗战诗歌的写作。

为抗击日寇而呐喊

1937年秋，诗人到了武汉，完成了抗战长诗《给战斗者》的创作。此诗为田间的代表作，亦是当时诗坛公认的优秀政治抒情诗。诗中表现了"战士的坟场/会比奴隶的国家/要温暖/要明亮"的不屈的抗敌意志，还抒发了对祖国的诚挚之爱。田间自由体诗艺的特征：句式简短，节奏急促，如同激动人心的鼓点，给人以强烈的情感激发。闻一多先生在评论田间抗战诗作时指出：他是"时代的鼓手"，他的诗中具有一种积极的"生活欲"，"鼓舞你爱"，"鼓动你恨"。

1937年底，田间离开国统区，到八路军领导的西北战地服务团当记者，奔赴抗日前线。1938年春，来到延安，与文艺界战友，共同发起街头诗运动。他创作的街头诗，铿锵有力，充满战斗的激情，深受抗日军民喜爱。《假如我们不去打仗》，就是一首街头诗佳作，它极大地鼓舞了中国人民的抗日热情，很快传遍了中国。全诗如下："假如我们不去打仗/敌人用刺刀/杀死了我们/还要用手指着我们骨头说：/'看，/这是奴隶！'"诗人用朴实的语言，精炼的句式，揭示了一个真理：只有拿起枪杆，坚持反侵略的正义战争，才能摆脱悲惨的奴隶命运。

1938年冬，田间越过封锁线，进入晋察冀边区，一直跟随八路军，在边区生活战斗。1941年任边区文协副主任，还被选为边区参议员。1945年任边区《新群众》杂志社社长兼主编，创作叙事诗《戎冠秀》《赶车传》，出版《民歌杂抄》。1946年，任雁北地委宣传部部长、秘书长，创作《宋村纪事》。1948年任张家口市委宣传部部长。后又兼任察岭尔省文联主任。

热情讴歌新生活

新中国成立前夕，田间参加了第一次全国文代大会，曾任作协党组成员、创作部部长、文学研究室主任，还长期担任河北省文联主席。

面对新生活，诗人欢欣鼓舞，竭力热情讴歌，很想写出无愧于时代的好作品。

他将长篇叙事诗《赶车传》续写完毕，以反映时代的伟大变革。出访东欧，归来写成《欧游札记》。还到内蒙古、云南采风，写成《马头琴歌集》《芒市见闻》等诗集。虽然田间艰苦地探索，却始终没有找到完全适合自己的诗歌表现形式，未能实现新的突破。1984年，因病与世长辞。

诗人田间离开我们已有二十余年了。他在民族危亡的时刻，以诗为武器，发出过激动人心的呐喊，他的不朽历史功绩，人民是不会忘记的。

田间的诗有其鲜明的艺术特征，急促跳动的意象、鼓点式的节奏，都给人难以磨灭的印象，其鼓点式的诗作将永远活在广大读者的心里。

「时代鼓手」田间

名垂史册的文化战士

陈云同志、陈毅同志曾是他的老领导，李克农将军是他的同窗挚友，黄克诚、张爱萍、叶飞、李一氓都是他的故交好友，他就是阿英。

阿英是芜湖现代革命史上，值得关注的一位革命先驱，他1926年加入中国共产党，始终同革命同呼吸共命运，积极投身无产阶级文化运动，与党内许多高层人士有血浓于水的革命情谊。然而，新中国成立后，阿英却选择了自甘寂寞的学术研究之路，伏案著述，取得了丰硕的成果。

诞生于江城的先锋战士

芜湖市弋江桥南岸，有一幢两层楼的住房，这里住着修钟表的个体手工业者钱聚仁一家。

阿英生于1900年，他是钱家的第三个孩子，前面还有两个姐姐。阿英原名钱德富，曾用笔名钱杏邨、阿英、鹰隼、魏如晦等，用得最多的笔名还是阿英，新中国成立后发表的一百多部（篇）作品，均用笔名阿英，由此阿英成了他日常的用名。其父钱聚仁为人耿直，一生勤俭，挂在他嘴边的口头禅："起家犹如针挑土，败家犹如浪淘沙。"教育子女克勤克俭，做奋发有为的人。生母张氏，是卖草席人家的大女儿，出身贫寒，嫁到钱家，一直帮丈夫操持家务。阿英5个月时，生母不幸染病身亡。5岁时，阿英有了继母，其继母亦为贫苦出身，但心胸狭隘，对前妻的三个孩子多有苛待，常无端打骂他们，这使阿英从小便萌生了反抗压迫的意识。

阿英5岁在家识字，8岁入私塾，在一位姓姜的老先生处，读了"四书""五经"，还诵读《国语》《国策》《左传》等，为掌握古文打下了较好的基础，并养成了爱好读书的好习惯。阿英的父亲与一位牧师有交往，认为光学旧学没有出路，便在儿子10岁时，送他到徽州小学接受新式教育。在这里，阿英开始学习史地、数学、音乐、图画新课程。1912年，阿英同小学同学李克农一同转入省立第一商业中学读书。一学期后，又转至美国来复会办的萃文中学学习。在中学期间，阿英如饥似渴地阅读《青年杂志》等进步书刊，经常到省立五中参加集会活动。五中教师高语罕团结蒋光慈等一批进步学生，成立《安社》，出版《自由之花》，批判旧礼教，提倡婚姻自由。阿英和李克农在蒋光慈的鼓励下，也参加了安社。安社虽不是马列主义组织，但其主张自由解放的思想，与阿英、李克农的人生追求十分合拍。

1918年，18岁的阿英在姐姐和同学的资助下，赴沪求学，进了上海中华工业专门学校土木工程系，希望成为一名工程师，将来实业报国。次年，"五四"运动爆发，阿英立刻投入这场风暴之中，他被同学推为代表，参加上海学生界联合会，同交大的学生邹韬奋一起，编辑学生会《日刊》。这年暑期，阿英回到芜湖，又投入江城的反帝反封建斗争。9月回到上海，把自己在家乡的见闻写成诗歌、小说、评论、剧本，投到上海《解放画刊》发表，还把假期去南京作社会考察的报告

《南京胶皮车夫的状况》刊登在上海共产主义小组的《劳动界》上。这份社会考察报告中，阿英指出：胶皮车夫（即人力车夫），"每天就做那非人的生活"却"不能供养一家"，他们"劳苦一生，只给那吃人不出血的资本家弄资产，我们何不群起合作，推翻资本家，尊重'劳工神圣'呢?"此文发表于1920年9月，距中国共产党成立仅一年，表明阿英此时的思想早已站在劳工大众一边，他的无产阶级意识已经形成。在上海，阿英与共产党员高语罕、周范文、蒋光慈来往密切，思想更趋左倾，向组织明确提出入党要求。1926年10月，经组织批准，阿英成了一名光荣的共产党员。

投身革命文化活动

阿英在上海入党后，次年，受组织派遣，回家乡从事革命活动。此时，芜湖已在北伐军控制之下，阿英以共产党员身份任国民党芜湖县党部常委。他虽为常委，很少在县党部供职，常常在科学图书社指导图书发行，并将外地大量革命书籍运至芜湖，宣传共产主义思想，启迪民众革命意识。1927年，蒋介石发动"四一二"政变，芜湖反动当局搜捕共产党人。阿英事先得到情报，只身逃离故乡，来到武汉。

大革命的失败，让阿英痛感枪杆子、笔杆子的重要。在武汉时，阿英、蒋光慈、孟超、杨邨人等，多次商谈成立一文学社团，发行一文学刊物，宣扬无产阶级革命文学，得到了邓中夏、李立三的支持。回到上海后，又向瞿秋白汇报了有关意图，得到了秋白同志的赞同。1928年1月，太阳社正式成立，出版杂志《太阳月刊》。该社成立之日，党的领导人瞿秋白亲自到会祝贺。太阳社是一个有鲜明党性立场的文学团体，它是中国共产党领导下的第一个无产阶级文学组织，而阿英正是太阳社的中坚和一员重要战将。

名人踪影

党中央为了更好地团结广大文艺工作者，粉碎国民党的文化围剿，开始酝酿筹备中国左翼作家联盟。1929 年 4 月，中央宣传部干事潘汉年多次找创造社、太阳社成员商议成立左联之事，说服他们解散原有文艺社团，实现与鲁迅合作。1930 年 3 月 2 日，党领导的革命文学界的统一战线组织中国左翼作家联盟正式成立，选出夏衍、冯乃超、鲁迅、田汉、郑伯奇、洪灵菲、阿英 7 人为常委。阿英是左联中的领导者之一，他在执委会中，分工联系上海十几所大学的文艺社团工作，参加编辑《拓荒者》《北斗》等文艺刊物。参与开展党的电影工作，除了独自编写了电影文学剧本《丰年》外，还与夏衍、洪深合编了多部电影剧本。于伶在《默对遗篇吊阿英》中写道："阿英可能是中国共产党人中第一个搞电影的同志。"

进入新四军根据地

1941 年 12 月 8 日，太平洋战争爆发，上海沦陷。党指示阿英去大后方，或去新四军。阿英决定奔赴新四军根据地。在地下党安排下，阿英一家分两批离沪，先后进入苏中根据地。经过艰苦转折，1942 年 7 月中旬，阿英终于抵达新四军军部所在地阜宁县停翅港，受到军部负责人陈毅的热情欢迎。先在苏中三分区叶飞同志处工作了一段时间，将大女儿钱璎、大儿子钱毅安排在服务团戏剧组，自己参加服务团指导工作，导演话剧，给团员讲表演艺术课。

抗战即将胜利之际，郭沫若发表了《甲申三百年祭》一文。党中央通知各根据地、各军区，要求认真学习该文，以作将来我军进入大城市、解放全中国的思想准备。为了配合这一思想教育，阿英在三师副师长张爱萍的建议下，于 1945 年上半年写成话剧《李闯王》，由八旅文工团排练。5 月 6 日晚，在阜宁益林镇郊外广场上，向军民演出，受到

名垂史册的文化战士

热烈欢迎。

1946年解放战争爆发，阿英奉命随军北撤。1947年初，进入鲁南山区。3月20日到达华中分局所在地于家湖，此时传来阿英长子钱毅在淮安前线被捕英勇就义的噩耗。阿英强忍悲痛，随华中局踏上胶东的土地。9月下旬，奉华东局指示，由威海乘船，越过敌人海上封锁线，抵达大连。1949年初，中央决定阿英赴京，参与第一次全国文代会筹备工作。他由大连经沈阳、天津，5月份到达北京。5月13日与周杨、茅盾、夏衍等文化名人一道，在中南海受到了周恩来同志的亲切接见。第一次文代会结束后，中央任命阿英为天津军管会文艺处处长。不久军管会撤销，阿英任天津市文化局局长。新中国成立后，阿英一方面担任文艺界的有关领导工作，一方面悉心从事学术研究，致力于案头的撰述工作。

挥之不去的文人情怀

阿英从小养成了喜爱读书的习惯，即使在战斗激烈的岁月，总是挤出时间，贪婪地读起手中之书。平常，阿英经常光顾书店，在各地旧书摊上，寻觅有价值的书刊。在上海，他常去四马路上的旧书店、城隍庙书市；在苏州，他常去文学山房、松石斋、来青阁；在北京，他常去琉璃厂、东安市场、观复斋、文奎阁，为此，还写了《西门买书记》《海上买书记》等。他曾写道："只要身边还剩余两元钱，而那天下午又没有什么事，总有一个念头向我袭来，何不到城里看看书市。于是，在一个小时或者半个小时之后，我便置身在好像是自己'乐园'似的旧书市场之中了。"说起淘书与藏书，在中国现代作家、学者中，阿英是十分突出的。有人认为：郑振铎为第一，阿英排第二。

阿英既喜藏书，又乐于借书供他人使用，很多作家、学者都得到过

他的帮助，如鲁迅、茅盾、郑振铎、范文澜等。鲁迅编《新文学大系·小说二集》时，曾向阿英借阅过有关资料。阿英对目录学亦颇为精通，他在大量收集有关资料时，编有《中英鸦片战争书录》《甲午中日战争书录》《近代国难史籍录》等数十种，著录中既有内容概述，又有精当评语，颇具研究价值。阿英是现代著名藏书家，搜集图书，研读图书，是他挥之不去的文人情怀，坐拥书城是他一生中最大的快乐。

悠悠故园情愫

1977年6月17日，阿英因患肺癌在北京逝世。

芜湖是阿英生于斯、长于斯的故土，又是他走上革命道路的起点。生前，阿英对家乡一直怀有难以割舍的悠悠情愫。

1987年，在他辞世十周年之际，芜湖隆重举行了"阿英藏书陈列室暨纪念基石"揭幕仪式。叶落归根，阿英的子女将阿英骨灰从北京八宝山革命公墓一室，移葬于故乡风光秀丽的镜湖烟雨墩上，墓地坐北朝南，面对粼粼的湖水和田园式的步行街，汉白玉纪念基石塑有阿英头像浮雕，刻有李一氓所书"文心雕龙"四个大字。英魂归故里，从此阿英与家乡的山水相伴，凝视着故园日新月异的变化。

阿英的子女依据其父的遗愿，将其藏书13000余册，赠送给家乡人民，在镜湖烟雨墩藏书楼建立了"阿英藏书陈列室"，藏书室匾名由陈云题写。藏书以清刻本为主，其中亦不乏善本与珍贵之抄本。2003年安徽教育出版社出版了《阿英全集》（1—12卷），使阿英生前的著述，有了大致齐全的版本，可供后人查阅与研究。

阿英的战友阳翰笙为纪念阿英逝世十周年写下诗句："笔阵纵横五十年，书香文采留人间；高谊难忘并肩日，艺旗共举创新天。"高度概括了阿英战斗的一生、辉煌的业绩。

名垂史册的文化战士

一代剧星舒绣文

山清水秀、文采蔚然的徽州，曾孕育了一批又一批杰出的人才，其中亦不乏女性。黟县舒村的舒绣文，就是其中的一位。她是一位著名的表演艺术家，早在上世纪30年代，就以精湛的演技征服了广大观众，与白杨、秦怡、张瑞芳被誉为"话剧舞台的四大名旦"。她追求进步，献身艺术，被选为第一届全国政协委员，第二、三届全国人大代表。

深受观众喜爱的名演员

提起舒绣文，人们会想起著名电影《一江春水向东流》，在这部影片中，舒绣文扮演"抗战夫人"王丽珍小姐。她把这一角色的泼辣、圆滑表演得入木三分，给观众留下了强烈的印象。

舒绣文从艺并非科班出身，完全凭自身感悟，在长期舞台艺术实践中摸索成功。她演戏极为认真，总想调动一切手段，让人物鲜活地展现在舞台上。在《一江春水向东流》中，王丽珍出场，疯狂地跳西班牙舞。舒绣文从未跳过这种外国舞蹈，导演打算让舞蹈演员作替身。

舒绣文认为：虽然只是几个一闪而过的镜头，但这是人物的首次亮相。京剧十分重视"亮相"，电影更不能放过。如果相亮得好，人物一出场就能把观众抓住。她决心自己担当，专门请了一位舞蹈教师来教授。西班牙舞节律十分强烈，动作难度大，相当难学。舒绣文经过半个月的刻苦训练，终于熟练掌握，而且跳得异常精彩。这段戏效果极好。著名导演应云卫这样说："绣文的戏演得出类拔萃，认真是她的看家本领。"演《中国万岁》时，剧情规定男演员要打她一记耳光。每次上场前，绣文总是对男演员说："你别照顾我，我忍受得了。只有使劲打，才会激起我的愤怒之情，才能把这场戏演好。"有一次，男演员进入了角色，凶狠地抽了她，使她几乎站立不住，她的愤恨到了极点，舞台气氛达到高潮，全场观众都沉漫在戏剧的情节之中……

舒绣文有驾驭台词的高超技巧。她能说一口漂亮的京腔，能把悄悄话送到千人池座最后一排观众的耳朵里，这是千锤百炼获得的真功夫。演艺界同仁都认为：舒绣文的台词艺术确实超群。

舒绣文是文艺界公认的善于用自己的出色演技创造多种人物的难得的演技家，也是一位激情澎湃的优秀表演艺术家，她在《天国春秋》中扮演的洪宣娇、在《关汉卿》中扮演的朱帘秀、在《骆驼祥子》中扮演的虎妞……众多鲜活的人物，至今还铭记在广大观众的心里。

不堪回首的童年生涯

舒绣文的老家在黟县舒村，离县城约四公里。祖父舒斯笏，清末进士，曾任过官职，后弃政从商，在安庆与人合伙开了一家绸布店。父亲舒子胄在振风塔下的省立第一中学任教，因不满家庭包办的婚姻，与同样任教的手工课教师许佩兰相恋，并生下一小女孩，这小女孩就是绣文，由祖父为其取名，意为将来长大，有其父之文才，还有如其母绣花之巧手。

舒子宵由于自由恋爱，且私生孩子，被认为是伤风败俗，不配为师，遭安庆一中辞退。只得北上谋生。先是在天津南开中学任教，后经同乡引荐，在北京邮电局谋到一个职务，同时还在北京大学找到一份差事。此时，全家总算有了稳定的生活。1923年，八岁的绣文被送到北京女子师大附小上学。她活泼可爱，成绩居全年级前列，还特别喜欢演戏，为学校的文娱骨干。

天有不测之风云，身体瘦弱的舒子宵患上了肺病，以致无法再上班，全家经济面临严重危机。先是典当家中值钱物品，接着是举债度日。佣妇已被辞退，十三岁的绣文承当了繁重的家务。在失业、疾病的双重打击下，舒子宵开始沉沦，染上了抽大烟的恶习，让这个本来十分困苦的家庭，蒙上了重重阴影。为了生计，小小的绣文只得到华北跳舞厅当舞女。在舞场上，绣文认识了一位褚姓的记者，对他有几分好感。正当债主上门索债，逼其父将绣文抵债时，绣文决定逃离这个不幸的家庭，在褚姓记者的相助下，她来到了十里洋场的上海。

在上海，有幸结识了田汉、洪深、阳翰笙、应云卫等左翼戏剧人士，先是作配音，后又参加话剧演出。她参演的第一部戏是楼适夷编剧的《活路》，扮演一个工人的妻子。后来又参加了田汉的剧本《名优之死》，扮演堕落的女主人公刘凤仙，这是她第一次演如此复杂的人物。通过认真而细致的排练，她演得十分真切而感人，获得了极大的成功。从此，她一直活跃在舞台上，并参与拍摄电影。

抗战中的赤子之心

日寇大举侵华，"八一三"事变爆发，战火燃烧到了舒绣文的身边。电影公司关门，剧团停演，绣文举家失业，生活又陷入困顿。然

而，民族危亡让绣文顾不上自身的艰辛，她参加抗日义务服务队，起早摸黑赶到伤兵医院，清洗那些沾满血污的纱布、绷带，帮伤员擦洗伤口，给伤员喂饭，希望通过自己的一份劳动，让伤员早日康复，尽快走上杀敌的战场。

舒绣文积极参加第三厅话剧队的宣传抗日的演出活动，主演了抗日影片《保卫我们的土地》。周恩来观看了这部影片，十分赞赏舒绣文在影片中的感人表演，他紧紧握着绣文的手，深情地说："舒绣文同志，你的农妇演得很真实，我们都很喜欢，我特地向你表示祝贺。"

《塞上风云》是阳翰笙根据自己的同名话剧改编的一部电影，内容是宣传各民族团结抗日。舒绣文在影片中担任罗安姬娜这一角色，她随剧组一同到内蒙古拍外景，辗转到了陕北延安，受到了中共领导人毛泽东、朱德、周恩来的亲切接见。舒绣文亲眼看见革命圣地的勃勃生机，内心无比激动。她很想留在延安，但组织上仍让她留在国统区，继续革命戏剧活动。绣文愉快地服从了组织的安排。

人生最后的历程

新中国成立前夕，国民党对革命文艺工作者加紧了搜捕和迫害，根据组织指示，舒绣文转移到了香港。1949 年 5 月，舒绣文接到通知，乘海轮北上，赴京参加第一次文代大会，会见了文艺界的许多朋友。

新中国成立后，舒绣文被分配在上海电影制片厂，任演员，接受的第一个任务是担任故事片《女司机》的主角。为了演好这一角色，她深入铁路体验生活。虽三十多岁了，心脏又常有不适，还是以昂扬的情绪拍完了戏，顺利地完成了任务。由于长期劳累，风湿性心脏病越来越严重，演戏时会突然昏厥，甚至休克。舒绣文的身体已不宜拍电影，周恩来总理建议她调到北京，参加北京人民艺术剧院的工作。于

一代剧星舒绣文

是，舒绣文开始了北京人艺的艺术生涯。

舒绣文是一位极其敬业的艺术家。虽身体不佳，却总想多参加艺术实践。她是我国最早的配音演员，在北京，她又担任了苏联电影《乡村女教师》主角瓦尔瓦拉的配音工作。还到广播电台播讲长篇小说《苦菜花》《迎春花》，还曾为著名动画片《小猫钓鱼》中的猫妈妈配音。在今天的网络上，仍可点击这部动画片，仍可领略到舒绣文高超的配音艺术。舒绣文是一位驰名大江南北的大演员，却从不轻视小角色的塑造。在电影《李时珍》中，她饰演了一个一句台词也没有的病妇，对这样一个小角色，她也倾心塑造，仍然演得光彩夺人。

在"文化大革命"中，舒绣文受到了严重的冲击，被抄家，遭批斗，关牛棚，以致一病不起。1969年3月17日一代巨星在医院孤寂地离开人间。1979年5月15日组织上为舒绣文举行了隆重的追悼会，邓颖超同志主持追悼会，康克清、宋任穷、曹禺、阳翰笙等出席追悼会。悼词指出："舒绣文同志是在我国人民中早就享有盛名的老一辈杰出的表演艺术家。""她三十多年没有离开舞台和银幕，没有离开观众，在我国戏剧、电影史上有着卓越的贡献。"

一生奉献艺术于人民的人，人民是不会忘记她的。

皖籍音乐家张曙

徽州被称为"东南邹鲁"，是个文化底蕴十分丰厚的地方，这里曾诞生过许多闻名于世的杰出人才，如理学创始人朱熹、著名哲学家戴震、篆刻大家巴慰祖、国画大师黄宾虹、人民教育家陶行知、著名学者胡适等。本文要向大家介绍的是一位赤诚爱国的音乐家，他叫张曙，出生于歙县柔川村，积极投身于抗战歌曲的创作，在日寇飞机的轰炸中，不幸遇难。

从小便是音乐迷

张曙（1909—1938），原名恩袭，小名"五喜"。当年柔川的邻村，有个由孩子组成的"唱灯班"，逢年过节要排练和演出一些徽戏，演唱民歌，演奏古老的民间曲调。张曙从小便生活在这种浓厚的戏剧音乐氛围之中，他是"唱灯班"一个热情的观众。时间长了，"唱灯班"主持张树滋发现小张曙对音乐有特殊天赋，便破格吸收年仅五岁的小张曙为"唱灯班"演员。

1917年，时年九岁的张曙，入柔川的一所私塾念书。此时，张曙

仍未间断对音乐的学习和钻研。一年冬季，外地来的徽班在坑口的空地上搭台唱戏。戏演到一半，突然伴奏的主胡断了一根弦，琴师慌了手脚，演出不得不暂停，引发台下一片倒彩声。年仅十一岁的小张曙，大胆地走上台，接过那把独弦琴，继续为演出伴奏，顿时赢得观众的一片赞扬之声。从此，张曙的音乐天赋被乡亲们传为佳话。

1923年，张曙的父亲到浙江衢州经商，张曙随父至衢州上学。入学统考时，以总分第一的优秀成绩名列榜首，成为浙江重点学府——省立第八中学的高才生。浙江省立八中，聚集了一批思想进步的青年教师，整个学校思想活跃，追求光明，这对后来张曙人生道路的选择，有着极为深刻的影响。

投身民族解放大业

1926年，张曙从浙江省立八中毕业，赴上海考取艺术大学音乐系，后转入南国艺术学院，师从著名戏剧家田汉，参加由田汉组织领导的"南国社"。

1928年，追求进步的南国艺术学院遭反动当局阻挠，不得不停办。张曙又考入上海国立音乐专科学校声乐系，师从著名音乐家苏石林教授。经大学培育，张曙的音乐素养大幅提升，逐渐成为上海颇有名气的男中音歌唱家，他音色浑厚，吐字清晰，情感充沛，悠扬动听，深为广大听众喜爱。有一次，他在南京演出田汉编剧的《复活》，当演唱到《莫提起》这首歌时，由于声情并茂，深深打动了观众，使得大家热泪盈眶，剧场里爆发了热烈的掌声。

张曙出生于农村，目睹乡间百姓的种种疾苦，在大都市上海亲身经历社会的诸多问题，中学和大学读书时，深受进步教师的思想影响，因此，他追求光明，积极投身民族解放大业，经常参与进步文艺活动，曾两度被捕入狱。第一次是被当作"谋杀蒋介石"的"嫌疑犯"而被捕。第二次被捕是因为他参加"左联"组织。被捕后，在狱中结识了胡也频、何孟雄、李求实、柔石等中共党员，革命意识更加增强。出狱后，加入上海的一个早期进步音乐组织——"苏联之友社"音乐组。并与聂耳、吕骥、任光等一道组织"歌曲研究会"，专门从事革命群众歌曲的创研活动。不久，经田汉介绍，加入中国共产党。

为抗日救亡而呼号

西安事变后，国共达成一致抗战的协议，我党主办的《抗战日报》在长沙出版发行。受党的指派，张曙是《抗战日报》的编辑之一。他除了编辑报纸，还牵头组织"抗敌后援会"和"中华文化协会"，配合抗战，开展丰富多彩的群众文艺活动。

1938年初，张曙来到武汉，与音乐家冼星海、盛家伦、贺绿汀、江定仙、沙梅等一道，组织"全国歌咏协会"，广泛开展群众救亡歌咏活动，大大激发军民的抗日士气。

在武汉期间，他埋头创作了大量抗日救亡歌曲，如《救灾歌》《保卫祖国》《战鼓在敲》《抗战进行曲》《壮丁上前线》《丈夫去当兵》等。他还为田汉的话剧《卢沟桥》谱写插曲《卢桥问答》《征夫别》；又为《最后的胜利》谱写插曲《赶豺狼》《日落西山》；还为田汉作词的《洪波曲》谱曲。他的这些音乐作品，以激昂的旋律，抒发了中国人民捍卫祖国的坚强决心，以及与侵略者血战到底的英雄气概。可以这样说，张曙一生中大部分音乐佳作，都是在这期间创作出来的。武汉沦陷后，张曙转移到了桂林，依然积极投身抗日救亡的音乐活动。1938年12月24日，张曙如期前往桂林中学，向武汉等地来的一些朋友演唱他创作的新歌《负伤战士之歌》。就在这天中午，日寇飞机在桂林

城中，进行了惨绝人寰的大轰炸，年轻的张曙和他的女儿，不幸遇难。这是日寇欠中国人民的许多血债中，欠下的又一笔血债。

音乐巨星陨落，震动了音乐界和文艺界。郭沫若赶往桂林，主持张曙的追悼大会。

1940年，由郭沫若、田汉、老舍等五十余人发起，在重庆电影制片厂举行"纪念张曙同志逝世两周年追悼大会"，周恩来亲临大会给予张曙很高的评价，他说："张曙先生之可贵，在于和聂耳同为文化战线上的两名猛将。这文化战线包括着文艺、诗歌、漫画、木刻、音乐各部门，给全民抗战起了伟大的推动作用。救亡歌咏便是最显明的。它代表了大家，发出了反抗的怒吼；代表了大家，发出了要求团结的呼声。张曙先生便是这样工作中的一个，这功绩是永远不会磨灭的。"

永远活在人民心里

新中国成立后，人民政府在桂林七星岩风景区，为张曙修建了墓地。

张曙生前创作歌曲达200首，现存有70余首。人民音乐出版社相继出版了《张曙歌曲集》《张曙歌曲选》，让张曙谱写的歌曲世代为大众传唱。

1958年，张曙逝世廿周年之际，中国音乐家协会在京举行纪念会、座谈会和歌曲演唱会。

1988年，安徽省文化厅、中国音乐家协会安徽分会、歙县县委县政府联合在合肥召开"纪念人民音乐家张曙牺牲五十周年大会"，深切缅怀这位音乐赤子献身抗战的悲壮一生。为表达家乡人民对这位赤诚的爱国音乐家的敬意，1995年10月17日，歙县县委、县政府，在县城的披云山麓，建立了一座张曙雕像，供广大人民瞻仰，每当清明时节，常有少先队员前来献上鲜花。

张曙的生命是短暂的，他仅活了三十个春秋。他的鲜活的生命，被日本侵略者的魔爪扼杀了。

为人民奋战的人，永远活在人民心里。人民将秉承他的遗志，奋发图强，让伟大的中华巍然屹立于世界的东方。

皖籍音乐家张曙

黄山脚下的资深女教授苏雪林

黄山之巅有一处巨大奇石，状若顽猴，正凝神注视着山下那一片广袤的绿畴，这片地区旧称太平县。因而，奇石有"石猴望太平"之称。黄山脚下的太平县，有一个秀美的山村，名为岭下，村中一苏姓大户，养育了一位奇特的女子苏雪林，她活了103岁，笔耕80载，作品65部，皇皇30卷，逾1600万言。她是一位集作家、画家、教授、学者于一身的杰出人物。在102岁高龄之际，她从宝岛台湾返回故里，登上黄山，光临芜湖，专访安徽师范大学。

徽商后代

黄山脚下的岭下村，现属黄山区永丰乡，它在必吉岭西侧。山村背靠黄山余脉，树木葱翠，下有一条由山泉汇集的小溪，名为珠溪河，河水终年不涸，晶莹清澈，经村旁缓缓流去。绿水村边绕，青山郭外斜，景色令人陶醉。苏雪林曾在这样一处山清水秀的故里生活了一段时光。她的上祖从四川眉山迁来，系宋代大文豪苏轼之弟苏辙的后裔，算起来，雪林应为苏辙第33代孙。

徽州一带，山多田少，行商者居多。雪林的祖父苏文开，字锦霞。年轻时，曾在屯溪苏德源当铺当店员。他话语不多，办事勤勉，歇业后，仍在灯下攻读。家中看他颇有心志，替他捐了一个县丞之职。苏雪林1897年诞生于浙江瑞安。其时，她的祖父正在瑞安任县令。

苏文开的堂叔苏成美是一位十分善于经营的大商人，不仅屯溪苏德源当铺是他开办，还与安庆李府、甘棠崔家合伙在安庆开了一家当铺，自任总管。他还兴办一批实业，如大通的日新纱号，荻港的日昌油坊等。他把商场办到南京、上海等大城市，建立起一个庞大的商业王国，资产超七十余万，人们称之为"苏百万"。正是徽商的经济实力，为他们子孙的培育和发展，提供了财力的有效支撑。

求学之路

苏雪林童年，正处于晚清时期，那时仍奉行"女子无才便是德"的封建观念，妇女极少有读书机会。她能求学，完全是一种偶然。

祖母信佛，想念《心经》等，苦于无人教，她想到儿孙们若能识字，正好充当帮手。便让人清理上房，用作女塾。从此，苏雪林在家中，开始接受蒙童教育。《心经》等佛学未念完，却时常溜到二叔书房中，见书就读，《征东》《扫北》《三国》《水浒》，还有《阅微草堂笔记》等，统统一读为快。她才思敏捷，且有诗画天赋。小小年纪，一幅水墨山水画，却画得气韵生动，惹人喜爱。祖父离任，先在上海住了两年，因开销颇大，决定返回安徽。那时，雪林之父和二叔，均在安庆谋生，祖父便带着大家来到作为省府的安庆。此地有一所基督教办的女校，雪林和三妹都进入这所新式学校，仅读了一学期，祖母不断催促其母返乡操理家务，雪林和三妹跟着母亲回到岭下。

人虽回到故乡，心却惦记上学。她从报上获悉在安庆的省第一女子

师范招生，便向家中提出要去报考，遭到祖母痛斥。

雪林决定以死抗争，飞步跑向村边的深潭，打算投水自尽。母亲随后追上了她，双方抱头痛哭。祖母见险些要出人命，只得不再干涉雪林上学。她以小梅之名，考取了省一女师，并以优异成绩于1917年完成了学业，被留在本校附小任教。

有了工作，雪林仍希望有机会深造，打听到北平女子高等师范学堂招生，遂前往报考。抵达北平，考期已过，让她十分伤心，只得去拜见该校国文系主任陈钟凡教授。陈先生为她不断进取之精神所感动，同意她为旁听生。她以苏梅之名，进入了女高师。由于成绩优秀，不久便转入在籍生。女高师国文系聚集了新文化运动的许多大家，如胡适、周作人、李大钊、陈衡哲等，英文教师请的是吴贻芳。这些文化精英给了雪林以丰富的滋养，为她尔后的发展奠定了良好的基础。

1921年7月下旬，学校放暑假。《京报》刊出里昂中法学院招生之广告，录取生可得多种补贴，一年费用仅二三百元。雪林决定前去报考，并被录取。她说服了父亲，踏上赴法留学的征程。

她在里昂中法学院，先是学习法文，接着学习绘画、艺术理论，后又专攻文艺。四年后，春季的一天，雪林接到家书，得知家乡遭匪患，母亲因护持孙子和保护家产，被匪徒打成重伤。这消息让她坐立不安。出于对慈母之孝心，她毅然结束留法生活，匆匆返回祖国。

回国后，雪林走上了杏坛，开始了一生的执教生涯。

婚姻困境

雪林的祖父从江苏海宁卸下知县之职，带着全家暂住上海，其时，祖父的堂弟苏文卿在沪开了一家同兴和大五金行。商行经理张余三，为人厚实，办事干练，与苏之祖父相识后，两人引为知己。张余三的二子张宝龄，年龄与雪林相当。在喝茶聊天中，两家定了这门亲事。张余三，江西南昌人，家境殷实，见雪林常在报端发表文章，十分欣喜，为了使儿子能和这个才女相匹配，将宝龄送到美国麻省理工学院，学习船舶制造。后来雪林得知宝龄赴美留学，自己也赴法攻读。订婚双方，同为高学历，同有留洋经历，应该是门当户对的夫妻。然而事与愿违，由祖父做主的这门婚事，并未让雪林得到幸福，却让她陷入了无爱的困境。由于男方学工，为人木讷；女方学文，性情开朗，彼此性格难以融洽。在求学的过程中，雪林曾三次表示欲与对方解除婚约，均遭严父的怒斥。

1925 年，雪林回到祖国，为了安慰病重的母亲，她违心地同意，在太平岭下，与张宝龄完婚。婚后，夫妻一起在苏州生活了数年，她试图以热情之心，增进夫妻关系，效果不佳。夫妻之间，矛盾时有发生，情感越来越冷淡。用她自己的话：确实是"一场不愉悦的梦境"。

1931 年，雪林到国立武汉大学任教，宝龄到上海江南造船厂任职。抗战爆发后，苏随武大西迁乐山，张由上海赴云南，两人互无信件。直至 1942 年，武大工学院郭霖教授病逝，临终前向校方推荐张宝龄代替他。这样，张亦来到乐山，夫妻有机会重又生活在同一屋檐下。抗战胜利后，苏张二人随校回武昌。不久，张宝龄应聘去北平，任机械部三局总工程师；苏雪林应邀赴港工作，后又赴欧参访。1952 年，定居台湾。从此，这两位名义上的夫妻，再也没有相聚的机会了。

故园情愫

苏雪林是一位热爱乡土而有强烈故国情愫的人。

抗战爆发，为了支援前线抗日，苏雪林将自己嫁妆三千元、十余年节省下的教书薪俸以及写文章所得的稿酬，悉数取出，换成两根金

条，捐献国家。苏为国捐金之义举，一时轰动社会，宁、沪各大报刊均刊发了这一消息。新中国成立后，苏雪林虽身居宝岛，却心系故里。1998年过102岁生日时，她思乡心切，不断重复自己的心愿："一定要回家乡看看！"经多方努力，5月22日中午，苏雪林在学生唐亦男教授的陪伴下，经高雄，转香港，飞抵合肥，次日来到芜湖。在安徽师大，她见到师大前身老安大教授花名册上，印有"苏梅"的名字，喜悦之情立刻浮现在面部。5月27日来到久别的岭下，见到了家乡的海宁学舍、苏氏宗祠，还有村旁那棵苍劲挺拔的桂花树，激动地对陪同人员说："这是我的家。到家了！我不走了！"深情的心声，让大家为之动容。5月28日，黄山太平索道迎来了最年长的游客，苏老乘缆车登临黄山。黄山是苏雪林生命的一部分，她写诗、作文、绘画都离不开黄山。

这一天，她以102岁的高龄重访家乡，游这座名山，谱写了人类的奇迹。

完成访乡的遗愿，1999年4月21日苏雪林在台南寓所中溘然与世长辞。1999年8月，其骨灰被护送到岭下故里，安葬在其母杜浣青的墓旁，实现了她的叶落归根、与家乡青山共存的夙愿。著名作家鲁彦周曾在《文汇报·笔会》发表散文《在苏雪林的故乡》，文中指出："苏雪林是中国新文学史上有重要影响的女作家"，"只是因为历史的原因，她离开大陆到台湾当教授，一去就是半个多世纪。中国现在的许多读者已不大知道她了。她的故乡在安徽，更不为多数人所知。"史实表现，在徽风皖韵这片热土上，曾孕育了不少才华卓著的各类人才，重温有关历史，会激励我们把脚下的家园建设得更加美好。

也谈刘文典

民国时期，刘文典可是一位名声赫赫的倜傥之士。

刘文典生于1889年，字叔雅，合肥人，其父为布店老板。刘文典十八岁入同盟会，东渡日本，拜章太炎为师。辛亥革命后，在沪与于右任、邵力子办《民立报》。宋教仁遭袁世凯谋杀时，刘随陪在侧，亦遭枪伤。后曾在孙中山秘书处任秘书。不久，即转入从教。在北京大学任中文系教授，主攻校勘学。

说起来，刘文典与芜湖尚有一段较为密切的关系。他的大学生涯，是在芜湖的安徽公学度过的。

安徽公学1904年创办于长沙。创办人李光炯，枞阳人，清末举人。曾随著名学者吴汝纶赴日考察教育，为教育启迪民智，在湘办起了这所接纳皖籍子弟的学校。后因革命党人诸事牵连，举步维艰，遂生迁校之议。据说，陈独秀在芜办《安徽俗话报》，对芜湖区位之优势，深有认识，极力推动这所旅湘公学迁往芜湖。1904年底，安徽旅湘公学正式迁至芜湖，更名公立安徽公学堂，校址在二街三圣坊。《安徽俗话报》第十七期，曾刊招生广告："本公学原名旅湘公学，在长沙

开办一载，颇著成效。惟本乡人士远道求学，跋涉维艰，兹应本省绅商之劝，改移本省。并禀拨常年巨款，益加扩张。广聘海内名家，教授伦理、国文、英文、算学、理化、历史、地理、体操、唱歌、国画等科。于理化一门尤所注重，已聘日本理科名家来华教授。"其广聘的"海内名家"有：陶成章、刘师培、苏曼殊、谢无量、柏文蔚、江彤侯、张伯纯、金天翮、胡渭清、潘赞化等。陈独秀亦于1905年起兼任该校国文教员。一时间，安徽公学可谓群贤毕至，人才济济。

刘文典原先在上海爱国学社读书，这所学校由蔡元培任学校总理，聘黄炎培、章太炎等任义务教员，向学生灌输反清救国思想。因多次涉及政论，被勒令解散。刘文典1906年进入了安徽公学，在芜三年学习，眼界大开，受益匪浅。其狂放不羁的猛士风度，与安徽公学那些卓尔不群的大师对其影响有很大关系。

1928年，国立安徽大学在安庆成立，省内各界拟请陈独秀来皖主事，后因陈氏委实难以如愿，遂荐刘文典出马。刘文典应聘出任文学院院长兼预科主任，实际上代行校长职务。十一月廿三日，安大附近省立第一女中校庆，安大学生在看戏时，与女中校长程勉发生冲突，程勉污蔑学生捣乱，且报军警弹压，引发一场学潮。时值蒋介石路经安庆，对此十分不满，召见安大负责人刘文典训斥。刘文典不买账。见蒋时既不脱帽，亦不施礼，露出极鄙夷之神态。蒋让他交出闹事的共产党员名单，要严惩肇事者。刘则回击："我不知道谁是共产党。你是总司令，应该带好你的兵；我是大学校长，学校的事由我来管。"弄得蒋氏尴尬不堪，下令将刘文典关押。刘文典被关押七天后，终因社会各界纷纷声援，不得不予以释放。章太炎闻知此事，特地为他书写一副对联：养生未羡嵇中散，疾恶真推祢正平。此联一直为刘文典所珍藏，至今仍存于其次子刘平章家中。刘氏在安大主事时间并不长，但其关爱学生，敢于同当权者抗命之精神，一直为世人称道。安徽师范大学的前身安徽大学，1949 年江淮大地解放后，由在芜的安徽学院与安庆迁芜的原国立安徽大学合并而成。去年，恰为安徽师大建校八十周年，该校编写的《校史》中，有对首任学校负责人刘文典的介绍，在《刘文典与省立安徽大学》这一部分中，对刘氏在安大治校之概况，有较详实的介绍。

刘文典既是一位刚正不阿的儒林名士，也是一位治学严谨、学有专长的国学大家。其代表作《庄子补正》（共十卷），陈寅恪为之作序："先生此书之刊布，盖将一匡当世之学风，而示人以准则，岂仅供治《庄子》者之所必读而已哉！"对其治学业绩评价甚高。

1949 年末，昆明解放前夕，有友人动员刘文典去美国，且已找妥具体去所，并为其全家办好赴美签证。刘文典说："我是中国人，为什么要离开我的祖国？"他一直从教于云南大学。1958 年 7 月 15 日病逝于昆明。

刘文典先生，是一位极具个性的著名学者，也是一位令人景仰的爱国人士。

也谈刘文典

"中国的济慈"——朱湘

诗是一种既古老又新鲜的文学样式，生活中不能没有诗，人们渴望诗意地栖居在大地上。"五四"新文化运动后，新诗盎然兴起，成为广大读者挥之不去的精神伴侣。新诗的发轫和成长，经历了一代又一代诗人的精心创造。在新诗的拓荒期，胡适、郭沫若、闻一多、徐志摩等人的劳绩是不应被忘却的，而朱湘正是一位与他们相比肩的开拓者。在他死后，鲁迅称之为"中国的济慈"。

说起这位"中国的济慈"，他与芜湖还有一定的关联。朱湘曾任安徽师范大学前身安徽大学英国文学系教授兼首任系主任，为了纪念他，在新建的南校区校园内，有一条大道定名为"朱湘路"。他举身投江的殉难处，是与芜湖相邻的采石。

出生官宦门庭

朱湘之父朱延熙，曾任湖南学政，后迁两湖盐运使。1904年湖南沅陵任内，诗人诞生，取名湘，字子沅。其母为湖广总督张之洞之胞侄女，为人贤达，精通诗文，育有两女四男，朱湘最小。他三岁丧母，六岁进私塾，十岁随父返回安徽祖居地。

据说朱湘祖上从江西婺源几经迁徙，因太湖弥陀寺一带，人少地多，遂举家来此。其五代祖朱发显学识渊博，精于医术，广为百姓治病，知县感其仁德，赠予匾额，上书"百草林"。后来，人们就将其祖居地称作"百草林"。"百草林"在皖鄂边境之大别山腹地，弥陀河从山间蜿蜒流过，四周群山环抱，树木葱茏。其父返乡不久，即染病身亡。因家中了无积蓄，从此生活艰辛。其同父异母之长兄，此时正在南京政府内任职，年幼的朱湘只得跟随长兄，来到金陵，继续就读。

多舛的人生命运

朱湘自幼天资聪颖，七岁学写作文，且颇富文才。然而其婚事却十分不幸。早在腹中，就被乃父指定了配偶。在朱湘二十岁时，一个名叫彩云的女子拿着指腹为婚的契约，千里迢迢找上门来。对于一个生性浪漫的年轻诗人，指腹为婚是多么古老，又是多么荒唐的事。无论兄长秉承父命，竭力劝说，朱湘都断然拒绝。事隔不久，彩云之父去世，家产被兄占有，无处立身，遂至上海，在浦东一家纱厂当洗衣工，生活极为困苦。见此情景，唤起了诗人的怜悯之心，决定与她步入婚姻的殿堂。就在举行婚礼的当天，个性倔强的朱湘坚持不给长兄行跪拜礼，只肯以三鞠躬代替，惹得长兄火冒三丈，把龙凤喜烛打成两截，大家不欢而散。当晚，朱湘带着新婚之妻，离开长兄之家，搬到了二嫂的住处，从此兄弟互不来往，形若陌路。初婚之时，彼此相当恩爱，朱湘将妻子改名为霓君，意为如同天上之彩虹，绚丽而夺目。在美留学期间，曾鸿书往还，达九十四封，这些书信被友人罗念生编辑出版，书名为《海外寄霓君》。诗人与妻虽有爱情的甜蜜期，两人性格差异颇大，朱湘易怒而焦躁，霓君褊狭而好疑，两人常处于磕

磕撞撞的不和之中。

新诗的执着求索者

朱湘十一岁在家乡读小学，十三岁随长兄在南京第四师范附小就读，十五岁入南京工业学校预科学习。一年后，受新文化运动影响，赴京报考清华大学。1920年，时年十六岁，进入清华，积极投身文学社团活动。1922年，十八岁，开始在沈雁冰主编的《小说月报》上发表新诗，作品晓畅清丽，引起文坛关注。他与饶孟侃、孙大雨、杨世恩，并称"清华四子"，是上世纪二十年代清华园内著名的学生诗人，在清华学习期间，因偏爱文学对别的课程有逃课行为，加之对斋务处早餐点名制度不满，常有抵制，终因三次记大过而遭开除。其实，朱湘学习成绩很好，中、英文水平在同学之中"永远是超级上等"。不少同窗为他鸣不平，校长也很赞赏朱湘的才华，一年后被同意复学。

朱湘在清华的经费，全靠二嫂资助。二嫂薛琪英为童话小说《杨柳风》的译者，廿岁守寡，生活极为淡泊，尽力接济小叔，力量也极有限。朱湘在大学时，生活清苦，常欠食堂饭款，毕业时，在同学的帮助下，才算付清。

1927年9月，朱湘被公派赴美留学。开始，在劳伦斯大学就读，因教授上课时，读一篇把中国人比作猴子的文章，引起他的极大愤慨，决然离开了这所大学，改进芝加哥大学学习。不久，又因执教人员怀疑其借书未还，触犯了本人强烈的自尊心，又离开了该校，进入俄亥俄大学，攻读英国文学课程。

在美留学期间，他深感像是一只"失群的孤雁"，觉得"越过越无味"。他每月将助学金的一半寄回家，资助妻儿生活，自已日子过得颇清苦。于是，决定提前回国。他认为："博士学位任何人经努力都可拿到，但诗非朱湘不能写。"

朱湘是一个性格独特、对新诗艺术充满狂热追求的人。他特别讲求诗的音乐效果，认为"诗无音乐，那简直与花之无香气，美人无眼珠相同"。其笔下的诗作，十分注意音节的协调，音韵的动听，读起来令人陶醉。如《摇篮曲》："天上瞧不见一颗星星，地上瞧不见一盏红灯，什么声音也都听不到，只有蚯蚓在天井里吟；睡呀，宝宝，蚯蚓都停了声。"这是该诗起始一段，立即把人带入宁静温馨的氛围之中。又如《采莲曲》，也是一首韵律优美的杰作："小船呀轻飘，杨柳呀风里颠摇；荷叶呀翠盖，荷花呀人样妖娆……"落叶将河池染红，晚风把岸边金柳拂醉，一叶小舟袅着清歌，穿越于莲叶之间，最终消逝于苍茫的夜色之中。这是一幅水乡采莲图，又是一首宛如天籁的江南采莲曲。今天，仍然是中学语文的经典教材。

朱湘有深厚的国学根底，对典雅的唐诗宋词尤为喜爱。他对民族传统文化一向抱分析与吸收的态度，批评那种"把线装书扔进茅厕"的态度，是"昧于历史观的"。他善于融化古典诗词的文体、格调，进入新诗。如《落月》："苍凉呀，大漠的落日，笔直的烟连着云，人死了战马悲鸣，北风起驱走着砂石。"短短的五句，融入了王维的"大漠孤烟直，长河落日圆"；汉乐府的"枭骑格斗死，怒马徘徊鸣"；岑参的"轮台九月风夜吼，一川碎石大如斗，随风满地石乱走"。这些名句的内涵和韵味，都被诗人有机地写入自己的作品中，构成一幅悲壮的北国落日征战图卷。

朱湘外文极好，学习并通晓英文、法文、德文、希腊文，翻译了不少国外诗篇。他注意吸收西方诗艺精华，大胆移植西方诗歌体式。在他的《石门集》中，收入各种西式诗作九十六首，其中有商籁体、四环调、巴俚曲、十四行诗、诗剧等。而七十余首十四行诗体，被认为是他诗集中"最有价值的一部分"。

朱湘多才多艺，各种诗歌样式，均有涉猎。《玉娇》是他创作的一首长篇叙事诗，故事取自《今古奇观》中的《玉娇鸾百年长恨》。诗人删去不相干的内容，加入对人物心理的细致刻画，让主人公生命复活，成为一个具有现代灵性的楚楚动人的女子。《猫诰》是一首幽默、风趣的童话诗，作者借父子二猫谈话，写成一篇滑稽动人的诗作，这是作者童心复活的传神诗篇。

总之，朱湘一生钟情于诗，诗也让朱湘发挥了他那超群出众的才情。

令人扼腕的投江之举

朱湘为家庭生计，学业未完，便于1929年8月回到祖国。原打算赴武汉，后经好友饶孟侃劝说，改到安徽大学英国文学系任教授、系主任，月薪300元，生活相当宽绰。好景不长，时局动荡，物价飞涨，学校开始减薪，后又常欠薪，使诗人常有入不敷出之苦。本想约请赵景深、戴望舒等人来安大任教，却遭校方拒绝。未经系主任同意，学校又将系名改为英文系，引起朱湘强烈不满。盛怒之下，提出了辞呈，带着妻儿离开了安大。从此居无定所，为谋职业到处奔波。后来，只得靠卖文为生。当时，一篇诗稿，仅能购半斤鸡蛋，生活极为窘迫。他的一个未满周岁的孩子，无奶吃，又无钱购奶粉，被活活饿死。

1933年12月5日，这是一个阴冷的冬天，朱湘在上海登上开往武汉的吉和号大轮，买的是三等舱，和妻子说到南京找工作。船至南京，诗人并未下船，他拿着一只酒瓶，一边沽酒，一边朗读海涅的诗篇。船至采石，诗人突然跃过舱舷，举身落入茫茫的大江之中。有人给他扔了一个救生圈，诗人没有理会。悲夫！悲夫！一个才华横溢的文学奇才，就这样结束了他廿九岁的生命！诗人自尽，震动了当时社会。有人认为是时代的悲剧"混乱的社会，使他没有活下去的勇气，使他不得不用自杀解决内心的苦闷"。也有人认为是性格的悲剧，诗人抑郁、孤傲、乖戾、焦虑的个性，使亲情、爱情、友情都成了镜中之花，最后留给他短暂人生历程的只有诗，只有对诗的无限挚爱。

诗人在《墓碑》一诗中写道："虽然绿水同紫泥，是我仅有的殓衣。这样灭亡也称好呀，省得家人为我把泪流。"诗人离去，家人自然为之落泪；千千万万新诗爱好者，会为之长叹！人的生命总有终结，诗人呕心之诗作，却会世代传诵，永驻人间。

「中国的济慈」——朱湘

近代词坛女杰吕碧城

　　今年是辛亥革命一百周年。斗转星移，一百年前的清末民初时期，词坛上有一位引人注目的女词人吕碧城，她的传奇一生，非同凡响的词作，深获世人好评。天津百花文艺出版社出版有王忠和著《吕碧城传》，对其有详尽介绍。上海古籍出版社出版有李保民编注《吕碧城词笺注》收录吕词三百余首，并附有《吕碧城年谱》。本文拟对这位安徽籍女词人作一简要陈述，以便今日皖人对这位前贤，略知一二。

祖籍旌德庙首人

　　吕碧城虽未长期在皖南生活，但其老家在旌德庙首。其父吕凤岐，字瑞田，别号石柱山农，道光十七年（1837），生于庙首。光绪三年（1877），中进士，曾任国史馆协修，后任山西学政。凤岐为人刚直，结交有志之士，与戊戌六君子之一杨深秀有密切往来。杨深秀曾赠其一幅山水画作。碧城幼小时，其父将此画让其临摹，培养其绘画技能，更重要的是让其学习先贤舍身取义之风骨。后来，碧城有《二郎神》一阕，深表对烈士的缅怀：

上阕："齐纨乍展，似碧血，画中曾污。叹国命维新，物穷斯变，筚路艰辛初步。转日金轮今何在？但废苑斜阳禾黍。矜尺幅旧藏。渊淳岳崎，共存千古。"

下阕："可奈。鹰瞵蚕食，万方多故。怕锦样山河，沧桑催换，愁人灵旗风雨。粉本摹春。荷香拂暑，犹是先芬堪溯。待箧底，剪取芸苗麝屑，墨痕珍护。"

词中对先烈为变法图强而甘洒碧血的崇高精神，表示无限敬仰，对"鹰瞵蚕食"的国难危机，深为忧虑。词人要誓死保存烈士的遗画，"墨痕珍护"。

碧城之母严士瑜，六安人。父为举人出身，胞兄亦为五品官员。严氏幼承庭训，能诗会文，有较高之文化素养。对膝下子女，亲自课读，让她们从小就受到良好的家教。

碧城之父，目睹官场腐败、现实黑暗，虽不到五十，即称病乞休。尽管在故地旌德，那里有他出生之"垂裕堂"，有因他得名之"大夫第"，更有他别号"石柱山农"所凭依的石柱山。但他却未返回故乡，而选择了定居丈人之家六安南汀三道巷。

时过九年，吕凤岐染病不起，撒手人寰。因两子不幸早逝，家中尽为女辈，族人盯着吕家两千余亩良田，以及价值不菲的房产，竟打上门来，将严氏母女禁闭起来，强行索取钱财。宗法制度中丑恶的一幕，让十二岁的碧城留下终生难以抚平的创伤。因家道中落，十岁时父母做主所订之婚姻，亦被男方解除婚约。凡此种种，使她对旧制度产生了切齿之恨。

特立独行的人生之路

吕碧城于光绪九年（1883），生于山西太原。那时，其父正在山西学政的任上。三岁时，父休官，定居六安，她亦随父到了皖西。

年幼之碧城聪慧过人。五岁时，父亲在园中面对垂柳，随口出了"春风吹杨柳"之上联，碧城竟信口应答："秋雨打梧桐"。对仗工稳，意境盎然，其父惊讶不已。七岁时，即可独自作画，尚绘涂墨山水。当时有名家赞扬她"聪明天赋与娉娉"，"练就才人心与眼"。

父亲之死，家产纷争，使得吕碧城一家，面临生存危机。其母颇具现代意识，不愿让女儿重走嫁人生子、操持家务之老路，毅然带着十三岁的爱女碧城去天津，投奔正在塘沽任盐课司大使之胞兄严朗轩。

在舅舅家寄居数年，碧城总不忘对知识的渴求，希望有机会到天津新式学堂去求学。哪知，向舅父提出这一要求时，遭到舅父一顿责骂，说她不守妇道，勒令她不得离开塘沽半步。蛮横的高压激起碧城沉默的反抗，她次日即逃离舅父家，只身登上开往天津的火车。火车上，巧遇天津"佛照楼"老板娘，得到老板娘的同情与相助，将其带至家中，生活有了着落。

碧城知道舅父的秘书方太太住在天津《大公报》报馆中，给她写了一封长信，叙述自身的不幸，恰巧此信被报社总经理英敛之看到，深被信上端庄娟秀的字迹所打动。他决定邀碧城到报社任助理编辑。《大公报》是一份以"开风气，牖民智"为宗旨的报纸。英敛之对吕碧城的起用，使得这位奇女子，从此走上了人生的新路。顺便说一下，这位著名的报人，就是当代杰出的表演艺术家英若诚的祖父。

吕碧城以《大公报》为阵地，发表了不少壮怀激烈的新词和时评，引起社会的震动。这些词文，或无情抨击时弊，或直抒爱国胸臆，或阐发女权思想，或透视世界局势，均深受广大读者的欢迎。

碧城的激进思想，引起了革命党人、鉴湖女侠秋瑾的关注，并认其为志同道合者，曾专访吕碧城，并邀她一同赴日求学，因碧城对日绝

无好感，遂未与秋瑾同行。1907年，秋瑾从日回国，在沪创办《中国女报》，碧城特邀为该报撰写发刊词。两位"一枝彤管挟风霜"、忧国忧民的女性，经常信札往还，达数年之久。后来，秋瑾事发，不幸捐躯，在秋瑾家中搜出多封碧城来信，一时间，让碧城人身安全，显得岌岌可危，后经文友袁克文相救，才化险为夷。

1916年，碧城与友人游杭州，专门拜访西泠桥畔秋女侠祠，留有七言诗两首：

松篁交籁和鸣泉，合向仙源泛舸眠。负郭有山皆见寺，绕堤无水不生莲。

残钟断枝今何世，翠羽明珰又一天。尘劫未销渐后死，俊游愁过墓门前。

其时，清王朝虽已被推翻，而世事却远不尽人意。作者以后死者身份，深感愧对以身殉国之女侠，内心无限惆怅。

兴办女学与游学欧美

旧社会，妇女长期处于被奴役的地位。那时，对妇女"贼其足，桎梏其心，夺其权利，锢其智识"，使其成为"男子之附庸物"，处境极为悲惨。碧城针对时弊，大声疾呼"解放女权"，并提出"当以遍兴蒙学女学为先务"。亲自担任"天津女学监督"。她认为教师为办学之中坚，女校教师之职应由"品性纯正，年富力强，学问通顺者担任"。她强调要把女子教育上升到"不再囿于妆台闺帏一隅"，应当关心整个现实世界。

吕碧城在沪经商大获成功，赚得一笔钱。决定游访欧美，以获取新知。她曾聘请专职教师，悉心学英语，达到可用英语自由交流之程

度。对法语也专门学习，做到基本通晓。这为其出国提供了语言上的方便。

1920年秋，先行赴美，访问了旧金山、纽约。虽年近四十，仍到哥伦比亚大学做旁听生，研修文学、美术。两年后返回上海。1926年秋，再度出国。在旧金山盘桓三个多月，又由美国横渡大西洋，来到欧洲。在巴黎，她饶有兴味地欣赏了凡尔赛宫的艺术珍品；在瑞士，她饱览了日内瓦湖的湖光山色；在意大利罗马，她在母狼塑像前伫立良久，思绪联翩……虽身处海外，她时刻眷恋着苦难的祖国，在一首词中写道："千秋悲屈贾，数到婵娟，我亦年来堪似。"1933年冬，碧城自欧洲乘船返国，定居上海。

近代词坛第一人

吕碧城出身翰苑世家，从小喜爱吟诗诵词，作品清雅，铸旧镕新，绚丽多姿，耐人咀嚼。例如，寄居舅父家所作之《清平乐》：

冷红吟遍，梦绕芙蓉苑。银汉恹恹清更浅，风动云华微卷。

水边处处珠帘，月明时按歌弦。不是一声孤雁，秋声哪到人间。

由长空秋雁之鸣叫，勾起对自己飘零身世之感怀。遣词用句朴实无华，却饱含悲凉之情意。

又如，旅居伦敦所作之《相见欢》：

闻鸡起舞吾庐，读奇书。记得年时拔剑斫珊瑚。

乡雁断，乌云暗，锁荒居。听尽海潮凄壮心孤。

作者身居异乡，却壮心未改，依然惦念着祖国，企盼一展抱负。

两首词，一首写少女悲秋，写得忧思绵绵；一首则完全是一副壮士之口吻，豪气凸现纸上。两首均挥洒自如，让人难以忘怀。

著名学者潘伯鹰对吕词予以很高的评价，认为："词中奇丽之观，皆非易安时代所能梦见。"

安徽师大资深教授祖保泉，对吕词有深入之研究，指出其词作镕新入旧，清新自然，尤其是异域风光词，"标志着她创作的最高成就，为词苑增光添彩"。

晚年，吕碧城皈依佛教，过着恬淡的生活。1943年1月23日，病逝于香港东莲觉苑。

近代词坛女杰吕碧城

《资本论》提及的中国人：王茂荫

歙县，旧称徽州府，这是一块人杰地灵之地，它文化底蕴丰厚，诞生了一系列杰出人物，如教育家陶行知、经学家吴承仕、国画家黄宾虹、篆刻家巴慰祖、戏剧家汪道昆、音乐家张曙、文学评论家叶以群、语言学家程瑶田等。清末还出现了一位理财家王茂荫，他是马克思《资本论》中唯一写入的一位中国人，其货币改制与理财思路，颇受马克思赏识。本文将介绍王茂荫的相关史实，以飨读者。

一、马克思《资本论》中的一条注释

《资本论》是马克思的一部光辉巨著，完成这部巨著，耗费了马克思多年心血。为了深入阐述自身的观点，马克思披阅了大量各国的资料，把许多可以佐证自己观点的材料，作为旁注，注释在正文下方。据统计，《资本论》所提及的世界各国人物，达680多位。王茂荫正是《资本论》中提及的唯一华人。

打开《资本论》中文版第一卷第146页至第147页，看到一条标注为83的注释，王茂荫的名字，便赫然出现在该条注释之中。全文如下：

清朝户部右侍郎王茂荫向天子上了一个奏折，主张暗将官票宝钞改为可兑现的钞票。在1854年4月的大臣审议报告中，他受到申斥。他是否因此受到笞刑，不得而知。审议报告最后说："臣等详阅所奏……所论专利商而不便于国。"（《帝俄驻北京公使馆关于中国的著述》，卡尔－阿伯尔博士和阿－梅克伦堡译自俄文，1858年柏林版第一卷第54页）

　　马克思注释中引用的材料，并非直接来自中国，而是源自帝俄驻北京公使馆提供的材料。注释中王茂荫的名字是德文的音译"wan-mao-in"。

　　马克思在谈论货币流通时，为什么要附上王茂荫有关货币改制的奏议呢？

　　首先，咸丰当政时期，正值第二次鸦片战争结束，中国割地赔款，白银外流。加之，太平天国起义，战时连绵，耗费大量捐款，国库空虚，财政吃紧。为了摆脱这一窘境，大臣们纷纷提出良策。此时，王茂荫正在户部任职，他看到当时币制混乱，流通不畅，遂上奏咸丰，希望统一币制，发行纸币，以复苏经济。因为以纸币代替金属币是经济发展的必然要求。王茂荫这一理财思想深为马克思首肯。而"大臣审议后"，王茂荫却受到申斥，"是否受到笞刑，不得而知"。说明马克思十分关注王茂荫的处境，对清王朝的昏庸、腐败十分痛恶。

　　马克思关注王茂荫，将他写入《资本论》，与他在19世纪40年代以后，对东方问题尤其是中国问题密切关注分不开。那时，西方资本主义用机器大工业摧毁了欧洲的封建主义，纷纷将势力伸向东方。1840年，大英帝国发动了鸦片战争，用坚兵利炮打开了封闭的中国大门，从此，中国逐渐沦入半封建半殖民地社会。世界格局这一重大变化，

《资本论》提及的中国人：王茂荫

自然引起了马克思的严重关注。于是，他在《资本论》中收入了王茂荫的这条重要奏折。正是马克思深邃的目光和严谨的治学态度，使王茂荫这位中国理财家，终未被历史的尘封所掩盖。

二、起初，人们对王茂荫不太知晓

清咸丰王朝，王茂荫公开反对"铸大钱"，第一个提出了推行纸币的主张，这些均是经过深思熟虑，也较为切合实际。可是，昏庸的当政者却否定了这一正确方案。又由于王茂荫直言进谏，激怒了皇上，使得他户部右侍郎仅就职数月，便被调离户部。在当时，王茂荫力主的币制改革，以及他本人刚正清廉的为官形象，在社会上有较大的影响。在他去世不久，张之洞编撰的《劝学篇》中，特地提到王茂荫，认为他们的"正言说论于庙堂之上，有以至之"。但随时光的流逝，王茂荫渐渐淡出人们的视线，不少人对他已知之甚少。

20世纪20-30年代，马克思的《资本论》引起东方学者的重视，开始由日本、中国的学者对该书的移译。我国第一位学者陈启修，着手翻译《资本论》，在1930年出版《资本论》第一卷第一分册中，将德文"wan-mao-in"译为"万卯寅"，并告诉读者，"我曾托友人到清史馆查此人的原名，现在还无结果，这里始译为'万卯寅'。"而日译本《资本论》则将"王茂荫"译作"王猛殷"或"王孟尹"。他们都不了解王茂荫其人其事。

关于王茂荫名字德语的正确翻译，是由史学家侯外庐、郭沫若、吴晗弄清且确定的。

著名的思想史家侯外庐，1927年赴法留学时，依据德文版《资本论》，开始了第一卷的翻译工作，经两年多时间，译完第一卷前二十章。1930年春回国，继续与王思华合作，完成了第一卷的翻译，1932

年由国际学社出版，这是《资本论》第一卷首个完整的中译本。侯氏谈道："我的清史知识不够。初译时，对这个官员一无所知。"后来，他和王思华一起请教研究财政史的专家崔敬白，经查对史料，正是名列《清史稿》列传的户部右侍郎王茂荫。1936年6—7月，东渡日本的郭沫若也注意到了"wan-mao-in"的翻译问题。他偶尔翻阅《东华续录》，一下子查到了"王茂荫"。由于身处海外，资料缺乏，对王茂荫的详细情况，并不清楚，便在1936年12月《光明》半月刊二卷二号上发表了"《资本论》中的王茂荫"一文，呼吁学者们下点工夫，搞清王茂荫相关情况。此后，史学家吴晗所写的《王茂荫与咸丰时代的币制改革》，则是对郭沫若呼吁的回应。此后，有关王茂荫的史料陆续公之于世。

三、一个勤勉廉政的京官

通过入仕改变身份，这是徽州商人子弟普遍选择的发展道路。王茂荫也选择了这样的道路，不过仕途并不顺畅，几次考试均落第，直到三十余岁，才有突破。道光十一年（1831），一面经商，一面做应考准备。以监生资格参加顺天乡试，就在这次乡试中，他中了进士。次年，又参加京师进士会试，取得三甲第四十名，从此步入仕途。

北京宣武门外大街，有一座歙县会馆，由在京做官的歙县人以及在京的徽商捐资修建。在京任职的王茂荫，一直以歙县会馆为下处，安之若素。一住就住了卅年，直至返回故里。王时为京官，且官至二品，竟未在京师购置一块土地，建一处房舍，其生活之节俭，在封建官僚中，极为罕见。他身居会馆，萧然一室，别无长物，粗茶淡饭，却手持一卷，以读书为娱，其情怀非常人所能做到。咸丰听说王茂荫自入仕起，一直孓身独处会馆，所奉极俭，颇有好感。召见时，特别

详细垂询其家中状况及京寓生活。为表彰他的清廉，咸丰曾赐他"紫金城骑马"。而王茂荫既不骑马，也不坐轿，依然步行上朝。

王茂荫是一个对自己操守要求极严的人，他不仅自身一直这样做，并且反复叮嘱下一代一定注重操守。他在给女婿汪仲伊的信中，强调："青年以守身为大，愿益善自调护为幸。"所谓"守身"指对崇高人生目标的追求与坚持，失去崇高的人生目标，便会误入歧路。

王茂荫入仕之后，一直把恪尽职守、为朝尽忠作为自己的人生法则。敢于面对事实，多次谏阻皇上的不当之举，以至触犯龙颜，甚至获罪。咸丰五年（1855），他上奏《请暂缓联临幸御园折》。按清代惯例，皇帝只在三、四月入驻圆明园，过了盛夏，到木兰秋狩，然后回京。但此时的咸丰已厌倦于朝政，一心追求荒淫生活。新春刚过，即住入圆明园，立冬之后仍不愿回宫，热河秋狩也不打算举行了。面对咸丰朝政荒弃，王茂荫上奏折婉转规劝。如果说《请暂缓联临幸御园折》措辞还较为温和。那么咸丰六年（1856），他上奏《时事危迫请修省折》，则火力十足，矛头直指咸丰。王茂荫环视清朝面临的危迫局面，要求咸丰加强自我修省，实现自我约束。但是，此时之咸丰早已失去对国事的求治之心，面对王茂荫的忠心良言，竟勃然大怒，横加训责。从此，不再重视王茂荫的作为，将王调离户部，使王的币制改革付之东流。

王茂荫心胸坦荡，不愿攀附，敢于直言，无所畏惧，体现了士林儒家浓厚的正直本色。前人对王茂荫奏疏中蕴含的深刻思想十分肯定。指出："前后奏疏不下十数万言，初无惊奇可喜之论，得至事后核校之，一一如烛照龟灼，寸量而铢计。"（《盱眙吴棠序》）。足见，王茂荫是一个有思想深度的官员，他对朝政得失的评判，可谓入木三分。

名人踪影

四、故里的风云变化

王茂荫生于嘉庆三年（1798），歙县南乡杞梓里的一个山村中，后来取字椿年，还有一个别号叫子怀。

"山深不偏远，地少士商多。"这是对徽州一带地理环境与人文状况的真实写照。王茂荫出生在一个徽商的家庭中，其祖父王槐康"少英悟，读书多所通解"，本是读书种子，却因生计所迫，十多岁便随族人北上经商。乾隆四十五年（1780），在北通州的潞河，创立森盛茶庄，从此一百二十多年中，独自经营茶叶。王槐康31岁便在潞河病逝，其子王应矩继承父业，将茶庄生意做得十分红火。此时，森盛已成为潞河地区一家有名的店铺。

王茂荫在家为长子，生母早故，由继母扶养。继母也育有三子。茂荫视继母为亲娘，对三个弟弟亦十分友爱。他曾对自己的孩子说："祖母（指继母）在堂，叔辈自然孝顺。但汝等须代我尽孝，以免我罪，才算得我的儿子。"王茂荫的祖母，亦是一位颇有见识的徽州女子，一直以儒学温良敦厚的思想教育下一代。王茂荫中进士后，返乡看望七十五岁的老祖母，老人谆谆告诫孙子："吾始望汝辈读书识义理，念不及此。今天相我家，汝宜恪恭尽职，毋躁进，毋营财贿。吾愿汝毋忝先人，不愿汝跻显位，致多金也。"对老祖母的忠告，王茂荫一直铭记在心，始终以"恪恭尽职，毋躁进，毋营财贿"作为人生的座右铭。

徽州人十分重视对子弟的文化教育。王茂荫幼小时便在附近的乡村私塾，接受启蒙教育。13岁时，求学于江南乡试中的"解首"双溪吴柳山先生。"解首"即为"解元"之首，是对乡试第一名举人的称呼。柳山先生为乡间饱学之士，经其亲炙，培育了不少有学识的人才。在吴先生的指引下，王茂荫学业大进，养成终生好读之习惯，直到入

《资本论》提及的中国人：王茂荫

105

仕，虽公务繁忙，"仍公余手执一卷，披览不辍。"

太平天国起义爆发，起义军从靠近浙江之歙东攻入徽州，途经杞梓里，一把大火，将王茂荫祖上所建之王家大屋焚烧殆尽。其后，继母在战乱中病故。王茂荫为继母奔丧时，决定选址另建居所。不久，在新安江畔的义城村迁入了新居。义城村离县城不远，与雄村隔江相望。赵焰在《行走新安江》一书中，写到了探访义城的情景："我们费了好大劲才找到王茂荫的故居。王茂荫的故居躲在一条窄窄的老巷子里，没有标志，就像藏在书中一段不引人注目的文字。这幢屋子本身也很普通，没有雕梁画栋，甚至连精美的木雕都没有，并且已经相当破败了。""现在王家房屋正厅已经倒塌，剩下的只是一左一右两个旁厅，同样破败不堪，似乎一声咳嗽就会让这样的老房子倒塌似的。"然而，屋内尚存有过去的遗物，晚清重臣李鸿章题写的"敦仁堂"匾额仍高悬于厅堂之上，以证实昔日的辉煌。

彼时，王茂荫处理完迁居事宜，心力异常憔悴，抵抗不住病魔的袭击，带着壮志难酬的遗恨，病逝于义城新居。

五、后人对王茂荫币制改革思想的关注

王茂荫生活于晚清时代，他针对当时社会现实提出的币制改革的建议，在当时应该是"发世人之先声"的。张成权在《王茂荫与咸丰币制改革》一书中写道："每个人只能解决他那个时代所能够提出的问题，完成他那个时代所能够提出的任务。谁要是能够从理论上较好地回答和解决他那个时代所能够提出的问题，就可以承认他是一个出色的理论家。从王茂荫对他那个时代所提出的货币问题的回答和解决我们可以看到，他正是一位这样的出色理论家。"

那么，王茂荫在咸丰币制改革中，到底有哪些值得今人深思的主张

呢？首先，他竭力反对"铸大钱"，因为发行大面值之金属币，会导致通货膨胀，物价飞涨，民不聊生。其次，王茂荫在咸丰币制改革中，是第一个提出发行纸币的人。他力主纸币流通，因为纸币代替金属币是经济发展的必然要求，有利于物畅其流，促进贸易发展，带来市场繁荣。所以，王茂荫"行抄币"的主张，深为马克思所肯定。

王茂荫币制改革思想，还有一个重要的内容，那就是对理财人才的重视。他在咸丰元年（1851）上奏的《振兴人才以济实用折》中强调："治平之道，在用人理财二端，而用人尤重。用非其人，财不可得理也。"在王茂荫心目中，国家当时面临的最突出的问题有两个：一个是理财；一个是用人。两者相比，用人则更为紧迫。若无理财之人，理财之事又由谁来承当呢？

王茂荫主张理财，当然是为了解决清王朝巨大的财政危机。然而，他对艰难的民生也十分关注。希望通过币制改革能减轻一些百姓的痛苦，竭力反对以币制改革为名，剥夺老百姓的生存权利。他在奏折中明确表示："先求无累于民，而后求有益于国，方可以议立法，对于只利于国，即使有利于皇权，而累了百姓之事，是万万不可实施的。"这就是史学家所称的，王茂荫币制改革中浓厚的民本思想。

王茂荫在币制改革中，还提出："信为国之宝"的宝贵看法。货币是流通的凭证，必须以信誉作保证。由此，王茂荫强调：钞法贵行之以渐，持之以信。他曾将币制通行中出现过的弊端归纳为十条，而在这十条弊端中，每一条都涉及信用问题。足见，如果货币失信，市场就会产生严重混乱。主张"持之以信，守而不改"。将"信用"作为货币流通的前提和保证，是极为正确的。

由于《资本论》引用了王茂荫币制改革的奏折，越发引起人们对其币制改革思想的关注。回顾起来，从20世纪30年代开始至今，曾出现过三次研究高潮。

研究王茂荫的第一个高潮，出现于20世纪30年代。这是由《资本论》译入我国引发的，重点放在王茂荫及其事迹的钩稽上，也涉及对其货币主张的评论。其中较有影响的文章有：郭沫若的《〈资本论〉中的王茂荫》、王璞的《王茂荫后裔访问记》、吴晗的《王茂荫与咸丰时代的新币制》等。

研究王茂荫的第二个高潮，出现于20世纪五六十年代。那时，学术界再度关注王茂荫，发表了不少相关论文，还在王茂荫到底代表哪个社会阶层利益的问题上，展开争鸣。巫宝三发表《略说王茂荫的货币理论》，支持吴晗的代表商人利益说。叶世昌发表《王茂荫代表商人利益吗?》，则对商人代表说加以反驳。随后，"文革"爆发，论争在"文化大革命"冲击下，很快消寂。值得注意的是，这一时期有一部经济思想史出版，那就是赵靖、易梦虹主编的《中国近代经济思想史》。该书为大学经济类教材，书中特设专节介绍王茂荫的货币思想，这标志王茂荫在中国近代经济思想史上的重要地位，已经确立。

20世纪80年代，"文革"结束，迎来了改革开放的春天，促成了学术研究的繁荣。此时，王茂荫及其货币改制思想又一次引起人们的研究兴趣，对王茂荫的奏议及相关资料，进行了全面的挖掘和整理，出版了《王侍郎奏议》点校本。叶世昌《中国经济思想简史》、胡寄窗《中国经济思想史》等专著，先后出版，这些论著均有专章、专节，对王茂荫的经济思想加以较详尽之评述。黄山书社出版的《安徽掌故》、团结出版社出版的《安徽人物大辞典》，都辟有专门辞条，介绍理财大家王茂荫。

王茂荫的货币主张显然属于已经过去的时代，但货币既是经济现象，亦为一种文化现象。王茂荫的货币主张，所蕴含的货币文化，扎

根于中国悠久的文化之中。马克思之所以在写《资本论》时，引证王茂荫的货币观点，正是其中闪烁着真理的光辉。在大力发展经济的今天，重温历史，了解一百多年前一位志士仁人币制改革的声音，对我们来说，仍然是颇有教益的。

今天，当我们来到歙县博物馆参观，一定会见到一枚"直言敢谏之家"的印章，这是王茂荫之遗物，也是他正直人格的真实写照。

著名学者季羡林的弟子、复旦大学教授钱文忠在《人文桃花源》一书中，专门论述王茂荫，他强调："王茂荫自有其不可抹杀的历史地位，""我以为'理财家'的头衔，王茂荫应该是当之无愧的。"翻阅近代史，王茂荫的卓越存在，当可视为皖籍人士的佼佼者。对于这位前贤，我们决不应忘却他。

《资本论》提及的中国人：王茂荫

南陵籍藏书家徐乃昌

地名中，冠以"陵"的，多为历史悠久、文脉昌盛之地，例如宣城，古称宛陵；南京，古称金陵。南陵是皖南的一个历史久远、文化内涵丰富的大县，生于该县的近代藏书大家徐乃昌，亦可称作南陵文化兴盛之佐证。徐乃昌，字积余，号随庵，生于清同治七年（1869）十二月十一日，卒于民国三十二年（1943）三月四日，享年七十六岁。江南名士，一生嗜爱觅书，在其藏书楼积学斋中，有让人叹服的大量珍贵版本之收藏。中华书局最近出版的《近代藏书三十家》中，对其有较详细的介绍。本文根据有关史料，对这位藏书大家作重点考察。

官宦世家

徐乃昌出生在一个官宦家庭，从小受到儒学教育，深知读书识理的重要。其父徐文选以军功官河南知县。因父长期任职在外，无法照料家庭，徐乃昌少年时，依伯父徐文达生活。文达提调李鸿章军后路粮台，办理仪征淮盐总栈，授官两淮盐运使、淮扬海道、护理漕运总督，后晋升为福建按察使，入京觐见途中，卒于扬州。生于这样的官宦之家，徐乃昌追随其上辈，走的是"学而优则仕"之路。本人监生出身，光绪十九年（1983）癸巳恩科举人，江苏候补知府，奉派办理江宁、南通厘务，署淮安知府，丁忧服阙后，升候补道。光绪三十年（1904）江南遣送学生留日学习陆军、实业等，近百人，总督端方委派徐乃昌率领赴日，并顺道考察日本学务。由此可知，徐乃昌尚有一段出国经历。光绪三十二年（1906），徐乃昌办理其叔父曾经手的仪征淮盐总栈，因缉私裕官有功，深受端方器重。宣统三年（1911），授官江南盐法道兼金陵关监督。上述经历表明，从徐乃昌的伯父、叔父，直到他本人，一家都曾在淮盐营销、金陵海关任要职，所获财富会相当可观，这为其大量收购善本图书，提供了经济支撑。民国诞生后，徐氏移居沪上，他生命的最后一段时光，一直都在上海度过。

积学藏书

因为深感人必学而知之，故徐乃昌特别重视珍贵典籍的觅集和珍藏。宦游所到之处，特别留心散落之古椠善本，遇有罕见且极具文史价值之图书，即使出价昂贵，也不惜重金购入。

藏书为了积学，积学为了修身、治国、平天下。据2005年影印传世的写本《积学斋书目》，其所含各丛书子目书籍繁多，总数可达七八千部。大量图书，均为徐乃昌从二十岁开始历经五十余年，觅书、购书、藏书，心血之结晶。

徐氏开始藏书不久，即从事刻书活动，以便让孤本图书广为流传。据初步统计，共刻成185种书籍在内的九部丛书，如《积学斋丛书》二十种、《小檀栾室汇刻闺秀词》百家、《鄦斋丛书》二十一种、《随庵徐氏丛书》十种、《怀豳杂俎》十二种、《随庵所著书》四种、《宋元科举

三录》等。另有单刊《玉台新咏》《徐公文集》等十余种，总数逾两百余种。徐乃昌以一己之力，刊印大量图书，他是近代刊刻书籍最多的藏书家之一。

徐氏在藏刻图书的同时，还喜爱收藏金石古器物，并用心编纂这方面的资料，如《随庵古金图录》、《至圣林庙碑目》六卷、《积余斋金石拓片目录》等。著名学者王国维曾为《随庵吉金图录》作序，赞扬徐乃昌图录传古的功绩。

徐缪交谊

徐乃昌与缪荃孙均为晚清时期著名藏书家，他俩之间的交往与情谊，堪为当时文坛之佳话。

缪荃孙，字炎之，晚号艺风，江苏江阴人。荃孙长乃昌二十五岁，光绪元年（1875）入张之洞幕府，撰《书目答问》，为当时目录学之重要工具书。次年中进士，选庶吉士，授翰林院一等编修。毕生钻研文史，考录金石，校订古籍，为晚清知名学者与藏书家。其藏书之所，名为艺风堂。缪氏一生南北奔波，历十六省，所到之处均留下访求典籍、网罗群书之足迹。他在任翰林院编修时，一有闲暇即至琉璃厂海王村书肆搜访异本，时值有"五部侍郎四部尚书"之称的汤金利欲告假转归故里，拟售出其全部藏书。缪荃孙即以千金购入其中最精彩之部分，使艺风堂所藏典籍又一次得到扩充。徐乃昌利用赴京之机，也常临琉璃厂书市，正是在访书过程中，两位痴迷典籍的书友，互相认知，并订为挚友。在交往与畅谈中，缪荃孙深为徐乃昌的学识所折服。初交时，徐氏刚满二十岁，却知之甚多。缪荃孙深感徐以弱冠，而能谈书论艺，实属不易，断定其为超群之才。徐乃昌积学斋藏书不分古今版本，凡属有文史价值的，均一一购入。以清人文集而言，缪荃孙自称其艺风堂中虽有千种之多，但比起徐乃昌的积学斋，也只是小巫而已。缪荃孙虽年岁大于徐乃昌，在藏书之业上耗费了大量精力，且收入了大批珍贵图书，但他对徐乃昌积学斋藏书之丰厚，一直深怀敬佩之情。

乡梓情深

徐乃昌一生中，前期在任所办理公务，后期赋闲定居上海。虽远离故里，但他一直深怀乡梓之情，不忘家乡养育之恩。在他刻印的图书中有《南陵先哲遗书》五种，此书系依据清代南陵乡贤著述刊本影刻，民国二十三年（1934）完成。刊印此书充分表明徐乃昌对故乡先哲的敬重。其目的是让南陵先哲的思想和人格泽被梓里，让故乡的文脉延绵不断。徐乃昌曾应邀主修家乡县志。民国三年（1914），南陵县长余氏提出修订《南陵县志》，特邀徐乃昌主持全局，徐氏欣然允诺。历时十年，完成《南陵县志》五十卷，付梓刊行。民国十九年（1930），徐乃昌又应聘为《安徽通志》总纂，并撰写《安徽通志稿金石古物考》十七卷，影版一卷。民国二十年（1931），徐乃昌与安徽同乡在沪组成"安徽丛书编审会"，编印乡邦文献，传于后世。五年中，影印出版《安徽丛书》六期，三十种。上述史实，表明徐乃昌在其生命后期，一直悉心支持家乡的文化事业，不遗余力地传播乡土文化。安徽人民，南陵人民，理应不会忘记这位在我国近代文化发展史上作出突出贡献的先人。

日寇入侵，国运垂危，人民生活极度困苦。徐乃昌在艰难时世中，难以保存其心爱的图书，积学斋藏书开始流失。著名学者郑振铎先生在其日记私书信中，数次写到积学斋徐氏藏书被收购之详情。如民国二十九年（1940），当时他为政府与徐氏洽购其批校本数十箱；另一次，徐氏欲售出安徽志书百余种，其中有不少孤本，索价一万元以上，郑振铎还以九千，结果未能成交；又有一次，郑振铎见北平书贾从徐氏购得清人文集，捆载而去。数年过后，积学斋藏书已空，片纸无存。

目前，宝岛台湾台北"中央图书馆"尚可见到积学斋藏书的一鳞半爪，例如《闺秀词抄》三十七家，十册，为徐氏当年刻《小檀栾室汇刻闺秀词》百家的一部分清稿，其中有些笔迹为徐乃昌亲手抄录所留。今华东师范大学图书馆藏有《积学斋善本书目》及《金石拓本目录》稿本。南开大学图书馆藏有《积学斋书目》一卷。

萧云从与姑孰画派

在绿树掩映的镜湖畔，有一处极富民族风格的尺木亭，其旁还有一尊清代老人的坐像。这些，均是芜湖人民为了纪念杰出画家萧云从而建立的。

萧云从（1596—1673），字尺木，号无闷道人，又号于湖渔人、默思、江梅、钟山老人、东海萧生等。芜湖（一说当涂）人。这位名垂史册的大画家，与芜湖有着生死相依的密切关系。他早年定居芜湖，晚年返回芜湖，辞世后又葬于芜湖。市内东门萧家巷，就是萧云从的故居。昔时，萧家住地，虽为野地石岗，但环境幽静，正适于画家作画。萧云从于此"葺秽缉垣"，辟"梅筑园"，一边泼墨丹青，一边幸会志同道合之画友。

姑孰画派，是明末清初之际活跃于太平府及相邻地域的一个画家群体。太平府辖当涂、芜湖、繁昌三县，府治在当涂。当涂又名姑孰，故称姑孰画派。这一画派，政治思想上藐视权贵，不认同清朝统治。他们在诗画中，常有忧国忧民之作，多为狷介爱国之士。在绘画创作理念上，他们一方面主张从传统汲取养分，光耀前辈画家的优秀表现

萧云从与姑孰画派

技法；一方面提倡"师法造化"，摹写身边的真山真水，抒发对大好河山的诚挚之爱。在表现技巧上，他们主张不拘一格，大胆突破，形成自身之风格。例如，萧云从在山水画创作中以黄公望瘦树、山石为蓝本，润以马远之泼墨，使画中丘壑顿现千变万化之妙趣。萧云从还在山水画中创造了横、纵、斜三种直线之画法。横线富于平稳之感，纵线顿生矗仰之势，斜线蕴有冷峻之意。三种技法交互运用，画面展现盎然生气。

以萧云从为首的姑孰画派中，聚集了一批具有艺术才华的画家。孙逸，字无逸，号疏林，休宁人。入清后，隐遁于芜湖城北，蓬户茅轩，安贫乐道，陶醉于诗画之中。孙常与萧交往，终成挚友。孙逸又为新安画派的主将，被称作"新安四家"。他与渐江等合作的《新安五家冈陵图卷》（现藏上海博物馆），乃传世珍品。汤燕生，字云翼，号岩夫、黄山樵人，太平人。流寓芜湖，室名补过斋。为人豪爽，善诗画。黄钺曾为萧、汤编纂诗文集，名为《萧汤二老遗诗合编》。萧云从之弟、子、侄，均善丹青，且有不俗表现。画家方兆曾、韩铸、孙据德、方沂梦、释海涛、潘士球、王履端等，常临萧门，追随云从画风，亦为姑孰画派中成员。萧氏庵下，尚有另一位画家陈延，字遐伯，潜山人，幼而多慧，惜折右手，靠左手作画，曾迁居芜湖，与云从同称为"画苑二妙"。

姑孰画派与新安画派同为画坛上的两大流派。从时间上看，姑孰画派应先于新安画派，萧云从比渐江大十四岁，云从曾在芜接待过渐江到访，洽谈甚欢，并以《黄山松石图卷》相赠（现藏浙江博物馆）。云从曾对渐江谈过作画感悟："余恒谓天下至奇之山，须以至灵之笔写之。"渐江按云从之意，"结庵莲花峰下，烟云变幻，寝食于兹，胸怀浩乐"，终将灵感激发，形成自己的"至灵之笔"。鲁寅在给渐江《十竹斋图》题诗中，写有"渐师学画于尺木"。事实表明，姑孰画派对新安画派的形成和发展，提供了重要的艺术营养。

以萧云从为代表的姑孰画派，影响了一代画风，深受世人珍爱。乾隆见到萧氏《太平山水图》，欣喜不已，题诗赞之："几点萧萧树，疏皴淡淡山；由来以意胜，无不寓神间。"现代文史大家郑振铎对《太平山水图》评价极高："图凡四十三幅，无一不见深远之趣，或萧疏如云林；或谨严如小李将军；或繁花怒发，大道骋驰；或浪卷云舒，烟笼渺渺；或田园历历如毡纹，山峰耸迭似岛屿；或从危岩惊险之势；或写乡野恬静之态。大抵诸家山水画作风，无不毕于斯，可谓集大成之作矣！"云从之《太平山水诗画》传至东瀛，成了追摹的范本，由此奠定了日本南宗画的基础。而日本南宗画，后来成为该国画坛的主流。日本著名学者秋山老夫在《萧尺木与〈秋山行旅图卷〉》中指出："萧尺木艺术的影响，在我国绘画发达史上有很深的意义，这是谁都必然承认的。"

毋庸赘述，萧云从及其姑孰画派，在我国绘画史上，应为不可忽视的重要存在。他的艺术创造和艺术精神，值得认真总结和汲取。由于萧氏六十岁后即封笔，传世作品不多。其《梅花图册》，现藏北京故宫博物院；《云台疏树图卷》，现藏上海博物馆；《仙台楼阁轴》《西台恸哭图》现藏安徽博物馆；《秋山行旅图》现藏日本东京国立博物馆。

名贵千秋黄庭坚

芜湖既是长江岸边巨埠，又是江南一方文化热土。宋代有两位杰出诗人与芜湖有过密切交往。一是南宋爱国词人张孝祥，他捐田百亩、凿湖为民的义举，早为江城人民所熟知。还有一位，则是诗书双绝的黄庭坚，他曾寓居芜湖，如今赭山的滴翠轩，正是他的读书处。

书香人家育文才

黄庭坚（1045—1105年），字鲁直。原籍浙江金华，祖上迁居洪州分宁（今江西修水）。其故里双井村明月湾，在修水西南部，北靠幕阜山，南临九岭山，清澈的溪水从两山岭间泻出，注入鄱阳湖。这里山清水秀，气候温润，是著名的茶区。黄庭坚就出生在这座温馨的江南山村。

庭坚之父黄庶，庆历二年进士，仕不得志，刻意为文，作诗学杜甫，著有《伐檀集》。庭坚为家中次子。家父追慕古代大哲，特意用上古时，帝颛顼高阳氏的后裔，"八恺"之一的"庭坚"，为之命名，寄予厚望。

庭坚从小聪慧好学。其舅李常为诗人兼藏书家。一天路过黄府，见家塾内四壁皆书，随手抽取一本，询问庭坚，庭坚对答如流，李常极为惊异，誉其外甥"一日千里"。

庭坚生于诗书之家，从小耳濡目染，对古典诗词兴味甚浓，七岁便开始作诗，相传此时写的《牧童》诗，用意颇不一般。全诗如下：

骑牛远远过前村，吹笛风斜隔岸闻。

多少长安名利客，机关用尽不如君。

小小年纪，就表现了淡泊名利、追求田园生活的愿望，由牧童进而关注社会，诗意深远。

英宗治平四年（1067年），黄庭坚中了进士。尔后，赴舒州（今安庆），游览天柱山，为云谷寺景色所倾倒，"因乐其林泉之胜"，替自己取了"山谷道人"之别号，从此人们又把庭坚称作"云谷先生"。

"苏门学士"诗艺高

黄庭坚在宋代是开宗立派的大诗人。他是影响很大的江西诗派的开山祖。并和大文豪苏轼成亦师亦友的亲密关系，与张来、晁补之、秦观被称为"苏门四学士"。死后，与苏轼并称作宋代诗坛的"苏黄"。

黄庭坚的舅父李常是苏轼过从甚密的至交，苏轼曾为李常写过《李氏山房读书记》。李常在苏轼面前，曾推荐过诗艺不凡的外甥。元丰元年（1078年），庭坚给苏轼写信，表达敬慕之意，并呈诗二首。苏轼即复信，赞赏庭坚之诗"托物引类，真得古诗人之风"。从此两人书信交往，结下至死不渝的友谊。元祐元年（1086年），41岁的黄庭坚和49岁的苏轼相继为京官，常于政暇之时，雅集唱和，友情更浓。

庭坚诗作颇多，今日所见，共一千九百余首，古体、近体、五言、六言、七言、杂言均有，其中以近体诗为多，七言为多。人们常以"生、新、瘦、硬"概括其诗歌风貌，他则认为自己的作品"平淡而山高水深"。

庭坚还认为"诗者，人之性情也"。主张诗歌应艺术地表达诗人内心的情感。他作诗爱用典，常活化前人诗中的词语和用意，以达到"点铁成金"的佳效。庭坚诗风奇崛，力摈轻俗之习，是一位开一代新风的大诗人。

《鄂州南楼书事》是黄氏大量诗作中的一首清新隽永的小诗：

> 四顾山光接水光，凭栏十里芰荷香。
>
> 清风明月无人管，并作南楼一味凉。

诗人登楼远眺江天景色，空濛濛的山色同粼粼的水波融为一片，站在楼台的栏杆边，仿佛闻到了十里清荷的芬芳。凉爽的清风，皎洁的月光，自由自在地呈现在他的面前，诗人仿佛来到了一个轻松而清凉的世界。

此诗从目光所及的远处入手，由远及近，由虚入实，由观感到触觉，写得轻松自然，含蓄地表达了自己对自由自在、毫无烦恼的生活由衷地向往。

宋代是词极为兴盛的时代，黄庭坚的词峭拔清刚，自具面目。他的《清平乐·春归何处》，就是一首被许多选本采用的绝妙好词：

> 春归何处？寂寞无行路。若有人知春去处，唤取归来同住。
>
> 春无踪迹谁知？除非问取黄鹂。百啭无人能解，因风飞过蔷薇。

古典诗词中，以惜春、伤春入题不知有多少，内容大多空虚、伤感。黄氏这首《春归何处》，却没有伤春之痕，在艺术表现上有独到之处。词中设问春归何处，并未直接作答。通过蔷薇花开、黄鹂飞过，暗示初夏已经来临，惜春之意已暗含其中。古人云"小词以含蓄为佳"。黄氏这首小词，的确是耐人咀嚼的上品。

"山谷笔法"美名扬

黄庭坚与苏轼、米芾、蔡襄并称为宋代四大书法家。黄庭坚的书法，已成为艺术市场追捧的珍品。他手书的《砥柱铭》，于2010年6月保利春拍中，以4.368亿元人民币成交，创中国艺术品内地拍卖市场的首个世界纪录。人们惊呼：真是"名贵千秋""价值连城"。事后，有人认为此书法为赝品，而业内专家却断定为黄庭坚所书。

黄庭坚学书，初以周越为师，后取法颜真卿、怀素，曾受杨式凝影响，尤得力于《瘗鹤铭》。笔法以侧险取势，纵横奇崛，字体开张，笔力瘦劲，自成一格。

黄氏行书，遒劲郁拔，神闲意浓，令人耐看，代表书迹有《黄州寒食帖跋》《松风阁诗帖》《华严疏》等。

黄氏草书，飘动俊逸，雄放瑰奇，到晚年已呈炉火纯青之势。代表书迹有《李白忆旧游诗卷》《花气熏人帖》《诸上座帖》等。明代著名书画家沈周在诗卷的题跋中写道："山谷书法，晚年大得藏真（怀素）三昧，此笔力恍惚，出神入鬼，谓之'草圣'宜焉？"

黄氏书法极具个性特征，被称作"山谷笔法"，历来是人们追慕的至爱。近代大学者康有为在《广艺舟双辑》中曾表白："宋人之书，吾尤爱山谷。"

寓芜史话留人间

崇宁元年（1102年）黄庭坚曾任太平州知州，但任职仅九天。太平州辖当涂、芜湖、繁昌三地。在一首《木兰花令》中，这样写道："当涂解印后一日，郡中置酒，呈郭功甫。凌歊台上青青麦，姑孰堂前余翰墨。暂分一印管江山，稍为诸公分皂白。江山依旧云空碧，昨日

主人今日客。谁分宾主强惺惺，问取矶头新妇石。"在北宋，新党与旧党的斗争十分激烈，黄庭坚并未积极参与，却常被牵连，他虽愿意"为诸公分皂白"，却无端被免职，内心的忧伤与悲愤，可想而知。

任太平州知州前数年，即绍圣元年（1094），受命任宣州知县，尚未到任，遭新党诬陷，以修《神宗实录》文字不实，被停职查办。此时，黄庭坚携家眷至芜湖，在芜寓居两年。他在芜的住所有三处。一为广济寺地藏殿西侧的滴翠轩。此处环境清静，风光秀美。门前有一古柏，故名为"桧轩"。黄庭坚常与好友郭功甫在此吟诗论文，黄十分欣赏郭诗的首联："清幢碧盖俨天成，湿翠濛濛滴画楹。"遂将"桧轩"改名为"滴翠轩"。为缅怀这段历史，过去轩内墙壁上，嵌有黄庭坚之石刻像。二是鹤儿山的东退庵，亦曾为黄庭坚寓所。这里濒临大江，视野开阔。《芜湖县志》载："东退庵在吉祥寺左，与寺同建，为僧栖静处，宋黄山谷就居读书。"三是赤铸山，也曾接待过诗人黄庭坚。此山岩石赤红，林木苍郁，颇受山谷垂青。诗人在其作品中，记叙了赤铸冬日生活的情景："读书在赤铸，风雪弥青萝。汲绠愁冰断，村醅怯路蹉。"看来，他在芜湖的日子，过得十分清苦。

黄庭坚刚正不阿，颇有抱负，在北宋党争中屡遭贬谪，最后被流放宜州（今广西宜山县）。宜州秋暑炎热，直至九月三十日，下了一场小雨。诗人心情大快，登楼饮酒，并将双足伸至栏杆外，感受细雨的清凉，连呼："吾平生无此快也！"随后，倒于胡床之上，一代风流就此从容地告别了人生。

陈寅恪指出："华夏民族之文化，两千载之演进，造极于赵宋之世。赵宋时虽国运多艰，无力抵御外侮，文化却群星璀璨。"黄庭坚正是这璀璨群星中最耀眼的一颗，他在我国文化发展史上的重要影响，将永垂史册。

才华横溢且有几分癫狂的书画名家米芾

北宋时期，诞生了一位才华横溢且有几分癫狂的书画大家米芾。《宋史》载有他的小传，文字简易，其中籍贯和卒年有误，但此后的文人笔记和民间传说中，有关他的故事颇多。这位著名书画家，曾在无为任地方官，流传很广的"米颠拜石"的故事，就发生在无为。史载，米芾在无为任职时，曾光临芜湖。如今，我市第十二中学旧址的大成殿东侧，尚留有米芾书写的"县学记碑"，这是时越千年的珍贵墨宝。

为了让读者对这位书画奇才略知一二，本文撷取有关史料，对米芾多彩的一生和辉煌的艺术创造作一评述。

才子的传奇一生

米芾，初名黻，四十岁后定名为芾。字元章，号襄阳漫仕、海岳外史、鹿门居士等。生于宋仁宗皇祐三年（1051），卒于宋徽宗大观二年（1108）。

米芾祖籍太原，后南下，迁居襄阳。其曾祖多系武职官员。其五世

祖名信，为宋初开国勋臣。其父字光辅，官至左武卫将军。其母阎氏曾侍奉英宗高皇后，并为英宗乳娘。卒时，赠丹阳（现镇江）县郡。元八年（1085），扶母柩归葬丹阳，遂定居镇江。此前，米芾因高皇后藩邸旧恩，赐为秘书省校字郎，是一位为皇家图书馆校阅文字的小官。历知雍丘县、涟水军，太常博士，知无为军。召为书画学博士，赐对便殿，上其子友仁所作《楚山清晓图》，擢礼部员外郎。出知淮阳军，卒于任上，

米芾自幼酷爱读书，六岁能背诗百首，八岁学书法，二十一岁获朝廷任命。他为人耿直，不受礼教束缚，一生仅官达五品。虽仕途困顿，却未卷入党争，生活相对安定。后来当上书画博士，饱览珍藏，大有收益。其摹仿能力极强，常常以假乱真，换取古人书画真迹，而世人莫辨。精于文物鉴定，热心收藏，是宋代一位杰出的鉴赏与收藏大家。

米芾天性狷狂，好古博雅，喜穿唐人服装，呼丑石为兄，世人因其不羁，而称之为"米颠"。

其本人自许甚高，为求艺精，肯下苦工夫，传说他以提笔悬腕作蝇头小楷，笔笔端谨，但规模位置，宛如大字，这种潜心苦练的工夫，是常人难以做到的，因而，他的书法结体完美，自成一家，俗称"米体"。

米芾还有好洁成癖之特性。据说，其"性好洁"，"屋宇器具，时时涤之"。还有一则他以"好洁"作为择婿标准的记载："芾方择婿，会建康段拂字去尘，芾曰：'既拂矣，又去尘，真吾婿也！'以女妻之。"因名字中有去尘保洁之意，就成了米芾的乘龙快婿，可为人间一大趣闻。因好洁，在任太常博士时，嫌祭祀专用的礼服脏，拼命浆洗，致使礼服上的纹饰脱落，由此受到降级的处分。

米芾以"颠"出名，苏轼有"米老真颠却辩颠"的说法。究竟如何看待其"颠"？韩刚在《米芾书画考论》一书中有一段分析："米芾之'颠'，是其颠、痴、风、狂、谲异、戏谑之类言行的总称。这种言行有时是真的，如大多数有关诗、书、画、砚、奇石之'颠'中；有时大概是故意的，如在日常生活与官宦生涯中之'颠'，目的大概是为了表达对当时官别、礼法的蛮不在乎或抒发胸中忧愤难平之气。"他还指出：米芾的"颠"同他的"黠"一样，"大抵为米芾真性情无遮无拦、无掩的发露。"亦可视为其真性情坦然之抒发。

独步书坛的艺术创造

宋代有"苏（轼）、黄（庭坚）、米（芾）、蔡（襄）"四大杰出书法家，史称作书法"宋四家"。在"宋四家"中，米芾的官位不如蔡襄高，诗名不如苏轼、黄庭坚大。然而，他的书艺，却在苏、黄、蔡人之上。苏轼称赞米芾的书法"沉着痛快，当与钟王并行，非但不愧而已。"黄庭坚激赏米芾的书法之作"如快剑斫阵，强弩射千里，所挡穿彻。书家笔势亦穷如此。"明代大书法家董其昌亦对米氏书法给予极高评价，他说："吾尝评米字，以为宋朝第一，毕竟出于东坡之上。"

在"宋四家"中，米芾对传统的学习与钻研最为着力，因而在"宋四家"中，米氏传统功力最深，他介绍自己学书心得时谈道："一日不书，便觉思涩，想古人未尝半刻废书也。"

米芾潜心魏晋，竭力寻访晋人法帖，终日观赏摹写，还把自己的书斋命名为"宝晋斋"。由于对古代书法家的用笔、章法、气韵均有深刻领悟，因此笔下之字，颇似古人，他曾称自己的作品为"集古字"。今传王献之墨迹《中秋帖》，据说为米氏之临本，形神兼备，精妙之极。然而他并不亦步亦趋地重复古人，而是学习古人，超越古人，自成一

家。他在《海岳自论》中写道："壮岁未能立家，人谓吾为集古字。盖取诸长处总而成之。既老始是成家，人见之不知何所为祖也。"融众家之长，终成米体，这就是米芾在书艺创造中所获得的硕果。

米芾一生用于书法极为精勤，有人称之"无心于仕，用心于书"。他在书法上取得的成就颇为突出，篆、隶、正、行、草各体广有涉猎，且用笔不凡，而其行书则代表其书法之最高成就。米芾的行书具有三大特点。一是富于变化。如他在三十八岁所书《蜀素帖》，是其行书作品中之精品，帖中"一"字颇多，细细看去，各有变化，奥妙无穷。二是笔力爽利而沉着。米芾自称其书法为"刷字"，意为运笔迅速而劲挺。他的行书为悬肘急书而成，如行云流水，却笔力千钧。他曾得意地说："善书者只有一笔，我独有四面。"后人更称赞其行书为"八面出锋"。三是富于整体美。米芾很注意经营位置，谋划全篇，把握整体气韵，他的一幅书法作品，乍看局部，横斜逸出；再通览全篇，则左顾右盼，上下呼应，浑然一体。

米芾工于书法，其字稳而不俗，险而不枯，润而不肥，意趣独特，个性鲜明，为古代书法之上品。其作品传世者，大多为小字，大字者仅有《多景楼诗》，现存上海博物馆。《蜀素帖》，现存台湾故宫博物院。《虹县诗》，现存日本东京国立艺术馆。

米芾不仅是出色的书法实践家，也是一位从事书法理论探索的学问家。他在书艺创造中，既精研前人之传统，又摆脱前人之藩篱，用笔俊逸，显示出独特的艺术风格。他在书法创作中提倡"尚意"，主张笔下之字，完全出自心灵的追求。恰如古人所云："书者，心画也。"与他交往较深的苏轼曾谈道："书初无意于佳，乃佳尔。"书法应防止刻意地追求，既不是简单的摹写，也不是机械的堆砌，是自身意趣的随意挥洒，是真情实感的自然呈现。

米芾的书法著述有：《宝章待访录》《书史》《书评》《海岳名言》《跋秘阁法帖》等。《宝章待访录》《书史》，谈有关书法留存作品及法帖的收藏、装裱、题跋、印记、真伪，亦有与书人交往之轶事，从中可窥视米芾书法思想之一斑。《书评》《海岳名言》，篇幅较短，属书评性质，集中表达了米芾的书法思想。《跋秘阁法帖》是对《淳化阁帖》所收法帖真伪考鉴之题跋，篇幅短小。上述著述，对了解宋初以及前代诸家的留世作品，判定真伪，考订谬误，辨别优劣，均有重要价值，为历代书法研究者所重视。

米芾的书法艺术，对后代影响深远，宋以后涌现的书法名家，如元之鲜于枢，明之吴宽、徐渭、黄道周、倪元璐，清之王铎、傅山等，都是在研习米芾书法后，卓然成为大家的。当代书法研究专家曹宝麟先生曾这样说："宋代或无米襄阳，整个书法史将为之失色。"由此可见，米芾在中国书画史上的地位，是极为显要的。

享誉千古的"米氏云山"

米芾是一位书画双佳的名家，他不仅书法出众，而且名留画史。他具有深厚的传统绘画史论知识，著有《画史》一书。还收藏历代画家名作，立意突破传统桎梏，探索绘画新手法。

绘画最本质的要素，实际上有两个：形似与意趣，即形与神，传统主流绘画追求的最高境界，乃为形神兼备。苏轼就主张"笔简形具"，"遗形取神"。他曾批评一味追求形似的主张。"论画以形似，见与儿童邻"。米芾同苏轼的艺术见解完全一致，他倡导绘画应"以意为先"。韩刚在《米芾书画考论》中指出："在北宋，无论是从理论自觉上，还是从绘画实践上，米芾已经达到了后世倪瓒等才能达到的'平淡天真'、'取之象外'的'意外'高度。"由此足见，米芾的画同其字一样，达到了率真自然、表意生动的艺术高度。

在人物、花鸟、山水诸画种中，米芾尤其钟情于山水画，他认为山水"因其心匠自得处高"，"摹皆不成"，是难以画好的。米芾笔下的山水，喜爱轻笔淡岚，平淡自然。他创造了"米氏云山"，即"米点山水"，成为山水国画中一个新派别的开山祖。米芾，史称"大米"；其长子米友仁，史称"小米"。他们父子二人，完成了"米氏云山"的艺术创造，在中国绘画史上具有里程碑的意义，因为这种山水画法，是宋代文人山水画的典型代表。

随着时光的流逝，米芾的山水画作现已无从觅津，其子友仁所作的《潇湘奇观图》，仍可让我们看到米氏云山的艺术风貌。宋代吴师道在《吴礼部诗话》中，记述了他观画的真切体验："往年过京口，登北固，眺金焦，俯临大江。时春雨初霁，江上诸山云气涨漫，岗岭出没，林树隐现，恨老杜荡胸之句，为之发挥。乃今倏见此图，知海岳庵中人笔力之妙，能尽得当日所睹。掩卷追思，不觉怅然。"可见米氏云山深具艺术魅力，它体现了祖国河山变幻莫测之美，让人仿佛置身于云雾之中，玩味无穷。这幅《潇湘奇观图》有墨无笔，浓淡有序，黑白相间，展现出雾色迷濛、大地苍茫的奇幻美景。现代大画家徐悲鸿见到这幅佳作，十分惊佩，他说："如范宽、李成、米友仁等所作山水，高妙无伦，而米芾首创点派，写雨中景物，可谓世界第一位印象主义者。"

"米氏云山"的重大艺术成就即在于大胆突破前人的画风，遇山水有感即"信笔作之，多以烟云掩映树石，意似便已。"技法上，以唐代王洽、五代董源画法为基础，结合书法用笔，创造出"落茄皴"，即所谓"米点"加以渲染的方法来表现，着力突出画面在光透视下发生的变化，呈现出"山骨隐现，树梢出没"的烟雨微茫的意境。这种写意的画法简化了旧的山水创作方式，把笔墨与情感融为一体，讲究笔情与境界，从而提高了笔墨在绘画中的价值与情趣，这在我国山水画发展进程中，无疑是一个伟大的创造。

芜湖现存米芾墨宝

史实表明，宋代书画大家米芾同江城芜湖曾有过一段交往史，他留下的墨迹，如今还珍藏在芜湖。

金马门附近，市十二中旧址内，有一座古建筑——大成殿，殿的东侧，立有《县学记碑》，该碑为米芾亲笔所书。

北宋崇宁二年（1103），芜湖学宫奉诏扩建，为记载这一千年盛事，县令林修请礼部尚书黄裳撰写了《太平州芜湖县新学记》。学宫建成后，林修亲至无为，专请书画大家、时任无为知军的米芾来芜参加学宫落成盛典。米芾欣然光临芜湖，参加了这一盛典，用他那炉火纯青的行草书，写了《县学记》。林修命人刻成石碑，立于明伦堂内，永作纪念。数年后，此碑被移至大成殿东侧。时至明代，碑上文字已蚀剥过半。明万历年间，芜湖榷史王演畴，集米芾小书，刻成一碑，立于《县学记碑》一侧，十分可惜，明代王演畴刻的小行书石碑，今已失传。时至清代，学宫教谕宁鸣玉为《县学记碑》筑亭覆护，使之得以流传至今。通过《县学记碑》的建立和保护，可以看出芜湖人对米芾书艺的无限热爱和对学宫的虔诚。

《县学记碑》通高262厘米，宽124厘米，直行竖书，共23行，每行字数不等。碑额篆书"县学记"三字。碑文经千年风霜侵蚀，下半部已模糊难辨。清末，南陵徐乃昌在《安徽通志·金石古物考》中，对《芜湖县学记》的详细内容，有专门记载。

据推测，《县学记碑》应为米芾在无为军任上所书，当在崇宁三年

（1104），其时，米氏五十三岁，正当书法炉火纯青、近乎完美之时。纵观《县学记碑》文字，舒展自如，健朗俊美，令人叹服，可视为米芾晚年书法艺术之珍品。1981年9月，省人民政府颁布《县学记碑》为第一批安徽省重点保护文物。

知无为军留下的动人故事

宋徽宗崇宁三年（1104），米芾被朝廷任命为权知无为军州事的地方行政长官，大约在无为逗留了两年，崇宁五年上调京城，任画学博士。在无为任职期间，他为人耿直，为官清正，知民之苦，解民之忧，还与石为缘，赏石为乐，流传下了"米颠拜石"之趣闻。据《梁溪漫志》卷六记载：米元章守濡须，闻有怪石在河濡，莫知其所自来，人以为异而不敢取。公命移至州治，为燕游之玩。石至而惊，遽命设席，拜于庭下曰："吾欲见石兄二十年矣。"

米芾因酷爱奇石而招来非议，以致"从仕数困"。《宋史·米芾传》云："所为谲异，时有可传笑者。无为州治有巨石，状奇丑，芾见大喜曰：'此是以当吾拜！'具衣冠拜之，呼之为兄。又不能与世俯仰，故从仕数困。"

奇石无语最可人，或许米芾从磊磊奇石处，看到了刚正不阿的品格，他称石为兄，赏石、爱石、拜石，这正是他美好心灵的真实写照。著名书画家郑板桥在《石》中写道："米元章论石，曰皱、曰瘦、曰漏、曰透，可谓尽石之妙矣。"米芾不仅爱石，还懂得奇石的审美价值。他对奇石的"皱""瘦""漏""透"的要求，至今仍是我们赏石的客观标准。

从外表看，米芾日常的某些言行似乎有些乖张。但他为官，却能恪尽职守，关心百姓痛痒。在无为，至今还流传着他为民抱不平之事。

据《安徽掌故》记载：米芾在无为任通判时，顶头上司是一位姓孟的知府，此人为官不正，食得无厌，百姓恨之入骨，称之"猛老虎"。一日，米芾的家丁秦礼，请求返家入赘，得到米芾同意。米芾说："你到而立之年，成家立业理所当然，我两袖清风，无力为你办贺礼，实在遗憾。"他想了想，写了一札帖子，命秦礼送到孟府，孟氏接过一看，顿时七窍生烟。原来帖上写着这样四句话："大堂是魔窟，尽藏吸髓鼠；宁拜无知石，不参猛老虎。"知府当面受辱，气恨难消，当即修本，参劾米芾拜石，意在侮辱朝廷。不数日，传下圣旨，革除米芾之职。此时，米芾将日用家具作为贺礼，赠与秦礼，自己则租了一只小船，上书"米家书舫"，离别了无为。这一则米芾与贪官"猛老虎"斗争的故事，彰显了米氏清廉正直、疾恶如仇的高尚品格，正如他所说："我宁拜无知干净的石头，也不拜有知肮脏的猛老虎。"

"无为在淮右，地最僻。"彼时，旱涝灾害频发，百姓困苦。米芾任地方官时，"与民无扰，与物无竞"，推行养民政策。他率部下官员举行亲耕仪式，促百姓适时耕作，还建一高楼，用作察看庄稼长势、夏稻收割，又让禾苗长出新稻。田野一片金黄，稻谷喜获羊收。于是，当地百姓把米芾登临的高楼，称作"稻孙楼"。千古传颂的"稻孙楼"佳话，映衬了米芾为民兴农的美德。

米芾在无为留下的德政，让百姓感佩，在他离别无为之后，将米从军邸旧址，以及他珍戴墨宝的宝晋斋，加以修缮，扩建为米公祠，作为对这位亲民的地方官的永久纪念。

改革开放以后，无为县政府将米公祠作为当地一处重要旅游景点，集资修葺一新，这次修复，以明代嘉靖年间《无为州志》的有关图例为据，由中国工程院院士、无为籍建筑学家戴复东创意，恢复了宝晋斋、聚山阁、红雨亭、竹深处等景观，绿荫丛丛，亭阁相间，景色

才华横溢且有几分癫狂的书画名家米芾

131

宜人。

米公祠景区内的墨池，为当年米芾所凿，池中一小亭，亭中设一方形石桌，四只石凳。昔日，为米公经常歇息和挥毫之处。传说，一日晚，米芾正在亭中作书，忽听池内一片蛙声，嘈杂不堪，愤然将墨砚投入池中，顿时池水呈现黑色。于是，米芾书"墨池"二字，刻石立于池旁。当年米芾之刻碑因断裂而无从觅津。明代嘉靖年间朱麟书"墨池"碑，仍立于池旁。如今，"投砚止蛙"之千古传说，仍在无为百姓中流传。

米公当年揖拜之奇石，仍保存完好，现藏无为县图书馆院中。还有一奇石，为太空降临之陨石，质地坚硬，经千年日晒雨露，毫无损伤。倘若你游历无为，尚可有幸目睹这一千古天外来客。

长眠南方山水间

镇江，宋代称丹阳。此处为米芾母亲之封地。米氏三十五岁时，扶母柩归丹徒。大观二年（1085），米芾五十八岁时病故，亦归葬丹徒。米芾在生命后期，常住镇江，他的住处有三：一是晋宝斋，在千秋桥西；二是净名斋，在北固山；三是海岳庵，在东利涉汀里南山上。

为什么在后半生，米芾以镇江为家呢？首先，镇江是宋王朝给他母亲的封地，他的父母均归葬于此地。同时，还有一个极其重要的原因，那就是米芾是一位山水画家，很酷爱镇江一带的自然风光和人文环境。他专门写了一篇《净名斋记》，既道出了何以将斋名取为"净名"，还对镇江的自然、人文作了详尽的描述。这里有"紫气弥漫"的"丛峦叠嶂"，有"固若金汤"的"婉蜒铁瓮"，有"云涛如线"的"京口海潮"，还有六朝人物的历史记忆。总之，米芾对"天下第一江山"的镇江，由衷的喜爱。他还在诗中对镇江著名的望海楼作过一番精彩

的描绘："云间铁瓮近青天，缥缈飞楼百尺连。三峡江声流笔底，六朝帆影落樽前。……"从铁瓮城，写到望海楼；从流入笔底的江声，写到映入眼帘的帆影。地域上，扩展到了三峡；时空上，追溯到了六朝。诗人以恢宏的笔力，描述了镇江景色之壮美，也透露了对镇江的无限钟爱。

镇江，这一濒临长江的南方都市，为书画名家米芾的归宿之地，具体葬于何处？说法不一，有说葬于黄鹤山，可能有误，因此地为其父母的归葬地。有说葬于长山；有说葬于五州山。这两处虽均有史料为据，但很难最后判定。

2011年6月6日，《南方日报》报道，广东清远发现米芾墓，有清末米氏后裔所立之墓碑。此处究竟为米氏真墓，还是其衣冠冢，难以确定。有文史研究者指出，米芾之长子米友仁，南宋绍兴年间，曾南迁其父之墓。是否在米芾卒葬镇江后，其子又将其骨殖移葬广东清远，有待日后进一步考证。

米芾是一位名垂青史的杰出书画家，为了继承和发扬我国书画优秀传统，不少人都对这位书画大家作深入的专题研究，曾在芜湖工作的著名书法家曹宝麟先生，就是其中最突出的一位。曹宝麟先生为北大著名汉语言专家王力的研究生。上世纪80年代曾在安徽师范大学语言研究所工作，现在广州暨南大学任教。

曹先生写的是米芾体，长期致力于米芾史料的考证和米芾书法艺术的研究，成绩卓著，著有《抱瓮集》，文物出版社出版；《中国书法全集·米芾》，荣宝斋出版等。

岁月如逝水，滚滚东流。俊彦之士不朽的创造，是岁月的流水难以湮灭的。时距千年的书画名家米芾，今日仍为人们热议的话题。

山河屐痕

SHANHE JIHEN

山河壮丽，美不胜收。每临一处胜境，均引发由衷之感悟，并留下一篇篇值得回味的文字。

秋访武夷

求学时，读过徐霞客的游记，在他笔下雄奇秀美的武夷山，给我留下极为深刻的印象。1999年，享誉中外的武夷山，被联合国教科文组织列入世界文化与自然遗产名录，更成了我热切企盼探访的胜地。一个阳光和煦的秋日，我与妻从芜湖出发，向武夷山进发，在这座山水相依的名山，逗留了两天，大饱眼福。

郭沫若游览武夷山后，留下"桂林山水甲天下，不如武夷一小丘"的诗句。其实，美的类型是多样的，各有各的特色。当你亲临武夷，见到那矗立天地的悬崖峻峰，定然会为壮哉天地的雄奇之美而惊呼，发出"壮哉，天地"之喟叹。

头天上午登山，体力充沛，与妻共勉，艰难地攀越陡峭且狭窄之山路，终于登上虎啸岩顶。虎啸岩位于二曲溪南侧，崖壁陡峭，雄踞一方。其半山腰有一巨洞，山风穿临洞口，发出虎啸般吼声，故名虎啸岩。顶端有观景台，可纵览四周景色。观景台左侧，有一丈深渊之裂坑，上铺一石板，人可通过。此处名为定命桥，据说，若为人邪恶，必遭报应，定会从石板上坠入深渊。

下午目标仙游峰。仙游峰位于九曲溪的五曲和六曲之间，奇峰峻拔，巨石参差，形成十余处幽奇之岩穴。常年云雾缭绕，变幻莫测，因此有"云窝"之称。历来把仙游峰视为武夷山水的第一胜处，登上仙游峰，如同置身仙境，还可从高处纵览武夷雄姿，饱观九曲溪雅容。本想攀上仙游峰顶，无奈年已古稀，脚力不济，走了一段险路，便与妻折回。

武夷山不仅群峰屹立，而且绿水环绕，让人乐而忘返。九曲溪源于武夷山系主峰黄岗山南侧之三保山，流经星村入武夷，至武夷宫前汇入崇阳溪，在山中绕行7500米，形成三弯九曲之独特景观。素有"曲曲山回转，峰峰水抱流"之美誉。宋代李纲在其游"九典"的诗作中，吟道："一溪贯群山，清浅萦九曲。溪边列岩岫，倒影浸寒绿。"九曲溪之旖旎跃然而出。

次日清晨，五点多起身，六点多进入景区。当薄雾消退，晨曦普照时，我们已坐上竹筏。每筏可坐九人，有两位艄公，一前一后。竹筏从星村出发，顺流而下，竹篙轻点，筏舟缓行。两岸丹峰、绿水、流泉、烟云、村舍、悬棺，一一浮现眼前，更兼有水声汩汩，清风徐徐，人若画中行，委实陶醉其中。

武夷山是造化赐予人类的绝佳休憩之地，是山水完美融合的一处杰作。到武夷，既可见到清澈见底的弯弯小溪，又可雄观两岸刀劈斧削的奇峰，如同聆听一曲曲清婉与雄奇组成的交响曲，令人难以忘怀。

置身水墨画卷中

恰逢假日，大女婿驾车，一家五口人向杭湖嘉进发，畅游江南名镇南浔。

进入南浔，宛如步入了一幅浓淡相宜的水墨画卷之中，让人顿觉无限舒畅。浔溪穿镇，运河横延，河渠纵横，舟楫四通。戴着花头巾的村姑，摇着乌篷船，逐水漫游，为客代步。河渠两旁，杨柳滴翠，迎风摇曳，婆娑起舞。一簇簇美人蕉，在碧透的大叶中，绽放出艳红的花朵。一座座粉墙黛瓦的楼房，临水而建，凸现江南风采。三五成群的来客，在沿河的店铺内，啜茗攀谈"小镇千家抱水园，南浔费客舟中市"。此地真是一个逐水而居的生态乐园。

繁华小镇，扬名已有七百余年。一方面依托江南水乡自身的地域优势，另一方面离不开先人优厚的物质基础。明清时期，浙江缫丝业大发展。南浔地处杭湖嘉中心，"水陆冲要之地"，"耕桑之富，甲子浙右"。至明万历年间，南浔"辑里丝"已驰名中外，远销欧美。曾于1915年巴拿马国际博览会上获金奖。史载，十九世纪末，南浔富豪财团的资产总额，可抵清政府一年的财政收入。

繁荣的经济，亦为文化的发展注入了强大的活力。生意人欲作儒商，势必教子读书，走"学而优则仕"之路。明清之间，吴兴一带有四大藏书楼，而三大藏书楼均在南浔，即蒋汝藻的"密韵楼"，张均衡的"六宜阁"，刘承干的"嘉业堂"。刘氏嘉业堂应为南浔的一座文化丰碑，至今保存完好。刘承干的祖父刘镛，经营湖丝，浙帮首富，为南浔"四象"之一。承干继承祖业，且潜心古籍的收集。历时二十余年，耗银三十万两，得书六十余万卷，创中国历史上私人藏书之冠。嘉业堂藏书楼与园林相通，园中嘉木成荫，莲花竞放。环池为假山点缀，其中立有丈余峰石，石间多孔，吹之发虎啸声，名为"啸石"，上有清代大学士阮元的题款。楼园相傍，环境静谧，真是供人读书求知的理想处所。

据《江南园林志》记载："南宋以来，园林之胜，首推湖、杭、苏、扬，向以湖州、杭州为尤。然湖州园林，实萃于南浔，以一镇之地，而拥有五园，皆为巨构，实江南所仅见。"南浔的五园，至今保存较完好的，是刘氏小莲庄。此处为清代光禄大夫刘镛的私家花园。占地二十余亩，分外园与内园两部分。外园以荷花池为中心，池水清碧，满植藕莲，亭廊园楼绕池罗列，花木扶疏，石径弯弯，景色宜人。西有"养新德斋"，植蕉满庭，别有情趣；东有"退修小榭"，筑有石桥，突临水面，缓步桥上，凉风习习，顿觉舒爽。内园以假山为中心，山道盘旋，山顶筑一小亭，登亭可远眺田畴。秋收时节，满目金黄，令人陶醉。小莲庄面积虽不大，布局精巧，极具匠心，应为江南园林之杰作。

南浔为浙商之发祥地。商者，行走天下，见多识广，他们往往是异地文化的传播者。张石铭旧宅，共有楼房244间，古朴典雅，气势恢宏。然而就在这座青田铺的深宅大院内，竟有匹洛克风格的欧式建筑和豪华舞厅，室内精美的瓷砖，是专程从法国运入，每块耗资一两黄金。在刘氏小莲庄中，亦可找到同样的范例。园内东升阁，楼窗以百叶窗遮光，室内用雕花柱装饰，一派法兰西情调。"黛瓦青砖映欧筑，高墙院内溢西音"。漫游南浔时，在这一舒展的水墨画卷中，我们还可以品味到独特的欧风西韵。

秀色丽江

　　若到彩云之南，一定要去趟丽江，因为那里满城的秀色，着实让人无比欣喜。虽是一座高原小城，却是个让人宜于温婉栖居的好地方。丽江位于滇西北高原中部，处在青藏高原和云贵高原的连接部。因其居丽江坝中心，四周青山环绕，一片碧野其间，绿水萦回，葱茏温润，宛如一块碧玉大砚，因而又名"大研古城"。

　　城无水不活，地无水不秀，丽江人很会在水字上做文章。其先人将城北黑龙潭泉水，引入城头双石桥下，并将溪流一分为三，形成西、中、东三股，继而又分成网络状多条水渠，穿梭城内，贯街绕巷，入院过户，时隐时现，流遍全城的千家万户。丽江是一座奇特的高原水城，她和意大利著名水城威尼斯风格迥异。威尼斯是一座建于水上的都会，给人以汪洋横溢之感，似乎随时都有沉没之危。而丽江则既有水之貌，又有山之容；既有涓涓细流，又有雄健山岗；既是温柔的，又是坚实的。丽江又有别于苏州、绍兴、周庄、同里、南浔、乌镇等水乡的风味。江南之水大多为平流之势，城内渠水，无明显之流动感。而丽江城内的各条溪水，因高原地势存在较大落差，形成快速流动之势，临近溪流，便可听到欢快的流动声。那一条条日夜奔流的小溪，如同肌体中的血管，畅通无阻地流淌着，大街傍河，小巷临渠，门前即桥，屋后有溪。这一切，委实让人感受到了古城所蕴含的无限生命力，也让人深切领略到了那清纯妩媚的秀色。

丽江处于海拔2416米的高原台地上，纬度偏高，气温理应偏低。可是，这里冬无严寒，夏无酷暑，终年平均气温为12.6℃，可以说是一座气候宜人的春城。古城西有狮子山为屏障，北有象山、金虹山作阻隔，凛冽的西北风和寒流无法进入。由于气候温和，雨水充沛，家家户户的庭院中，终年绿树常青，鲜花盛开。"云南山茶甲天下"，进入丽江，便为一朵朵花大色艳、雍容华贵的山茶所吸引，有绛红、粉红、乳黄、雪白等多种色彩，在浓绿枝叶的映衬下，显得端庄高雅。还有那草本植物报春花，在丽江地区多达七十余种。植株大小不一，有的高达五十六厘米，有的仅数厘米，铺地而生。花色丰富，红黄橙蓝紫，应有尽有。有的一朵花中尚有数种颜色，中间鹅黄色，边缘粉红色，给人以五彩缤纷之感。报春花可在各种不同的生存条件下生长，有的生于高山草甸，有的长于低地沟谷；有的生于水边湿地，有的长于田埂路旁。即便在悬崖碎石之上，也可看到她临风摇曳、绰约多姿的倩影。

丽江是座离雪山最近的边城，城北十五公里处，便是玉龙雪山。站在溪水潺潺、芳草如茵的古城内，即可望见白雪皑皑、银光闪闪的玉龙雪峰，两相映衬，真可谓之人间秀美景色。

丽江也是一座未修城垣、开放式的古城。丽江四处敞开，广通八方来客。城中心四方街，多条道路，成辐射状，通往各处。"三坊一照壁"为城内纳西民居的基本格式，其布局为正房一坊，在右厢房两坊，正房对面为一堵照壁。正房较高，两厢略低。粉墙黛瓦，主次分

秀色丽江

明，给人以稳重、典雅之感。街上之路，皆用当地之五花石铺成，经常年践踏和风雨洗涤，显得十分光滑，雨天无泥，旱季无尘，特别干净美观。街道临水，店铺门前，设有小桌和竹椅，垂柳迎风飘拂，彩旗当空招展，游客在此处歇息，一边回味着滇茶的清香，一边倾听着渠内流水的欢歌，实在是人生极为惬意的一种享受。

秀色丽江，这是祖先为我们留下的一份珍贵遗产，我们应当加倍呵护她。让我们的子孙后代，永远都能观赏到她那动人的秀色。

山河屐痕

幽哉青城

　　素有"天下幽"之美誉的青城山，远古时，被称为赤城山、天谷山。自唐玄宗开始，改称为青城山。此山距成都七十公里，属岷山支脉邛崃山南段。它北靠岷山雪峰，南临成都平原，整座山林古木参天，郁郁葱葱，宛如青黛之色构成的一个巨大城郭，由此获得了"青城"之雅名。入得青城，满目青翠，秀色可餐，令人欣喜不已。著名作家老舍在《青蓉略记》中，对此山"青得出奇"的诱人景色，颇为赞叹，并在文中生动地描画了那种"似滴未滴，欲动未动的青翠"。是呵，在这种"似滴未滴，欲动未动的青翠"中，徐步缓行，细心领受大自然赐予的这种极为幽雅的美景，顿时会有一种恍入仙境的轻快。

　　幽山与秀水，总是相伴在一起的。步入山林，诸峰环峙，嘉树茂密，泉水汩汩，溪流潺潺。来到文人峰右侧，忽见一泓绿水，名曰：月城湖。湖旁翠竹环绕，林壑幽深。绿阴丛中，有一古典亭阁，游客至此，可稍事歇息，品青城佳茗，赏湖山画卷，真可谓人生绝妙之享受。

　　道家主张"道法自然"，"虚无清静"。空灵清静的青城山，很早就

成了他们修身养性的好处所。在青城山白云溪与海棠溪之间的山坪上，有一天师洞，相传东汉张道陵曾在此结茅传道，最后羽化。天师洞为一天然洞穴，位于常道观的混元顶上，地势险峻。沿悬崖凿成的狭窄栈道步入洞内，跫跫之足音，越发显得环境之寂静。洞窟之最上层，有一石龛，供奉着张天师石像。面有三目，神态威武，左手直伸向前，掌中握有"阳平治都功印"。据称，此石像为隋代之石刻。如今，山上存留的古建筑及遗址，尚有三十多处。这里的道观亭阁，均取材自然，不假雕饰，与峰峦、溪谷融为一体，体现了"道法自然"的理想追求。

古人云："非宁静无以致远。"唯有生活在一个寂静的环境里，人们方可免受外界之干扰，从而"精骛八极，心游万仞"，自由地驰骋想象，顺利地完成心灵之创造。幽美的青城山，正是这样的一个极好的处所。因此，它一直为众多文人墨客所推崇。上世纪四十年代，国画大师张大千举家寓居青城山上清宫。他寻幽揽胜，泼墨作画，还篆刻了一方自号"清城客"的闲章。直至晚年，他还无限怀念青城山，认为"看山还是故乡青"。杰出的画家徐悲鸿，曾于1943年来到青城山天师洞，独居一室，致力绘画创作。先后完成了屈原《九歌》中的插图《国殇》《山鬼》等多幅作品。他赠予青城山的《奔马》《天马》图，已被制成精美的石刻，供游人观赏。

幽哉，青城！古往今来，你以独特的悠闲和秀美，吸引了多少文人雅士竞相登临。如今，你已被列入世界文化遗产名录，将会在全世界游客面前，展现出中国人民与大自然的"和合"之美。

沱江灯火

　　凤凰是一座让人梦牵萦怀的边城。沱江穿城而过，周边群山环绕；一泓清溪，碧波逶迤。怪不得新西兰著名作家路易·艾黎把她与长江称作中国最美丽的小城。凤凰之美，不仅在其令人陶醉的山光水色，还得益于入夜时沱江的灯火。夜幕徐徐降临，沱江两岸吊脚楼上，一串串红灯笼，亮起闪闪的灯光。远远望去，如同繁星布满了天际，仿佛浮现了一座梦幻的天街。边城不大，夜市却热闹非凡。据说，早在明清时期，驻守边镇的官兵，为了打发寂寥的生活，夜间换防后，常常到酒肆痛饮，到糖坊购食姜糖。这样，即使到了深夜，依然人流涌动，熙熙攘攘。

　　此时，我正坐在沱江岸边吊脚楼的茶舍里，脚下是波光粼粼的江水，对面是若明若暗、星星点点的灯光，在这诗一般的静夜中，我一边品味着醇厚的香茗，一边欣赏着独特的夜景，思索起由她哺育的非凡的儿女。

　　俗话说，一方水土养育一方人。提起凤凰，人们定会想起沈从文。提起沈从文，人们总会想起沈从文在其作品中对凤凰风土人情的种种

绝妙的描述。我从沱江的灯光里，仿佛望见了翠翠在码头边，一边捣衣，一边哼着甜美的山歌。沱江之水养育了沈从文，并为沈从文的写作提供了丰富的素材。沈从文深情地写道："我感情流动而不凝固，一派清流给予我的影响实在不小。我幼小时较美丽的生活，大部分都同水不能分离。"

提起凤凰，还应当关注一位奇特的画家，他就是黄永玉。黄与沈是至亲。沈从文的母亲，是黄永玉的亲姑奶奶。黄永玉亦是天下少有的怪才。他读小学时，是连留五级的逃课大王。中学未毕业，便成了一位为生计发愁的落魄青年。由于自身的浓厚兴趣和不倦追求，竟然对书法、绘画、雕塑、木刻、诗歌、小说、散文、戏剧无所不通，并多有建树。他从未拜师，全靠自我拼搏，却当上了中央美院教授、中国美术家协会副主席。由于他未受到正统教育的束缚，因而能筋骨活络，心窍洞开，自由挥洒，吞吐万象。文人喜爱雅居。黄永玉把建造居室变成了他的另一类创作。在意大利佛罗伦萨，他建了"无数山楼"；在香港，他建了"山水半居"；在北京，他建了"万荷堂"；在家乡凤凰，他建了"玉氏山房"。美不美，家乡的水。沱江奔腾不息的流水，给了画家一往无前的探索勇气；沱江闪闪的灯光，点燃了画家永不消退的创作激情。

湘西多侠气。这侠气表现在尚武精神和剽悍的习气上。但他们也讲仁义，对人独具一份仁爱之心。夜间，凤凰的沱江两岸仍保存着放荷灯的古老习俗。纸扎的荷花灯，内插蜡烛，点燃后，放入江上。岸边商贩，均有荷花灯出售，游客可购取，并在江边放灯。届时，一排排荷花灯在山上游弋，波光互映，星星点点，构成了沱江上又一道诱人的风景线。凤凰人的仁爱之心，深深地影响着他们的儿女。现代中国，就有一位来自凤凰的著名慈善家，他就是熊希龄。熊氏也是一位奇人。他十五岁中秀才，十六岁中举人，十九岁中进士，二十一岁点翰林，四十三岁任北洋政府国务总理。弃官后，悉数变卖家产，一心从事社会慈善事业，救灾办赈，收养难童，创办驰名中外的香山慈幼院，赢得社会好评。抗战初期，他虽已年迈，仍积极参加救亡运动，精神极为感人。熊氏关心百姓痛痒，以民族生存为至重的精神，就像沱江的灯火所发出的亮光，永远值得人们讴歌。

凤凰的山水迷人，凤凰的夜景更迷人。凤凰人的故事，委实让人思量……我对着吊脚楼一串串的灯火，深有感悟。那灯光，既是湘西人生生不息的明证，也是中华民族屹立于世界之林的明证。

群山似海

从小生长在皖南山区，一打开家门，迎面就绵亘着一座青翠的高山，村庄的大道也是在山脚下蜿蜒。耳濡目染，自然对大山怀有一种浓厚的亲切感。

毛主席在《十六字令·山》中，用"倒海翻江卷巨澜"，来刻画群山的巍峨起伏，真是绝妙得很！他把山海连在一起作观照，显示群山之无比壮阔与奔腾不息，化静为动，极具匠心。当我置身武陵源的群山之中，仿佛来到巨浪翻腾的大海，那一座座刀劈斧削的群峰，如同滚滚向前的急浪，不时露出了秀美的浪尖；那一道道携手并肩的山峦，如同时隐时现的海岛，让人看到了绿色的希望。绿色的群山，宛如绿色的海洋，徜徉其中，让人浮想联翩。

武陵源的主景区在张家界国家森林公园。而黄狮寨则是张家界公园中一座最大的天然观景台。其顶端面积达三百余亩，四面峭壁百丈，高耸入云，仅有前门与后门两条曲折山路通达山下，凌空突兀，山势极其险要。阳光下，树林各显其色。林密处为墨绿色，稀疏处为灰黄色；向阳处为紫翠色，背阴处为青灰色。凡此种种，构成了一幅色彩斑斓的绝妙画卷。高空处，岚气聚散，时浓时淡，有白色的、淡青色的、浓紫色的、玫瑰色的，飘浮眼前，让人恍若步入仙境。因黄狮寨风光迷人，便有"不登黄狮寨，枉到张家界"之说。

有山便有水，山是水之源，水是山之魂。张家界的金鞭溪，就是一条让人流连忘返的秀水。它位于张家界与索溪峪两景区交界处。如果说登上黄狮寨，可以凭高望远，纵观群峰之雄姿；那么进入金鞭溪，则潜入峡谷的深底，可以领略淙淙流水之柔美，山花盛开之野趣。沿金鞭溪缓行，如进入崖的街巷，峰的森林，茂林修竹，在清澈的溪畔留下了倩影，奇峰怪石，组成了一幅巨大的山水画卷，给人带来了丰富的审美愉悦。在深壑幽谷中穿行，仿佛行走于海底隧道，既新鲜又神秘，似乎进入了童话般的梦境。

金鞭溪因金鞭岩而得名。从溪首步行五华里，一巨大砂石岩，耸立路端。此岩下大上小，呈菱形状，宛如一巨形钢鞭，倒插于地。阳光照耀下，熠熠生辉，璀璨夺目。民间故事将其说成秦始皇的赶山鞭，被怒插溪畔，遂化作这座千古奇岩。

袁家界是张家界公园内又一风景集中地。它是一座以石英岩为主，构成的巨大山岳。陡峭的山腰，修建了狭窄的水泥通道，游人可绕山缓行。台地边沿，隔数十米，便有小型观景台，可登台从不同角度，品位四周奇观。自杉刀沟上袁家界，沿绝壁顶端遨游，至中坪"观桥台"，遥望千米之外，两座险峰之间，有一巨石飞架，气势磅礴，奇伟绝伦，令人惊叹。石桥宽仅三米，厚为五米，跨度约五十米，垂直高度达四百余米。此桥孤悬于高耸入云的两峰之间，实为人间壮举，当地百姓称之"天下第一桥"。

天子山为武陵源的又一主要景区，它东接索溪峪，南接张家界国家森林公园。景区内奇峰林立，风光幽险，素有"峰林之王"的美称。

群山似海

相传明末，当地土家族起义首领自称向王天子，聚众此山，与朝廷抗衡，由此得名。天子山景区内，建有贺龙公园，贺龙元帅铜像屹立于海拔1200米的千层岩左侧。山高人为峰，贺龙元帅的巨大铜像屹立于千仞的高山之巅，形成了又一座让人仰视的高峰。我在铜像边徘徊、沉思，贺龙的身世令人心酸。他投身革命，出生入死，没有倒在敌人的枪林弹雨之中，却丧命于自家人的明枪暗箭之下，这真是历史的大悲剧！好在他的家乡湘西人民并没有忘记他，让他们的忠诚儿子的高大形象，永远矗立于群峰之巅，昭示着天地的浩然正气。

湘西群山，壮阔如海。海的内涵，委实是既博大又精深。数日走马登临，似读书，更似朝圣，受益匪浅。好的处所，总是让人看不移，想不尽的。著名报人范敬宜在《咏张家界》中写道："当年沧海忽冒烟，涌出奇峰柱南天；华夏名山三十六，最奇最幽是此山。"若有时机，我还想重访群山似海的湘西，再次品味它的最奇最幽的妙趣。

武当览胜记

"万山红遍，层林尽染"的深秋季节，在李杰先生陪同下，了却了游览这座道教名山的夙愿，冒雨登上了武当最高峰。层峦叠翠，流泉潺潺，道观巍峨，云遮雾障，天公与人力铸就的这座名山，委实让人啧啧赞美，难怪北宋著名书画家米芾称其为"天下第一山"。

武当山在湖北西北部，古称"太和山"，现辖十堰市。唐宋以降，声名鹊起，被推为道教圣地。明代曾定为皇家祭祀之所，香火大盛。明成祖朱棣以非法手段，夺取皇权，自称得"真武神助"，对武当特别垂青，敕隆平侯张信、驸马都尉沐昕率军民工匠二十余万人，浩浩荡荡开赴武当山，修建十三年，形成了七宫九观、三十六庵堂、七十二岩庙之庞大宗教建筑群，为我国保留最为完整的道教建筑艺术典范。1994年联合国教科文组织将武当山古建筑群列入世界遗产名录，指明武当山古建筑群"具有突出的、普遍的文化和自然价值，需要全人类为了共同的利益加以保护"。

太子坡位于登临天柱绝顶的神道上，相传是达净乐园太子入山修道的读书处。沿磴道盘旋而上，近观是一围朱墙环绕，远眺则似一片芙

蓉飘然于翠波之上。山道两旁遍栽桂树，桂花盛开季节，清香阵阵，沁人肺腑。登山道旁，依傍巨岩，建有五层楼房，名为五云楼。其间十二根梁枋，交叉迭搁，下仅一柱支撑，结构之奇特，计划之周密，技艺之精湛，可谓巧夺天工。

紫霄宫为武当现存宫观中规模最大、保存最为完好的一座，计有殿宇、楼阁、廊庑八百六十余间，规模宏伟、气派非凡。其背依奔骤欲动之展旗峰，右为霄神洞，左为蓬莱第一峰，周围山峦形成二龙戏珠的宝椅形式，被称为"紫霄福地"。内有紫霄大殿，建于三层高的大石台上，进深五间，重檐九脊，皆用翠瓦丹墙，显得极为绚丽辉煌。

南岩位于紫霄宫西南1.5公里处。峰岭奇峭，悬崖险峻，为武当三十六岩中风光最俊秀之地。天乙真庆宫为现存最完整的一座石质殿宇，坐落于南岸前侧绝壁之上，其梁柱、檐檩、斗拱、门窗，皆用石料雕琢而成。石殿崖前有浮雕云龙石梁，长3米，宽仅0.33米，龙首雕有瑞云，云端置一小香炉，下为万丈深渊，望之惊心动魄。这就是闻名于世的"武当山龙头香"。

晚上，在太子坡附近一谷地山庄入住。次日起身，绵绵细雨中，我们向天柱峰进发。随风雨加大，打伞已无法行走，我们只能穿着塑料雨衣前行，山陡路滑，行走十分艰难，我曾想放弃登临金顶。李君在后面为我鼓劲，并用"不到金顶，等于没来"，激发我，使我干劲倍增，咬紧牙头，冒着风雨，紧抓铁链，一步一步，终于到达武当绝顶。峰顶有千米台地，台地中央有一座铜铸仿木结构殿宇，这就是被誉为"天下第一黄金殿"的金顶，全系三千余个铜铸部件构成，外鎏赤金，总重量达18万斤，金碧辉煌，实为人间杰作。

武当山既有"面朝大顶峰千丈，背涌甘泉水一湾"的秀美风光，又有七宫九观的道家建筑群。正如联合国专家考斯拉所指出的："武当山是世界上最美的地方之一，因为这里融合了古代的智慧、历史的建筑和自然美学。"武当山是中国的瑰宝，亦是人类的共同遗产，它是天公与先人留给我们的一份杰作。

月牙泉边的沉思

欲作文化游，敦煌应是必造之地。且不说莫高窟这东方艺术宝库会给来者带来极大的审美震撼；就是著名的月牙泉，也会激起来者对大自然奇观的无限惊讶。

河西走廊，沙的世界。一望无边的沙丘，堆积而起，低者数米，高者达三四百米，天造地设，游客回旋，直指蓝天。然而，就在这赤日炎炎的大西北，在沙丘环抱的原野之中，竟有一湾神奇的泉池。按常理，自古流沙不容清泉，清泉远避流沙，它们是难以共存的。而在此处，沙水却相斗相生，在一望无垠的沙丘之中，留下了一泓泉水，真叫人叹为观止。无怪乎前人会发出"四面风沙飞野马，一潭云影勾游龙"的赞叹。据史书记载，月牙泉存世已有一千余年。古人有诗，作过精彩的描述："晴空万里蔚蓝天，美绝人寰月牙泉。银山四面沙环抱，一池清水绿漪涟。"是呵，银沙环抱，绿水涟涟，这真是人间难以觅求的胜地。时至今日仍有人作词谱曲，对天下沙漠第一泉，发出由衷的吟唱。歌中有这样一段动人的文字："就在那天边/很远很远的地方/有一处美丽的月牙泉/她是天的镜子/沙漠的眼/星星沐浴的地方。"古往今来，这块"天的镜子"，"星星沐浴的地方"，吸引了多少游客，前来朝圣，领略人间的珍奇。

基于对敦煌的向往，对月牙泉的渴求，一直盼望到这一旅游胜地，一睹为快。自工作岗位退下以后，时间完全可以自主了，便携妻赴西北观光。

即时，还没有直达敦煌的火车，我们是由南京乘飞机至乌鲁木齐，在天山南北畅游了数日，尔后，由乌鲁木齐乘火车至柳园，再从柳园乘汽车抵敦煌。到达心仪已久的敦煌，正好是中午。中餐后，稍事休息，即赴鸣沙山和月牙泉。

月牙泉在敦煌市南七公里处，位于鸣沙山之北麓。哺育敦煌的党河，原先从此经过，后河流改道，由党河的地下水，在低洼之处，汇积成了一个月牙形的池子，古人称之"沙井"，今人谓之"月牙泉"。月牙泉因与三危山大断层之东北走向相一致，常年可以从断层中源源不断地得到地下水之补给，形成了历经千年、泉水终不干涸的沙漠奇观。清道光《敦煌县志》载："泉甘美，深不可测"。"四面沙龙，一泉澄澈，为飞沙所不到。"当地民俗，每逢端阳，扶老携幼，登沙山，观泉景，成为一大乐事。这一民间盛大节日，一直沿袭至今。

步入景区，迎面一大立石，上凿"月牙泉"三个大字，昭示大家举世闻名的沙海名泉就在眼前。一湾混浊的池水，四周环生着低矮的灌木丛。时间虽为下午三四点钟，阳光却依然十分猛烈。我们走进池子上方，一组古典亭榭内，坐在石凳上歇息。立于亭榭，可纵览月牙泉全貌。我们在阴凉下，细细品味这神奇的名泉。一位长者告诉大家，数十年前，月牙泉水质清澈，水中长有铁背鱼与七星草，其水甘洌，可供人饮用，被当地人称为"药泉"。由于气候干旱，植被退化，湿地萎缩，地下水不断下降，泉池也不断缩小。上世纪60年代，其面积有二十余亩，现仅为八亩多，丧失了三分之二。以往水深曾达七八米，现仅有一米多。月牙泉像是一支风中的残烛，随时都有可能被熄灭。有人预测，三十年后，月牙泉将不复存在。面对这浅浅的一湾泉水，我陷于良久的沉思。这水沙共存、人间罕见的奇观，难道将成为历史？我们的子孙后代难道就无法再目睹这祖国西部疆土上奇幻的美景？如果真是这样，那将是生态变化中一件令人十分惋惜的憾事。尽管热浪逼人，我还是愿意在月牙泉边，多停泊一会，多看一看她那瘦弱的身影，生怕她将会消失。

最近，从媒体获悉，月牙泉的贮水，非但没有下降，却有所上升，这真是一个让人振奋的好消息。由于当地政府采取了严格的保护措施，禁止外来移民，禁止开采地下水，禁止破坏植被，有效地防止了地下水的流失，从而使月牙泉重新焕发了生机。

人应该是大自然忠诚的朋友，他应当与自然和谐共存，并成为自然的有力保护者。我想，只要我们对月牙泉细心呵护，这一神奇的景观终会继续同我们共存，而不会让人类失去这一饶有兴味的"天边的明镜"。

中华第一寺

"洛阳古迹美名扬，白马禅寺数第一"。

未临古都洛阳之前，不少人向我推荐：到洛阳，一定要观赏白马寺，那可是中华第一寺，是著名的佛教胜迹。

白马寺位于洛阳市洛龙区白马寺镇，距市中约二十公里。此寺建于东汉明帝时，距今有 1900 余年的历史，为我国首座佛教名刹。当时，由印度高僧摄摩腾、竺法兰在此将西方取回的第一部经书《四十二章经》翻译完成。从此，我国有了华语的第一部佛教经典。由此，人们将白马寺尊称为"释源"，因我国第一部佛教经典是由两匹白马从西域驮回，故命名此寺为"白马寺"。为了铭记白马运经之功，如今寺庙前仍有两匹石雕白马。骏马俯首奋足，作万里征程状。

白马寺仿印度祇园精舍，院落呈长方形，南向，南北长 239 米，东西宽 135 米。山门为牌坊式，歇山顶，下以青石券砌三座门洞。从南至北，依次排列着天王殿、大佛殿、大雄殿、接引殿、清阁台、毗卢阁等建筑。布局规整，左右对称。天王殿面阔五间，进深四间，歇山顶，正脊中央饰圆形佛光。大佛殿建于一米高的台基上，单檐歇山

顶。两座大殿的殿壁上，皆砌有一种梯形青砖和青石，这在殿宇建筑中很是少见。大雄殿面阔五间，进深四间，悬山顶，殿前有月台。大雄殿内供奉三世佛，元代造像十八罗汉，共5656尊。以夹纻脱沙漆制成，体量虽轻，却结实牢固，形象生动，古色古香，为珍贵的国宝级文物。接引殿，又名"立佛殿"，重建于光绪九年（1883）。清凉台，高约六米，青砖围砌，雄伟壮观。台上中心建筑为毗卢阁，周围绕以配殿、僧房，井然有序，自成院落。相传，远古之际，清凉台为汉明帝纳凉、读书之处。两位印度高僧来洛阳后，长居于此，译经传教。在毗卢阁西侧，建有摄摩腾殿和竺法兰殿，是为纪念两位高僧来华译经传教之美德而设立的。如今来华的这两位印度高僧，不仅殿、像皆存，寺内还留有埋葬他们遗骸的墓地。我站在这两位高僧的墓前，浮想联翩，内心深深地为他们宝贵的献身精神而感动。时光流逝近两千年，两位高僧虽葬身异国，他们的高洁的追求，今天仍为中国人民所赞颂。探访人群中，不少人在虔诚地向高僧膜拜。

白马寺东有一座金大定十五年（1175）建造的宝塔，名为齐云塔，高25米，四角，十三层，密檐式。齐云塔，与白马寺遥相呼应，互为借景，构成了一道古朴优雅的风景线，令人赞叹。

白马寺历经沧桑，古迹丰富。寺中历代碑刻甚多，其中较著名的有：金代《释源白马寺舍利塔灵异记》碑，元代《洛京白马寺祖庭记》碑，明代《重修古刹白马禅寺记》碑，清代《白马寺六景》碑等。

宗教是人类的一种精神追求，亦为人类一种特独之文化。佛教是世界四大宗教之一，倡导慈悲为怀，历数千年而不衰，至今在我国和东南亚，仍有广泛影响。

早在东汉时期，佛教由印度传入中国，逐渐中国化，形成了中国式的佛教。洛阳白马寺是我国修建最早的寺庙，它反映了我国最早时期佛教状况，是一处极为重要的文化遗存。

　　这次偕老伴专程赴中州大地旅游，住郑州工学院招待所，借机专访白马寺。在这座古老寺院的参访中，获得了不少历史与佛教知识，可谓不虚此行。

黄山脚下古村落

唐模，黄山脚下一处驰名中外的古村落，位于黄山风景区南麓，原属歙县，现归徽州区，离屯溪仅十六公里。

上世纪50年代，我在徽州师范读书时，学校曾组织到此处远游，住入村中一百零八个天井的深宅大院，颇感其古老与神秘。那时，村居破败，街道萧条，尚未开发为旅游之地。光阴荏苒，2007年金秋，我们中师同班数十位学友，相聚屯溪，重访唐模，虽年近耄耋，但大家游兴颇浓，在古村遗存中，领略了徽文化深厚之底蕴。

唐模是一座有一千余年历史的古老村庄。其开创人为唐代越国公汪华的太曾祖父。随着历史的变迁，汪氏家族曾离别故土。公元923年，其后裔决定迁回原地，并相中了山泉寺对面的狮子山，那里有太祖种植的郁郁葱葱的银杏林。经数代人辛勤劳动，先后建成了中汪街、六家园、太子塘等，形成了一个聚族而居、井然有序的村落。汪氏子孙不忘唐代对其上祖的恩荣，将其村庄命名为"唐模"。

唐模以水取胜，村中有水口、水街、水圆，彰显其上祖对水的处置极具匠心。檀干溪从村中流淌而过，农家依溪而居，形成了一条极具江南风韵的水街。街长一千余米，两岸分布着近百幢粉墙黛瓦之徽派民居。其中尚有四十余米避雨长廊，廊下临河设有"美人靠"，供来往路人歇息。溪岸之间，还架有十座形态各异的石质平桥，让往来之人自由通行。凭栏临水，风光宜人。伫立桥头，闻涓涓细流，观树丛滴翠，令人思绪万千。置身唐模古村落，宛如进入了一幅色彩典雅的水印版画之中。

唐模还有一处让人游览的水口园林，名为檀干园。建于清初，占地十余亩。园内三塘相连，波光粼粼，古木参天。园内建有三潭映月、湖心亭、白堤、玉带桥、笠亭等胜景。亭中还存有宋、元、明、清十八位名家石刻。字迹俊逸、镌刻精美，为古代书法之精品。檀干园原为清初富商许以诚兴建的私家园林。当时，许家母年迈，听说杭州西湖胜似天堂，很想往杭一游，无奈年事已高，不能如愿，其子为遂母愿，不惜重金，在家乡兴建一座仿西湖的小园林。因此，人们将檀干园称作"小西湖"，也有人将檀干园称作"孝子湖"。

唐模遗存之古建筑颇多。村头的八角亭，建于康熙时，造型奇特，别有风味。村东的"同胞翰林"牌坊，为表彰许家兄弟上京殿试，同时考中翰林而建，四柱三间，气势恢宏。村内许氏府第、汪氏宅楼、杨家大院、潘家老屋等徽商家族住宅区，典雅的长巷照墙，精湛的石雕砖刻，无一不在向来客讲述唐模昔日之辉煌。

为了增加旅游的文化氛围和经济效益，景区中还设有竹刻、石雕、制砚等作坊。我在歙砚制作处，购得一方"鸳鸯戏水"金星砚。制砚师为一青年，砚质细密，雕工简约而有文化内涵。此砚可作重游唐模之纪念物。

小中见大意匠深

春光明媚，清风习习，又到了放风筝的季节了。潍坊是一个以风筝著称于世的城市，每当举办国际风筝节时，世界各地的风筝爱好者都纷纷前往，盛况空前。然而，此地尚有一处小中见大意匠深远的古典园林，委实值得探访。

中国古典园林以苏州见长，潍坊的十笏园却以小取胜，别具风姿。十笏园位于山东半岛，胶济铁路中段，潍坊市潍城区胡家牌坊街。笏古代大臣上朝，手持之板也。"十笏"，即十板之大，谓之占地狭小。

此处明嘉靖年间为刑部侍郎胡邦佐之故宅。后来，由潍邑首户丁善保重金购入，仅保留一处楼宇，其余拆除，建成一处私家园林。园主丁善保定名为"十笏园"，亲撰《十笏园记》，刻石园中。此石至今仍完好如初，镶嵌于回廊南端之墙壁上。称之"十笏"，"以其小而易就也"。面积虽仅2000余平米，然而"壶小乾坤大"，在这方寸较小的天地中，却建有假山、池塘、瀑布、曲桥、回廊、亭榭、书斋等二十多处建筑，虚实相间，精心经营，安排巧妙，极具匠心。整个园林，将人造山林与各式古典建筑和谐地融为一体，紧凑而不拥挤，穷极变化又让人赏心悦目。

十笏园呈长方形，由中、东、西三部分组成。十笏草堂为中轴线上的首院正厅，其建筑结构为三开间七檩硬山顶，明间雕花门，内悬清代金石家陈介祺手书"无数青山拜草庐"匾额，字体俊秀飘逸。正中池塘内，碧荷绽放，清香四溢。旁有飞瀑从假山上溢出，水珠四溅，意境清幽。假山依东轴线上院落之山墙、屋于山顶建造，高约10米，长达30余米。拾极登山，怪石嶙峋，小径崎岖。假山顶端，建有小亭，名为"蔚季"，结构为六角攒尖顶，亭内东墙，嵌有"扬州八怪"之一金农所绘白描罗汉刻石，憨态可掬，造意新奇。亭旁植有一孤松，长势葱茂，直插霄汉。顺山径而下，临水处又建有一小亭，名为"漪岚"，系依山傍水之意。此亭玲珑小巧，颇寓妙趣。亭侧，立有三孔并列之白色太湖石，上刻"十笏园"三字。此石既可作奇石赏玩，又可作碑刻观摩。池之中央，还建有一亭名曰"四照"，取其阳光四照、景色明媚之意。该亭为注檩卷棚式山顶，四周设有美人靠栏杆，可坐观满园春色。亭西，有典桥，与回廊相连。四照亭之东北角，筑有一船形建筑，名为"稳如舟"。远远望去，恰似停泊水中之小船，随时待命起航。"稳如舟"之北面，有楹联一副，上书："雷之古鼎八九个，日铸新茶三两瓯。"为扬州八怪之一郑板桥所撰。

砚季楼为十笏园中之主体建筑，为两层三开间五檩硬山顶式结构，楼前有月台，楼上门窗外有前廊，并设有护栏。此楼始建于明代，后为园主人保留。楼名借用唐代诗人李贺之佳句："纱帷昼暖墨花香，轻沤漂沫松麝熏。"意为墨汁芳香袭人。该楼原为园主人们游览的著名园林，亦是一处传统文化积淀深厚的可供学人研习之地。

康有为先生1925年秋游此园，曾赋诗赞之："峻岑寒松荫薜萝，芳池水碧立仁荷。我来桑下几三宿，毕至群贤主客多。"

当代著名古建筑专家陈从周先生多次来此考察，留下了极富深情的诗句："老去江湖兴未阑，园林佳处说般般；亭台虽小情无限，别有缠绵水石间。"

"一滴水能光照大千，一朵花可映衬天堂。"十笏虽小，却气象万千，美不胜收。在以粗犷著称的北方，有这样一座小巧玲珑、特具匠心的园林，真可谓之民族之瑰宝。

山河屐痕

涂山行

幼小读书时，就熟悉了"大禹"这个名字。大禹治水"九导天下之川"，"八年于外，三过其门而不入"，这种伟大的献身精神，集中体现了中华民族的崇高美德，至今仍给人们以深刻的教益。

"禹之兴也以涂山"，大禹的功业又与涂山密切相关。查有关地理资料，得知我国有数处"涂山"，如绍兴、重庆等地均有称"涂山"之处。经著名历史地理学家谭其骧考证，怀远涂山，更有其合理性。因此，《中国历史地图集》明确地将涂山注在蚌埠西郊怀远境内。这样，造次蚌埠，登临涂山，寻求大禹遗迹，就成了我的一桩夙愿。

前不久，出差蚌埠。在该市文联苗务寅同志陪同下，兴致勃勃地登上涂山。山虽不高，在一马平川的淮河两岸却显得突兀、峻拔，它和荆山隔河相望，宛如扼守千里淮河的两扇大门。这里远古时代为古涂山国，周围已发现多处新石器时代文化遗址。山上怪石嶙峋，不少怪石皆与历史传说有关。如南坡山间，有一对怪石，呈鼎立之势，可供人坐，相传为当年大禹与涂山女，互通情愫之处，被称为鸳鸯石。离此处不远，有一石背倚禹峰，面山南大地，名为"台桑石"，屈原在

《天问》中写道："焉得彼彼涂山女而通之于台桑？"据说，指的就是此处。"台桑"是我国历史上的第一个朝代——夏的第一位帝王启的诞生地。启为大禹之子，为涂山氏所生。他在历史上有崇高的地位。司马迁在《史记》中盛赞："禹子启贤，天下属意焉。"涂山南坡朝禹路边，有一巨石危立，遥望似一女人头像，这就是著名的启母石。相传，禹娶涂山女，婚后四天就离家外出治水，数年未归，贤惠的启母盼夫心切，常在山上伫立遥望，久而久之，竟化作一尊石像。明代张士隆有诗题咏："亭亭独立向江滨，四伴无人石作邻。云鬓挽成千载髻，娥眉淡扫四时春。霜为腻粉凭风敷，霞作胭脂仗日匀。莫道岩前无宝镜，一轮明月照精神。"此诗对启母石的神态，周围雅静的环境，作了较为生动的描绘。

继续往上攀登，抵达涂山之巅，便有一道观屹立眼前，名为禹王宫，是祭祀禹和启母涂山氏的庙宇。苏轼题刻《濠州七绝·涂山》，珍藏于庙壁中。过穿堂，即至禹王殿，殿中央的神龛中，供奉着大禹彩色雕像，神态自若，仪表端庄，左右皋陶、伯益侍立。神龛上方有一横联，上题"平成永赖"四个楷书大字，笔力浑厚，气势不凡，它颂扬了大禹治水的不朽功绩。据查考"平成"为"地平天成"之意，语出《尚书·大禹谈》："水土治，曰成。"大禹治水，功盖千古。造福黎民，代代缅怀。后人有诗赞颂："万方洪水归沧海，永赖当年疏凿功。"

陪同参观的同志介绍，农历三月二十八日，为禹会诸侯于涂山的日子。后来，这一天成了朝禹会。这是长淮域内最大的庙会，每逢这一天，周边群众扶老携幼像潮水般涌来，从山脚下至山门前，整座山挤满人，有的进庙朝香，有的跳花鼓灯，有的做买卖。锣鼓喧天，热闹非凡，成了老百姓最盛大的节日。

我们虽无缘目睹朝禹会的盛况，但涂山之行却亲身感受到了大禹的不朽，以及人们对它的深情。回到住所，大家心里仍久久不能平静。同行的老丁很有感触地说："一个为民办实事的人，人民决不会忘记他。"小于也说："大禹是我们民族的骄傲。"

是的，大禹精神是我们民族的瑰宝，在新的历史时期，我们应当继承它，发扬光大它。

访李克农故居

　　统一战线、武装斗争、党的建设，这是我党历史上的三大法宝。然而。这三大法宝都离不开公开斗争与隐蔽斗争的共同努力与密切配合。其中隐蔽战线上的同志，身处龙潭虎穴，隐姓埋名，冒着生命危险，为夺取一个又一个胜利，作出了巨大贡献。李克农将军就是我党这一战线上的杰出代表，他是从秘密战线走出的开国上将。怀着对他的无限敬意，我们赴巢湖中李村，瞻仰了他的故居。

　　李克农将军 1899 年 9 月 15 日出生于巢湖炯炀河镇中李村。故居为两进平房瓦屋，头进有一小天井，两厢为住房，后进为柴屋灶房，室内陈设简朴，是一处中户人家的住地。李克农在此处生活了十一个年头，1910 年随祖父举家迁居芜湖，住吉和街 82 号一个长条形院落，他的许多时光是在芜湖度过的。

　　中李村一座小小的民居，诞生了一个伟大的生命。如今，在李克农故居的右侧，兴建了一座纪念馆，馆内展出了各个历史时期李将军从事革命活动的历史图片和革命文物。系统地介绍了这位将军多姿多彩的传奇一生。上世纪二十年代末，李克农、钱壮飞、胡底在上海组成特别小组，打入敌人心脏，从事情报工作。1931年4月25日，钱壮飞截获顾顺章被捕叛变的重要情报，他们冒着生命危险，及时将险情报告党组织，使得我党避免了一次重大损失。由此，李克农、钱壮飞、胡底三人，被称作"龙潭三杰"。在漫漫长征路上，李克农克服身体单薄、眼力不济等困难，一步一喘，艰难地行进。遵义会议时，任中央纵队驻地卫戍司令，周密地完成了会场的保卫任务。延安时期，李克农任中央联络局局长，负责开展统一战线工作。他是我党第一任与张学良接触的代表，在与张的交往中，给张留下极为深刻的印象。张学良在其回忆录中，专门提到李克农，称"此人厉害"。解放战争期间，李克农主持中央社会部与情报部工作，为打赢"三大战役"提供了许多及时准确的情报，为策动国民党军队起义，做了大量切实有效的工作。新中国成立前夕，李克农参与组建外交部与军委情报部，并任外交部副部长（常务）、中共中央情报委员会书记、中国人民解放军副总参谋长。因常年劳顿，身体状况一直很差。1957年7月抱病赴朝参加领导停战谈判，由于他机智果敢，识破了敌人的种种阴谋，最终赢得了谈判的成功，受到了党中央和朝鲜同志的赞扬。1962年2月9日不幸病逝于北京。

勋业传后世，丹心留人间。董必武同志在一首悼念李克农将军的诗作中写道："能谋颇似房僕射，用间差同李左车。"董老以古代两位杰出的重臣来比喻李克农，足见李克农在新中国创建中，功勋卓著。李克农离开我们已近半个世纪，但他的英名和业绩将永远留在人民的心里。

访李克农故居

仁者栖息之地

绵山位于山西介休县南，绵延百余里，山势巍峨，古木繁茂，同蒲铁路沿山北去，汾河依峡南流。自古迄今，为晋中一大游览胜地。

据史籍《左传》记载，公元前六百余年，晋献公的宠妃骊姬欲让其子奚齐继位，逼死太子申生，又欲陷害公子重耳。重耳逃亡在外十九年，历尽艰辛，终在秦的支持下，返晋夺回政权，史称晋文公。重耳流亡岁月，名臣介子推一直陪伴左右，当其饥饿难忍时，介子推毅然割下自己腿肉，让公子充饥，可谓恩重如山。重耳返国登基，身边众多近臣纷纷邀功请赏，介子推却悄然离去。他选择了绵山，带着老母归隐丛林。当时，有人为此深感不满。写了一诗悬诸宫门，讽喻晋文公无义。文公心有愧意，派人往绵山，请介子推入朝待封。但介子推执意与母相伴，誓不出山。文公听了别人建议以火烧山，以逼出介子推母子。大火燃烧三日，介子推与其老母合抱一棵大树被烧死。后人为了永久缅怀这位不慕权势、清正刚直的仁者，遂将绵山更名为介山，所在之县治，改称为介休县。还在清明前两日，禁火三天，名为寒食节，以示对其殉于火难之哀悼。

绵山属丹霞地貌，呈赭红色。山势陡峭，悬崖壁立。寺院与道观建于巉岩之上。设施齐全的旅客之家，依山而筑。入夜，一串串红灯笼闪烁着迷人的灯光，让人惚入梦幻世界。清晨，当太阳将璀璨的光辉投向大地时，丛山叠嶂，顿现一片耀眼之金黄，形成一个光彩夺目的世界，大自然何其美好！难怪介子推不愿告别绵山，去过达官显贵的生活。

山中有十大景区，既有自然山水，又有历史人文。栖贤谷，为当年介子推携母定居之地，建有简朴典雅之介公祠，让后人瞻仰。介公山，为介子推之陵园。墓地由青石砌成，墓前一亭翼立，挺拔庄重，突显了介子推的凛然正气。

抱腹岩位于绵山中心，为众岩穴之首。因形如双手抱腹，故得名。岩身庞大，可容两百余间殿宇馆舍，堪称天下第一岩。岩洞分上下两层，上层为两直角排成，如砖圈成之巨大"无量殿"。路断处架有木栈，以便沟通。行人自下向上仰望，殿宇参差，勾栏蜿蜒，宛如令人叹为观止的空中楼阁。古代文人留诗赞曰"寺古云常在，岩空势欲倾"；"鸟拂金铃渡，僧缘石隙行"。穿行抱腹岩中，让人仿佛来到天上之街市。

抱腹岩挂彩铃，至今仍为绵山一极具特色的民俗活动。据当地老人云，挂彩铃原为祭祀仁者介子推的一项民俗活动。后因"铃"与"灵"相谐，为了消灾避祸，人们就以此为自己祈祷祝福。不少信男善女，雇人从岩洞绝顶放下一根粗绳，利用绳索前后晃荡的力量，将悬于绳上的攀岩者，悠进洞内，用铁钩钉入岩壁，打上木楔，系好风铃。风铃扎有红绸带，随风飘动，发出悦耳的叮当声。我们游览绵山时，正值挂彩铃进行之中，唢呐声声，鞭炮齐鸣。众多游客驻足凝视，盛况委实动人。

我把访绵山作为入晋的首选内容，不仅登临了壮美的名山，还凭吊了古代的圣贤，感触良多，收益良多，决非日居斗室所能得也。

话说山西大院

人们把建筑称作"凝固的音乐"。从一组组建筑佳作中，往往可以让人品味到丰富的韵律美，带来极大的审美愉悦。在旅游中，独具特色的名建筑，也是历史传承和文化精神的形象反映，正是吸引游客的好去处。如闽北客家族一姓共居的大碉楼、湘西土家族别具一格的吊脚楼等。徽商建造的皖南古民居、晋商建造的山西大院，则是我国民居中的辉煌之作。

乔家大院是最早闻名于世的山西大院。早在张艺谋执导的影片《大红灯笼高高挂》放映之时，人们就因电影而认识了乔家大院。尔后，电视连续剧《乔家大院》，又系统介绍了大院的主人乔致庸艰苦创业的历史，更让人深入了解了乔家大院中所发生的动人故事。由此，人们到山西，必到乔家大院，一睹为快。

乔家大院在祁县东郊的东观镇。这个大院，迎面望去是一个体量厚重，外形方正，全封闭式的城堡，堡墙厚三米，高十余米，显得威武凛然。而城堡上错落有致的女儿墙、更楼，却给人以俊俏、灵秀的美感。城堡内是两组四合院群，北面是两座三进五连环套院，南面是三座二进双通四合院。我国南北方都有四合院，因各地气候、地形、人文习俗的不同，四合院的形制也不一样。云南四合院内平面组合，宛如一印章，故称一枚印四合院。皖浙一带的四合院，由天井构成，称作"四水归堂"四合院。北京的四合院有较大的庭院，显得开阔明亮。而乔家大院的四合院则为分布于晋陕一带的窄院式的四合院，呈长方形，既节约用地，又利于遮阳避沙。院内各处的砖、木、石雕，精彩动人，有的是妇孺皆知的民间人物故事，有的是动植物雕饰与彩绘。其彩绘，则为仿苏式之彩画，沥彩贴金，华丽无比。明清两代，"庶民庐舍"是"禁用彩金"的，乔家竟敢兼容官僚府第与富商巨贾豪宅相统一的"神州大宅"，足见房主人的社会地位和经济实力绝非一般。

被称为"红门巨宅"的王家大院，是现存山西大院中规模最大的一座。它位于灵石县静升镇的北坡高地上，宅屋依势建造，与凤凰台、鸣凤塬等相接，被称为"登上凤凰彩脊"的豪宅。恢宏的建筑群，精绝的三雕艺术，高品位的历史文化价值，让每一位参观者为之赞叹，怪不得建筑史专家郑孝燮先生称之为："国宝，人类宝，无价之宝。"王家大院现存东西两大院和孝义祠，总面积三万余平方米。院内布局曲折有致，每座主楼均有宽敞的正院、偏院、套院、穿心院、跨院等。按用途分，有客厅、厢房、绣楼、书院、花园等。整座大院既让人赏心悦目，又满足了多方面的生活需求，做到了审美性与实用性的高度统一。

山西大院当然不止上述两座。较为著名的还有曹家大院、渠家大院、常家大院等。

曹家大院在太谷县北恍村，是一处"寿"字形的高大宅院，院内有"多福、多寿、多男"的"三多堂"，现已设为"三多堂博物馆"，展出

晋商遗存的各种精致用品，其中有三件最引人注目。用黄、白、乌三金制成的金火车头钟；明代大画家仇英仿宋代张择端的《清明上河图》；镜面景色用珍奇鸟羽粘接而成的羽毛镜。仅此三件，足显晋商"富敌天下"的气度。

渠家大院坐落于祁县县城，千余间房屋，占了半个县城，故有"渠半城"之称。其住宅外观虽也为城堡式，但与乔家大院的封闭式相异，却是一种开放式。城堡内十八个四合院，互为相通，形成院套院、门连院的飘逸式的格局。步入大院，民居建筑中，极为罕见的五进式穿堂院落，立即映入眼帘，让你顿时会产生浪迹天涯路的苍茫之感。这座体量硕大的古民居，现已辟为"晋商文化博物馆"。

常家大院在榆次东阳镇车辋村。其主体建筑为雄浑方正的北方庭院。每座方正院落的里院，中间设有木结构牌楼，飞檐斗拱，气宇轩昂。牌楼两侧，各有砖雕花墙，使厚重的北方院落增添了几分南国园林的秀色。院落与院落之间，建有灵巧之花园，小桥流水，亭榭迴廊，点缀其间。常氏大院的设计，让北方民居兼有南方园林之秀色，真可谓南北交融，让人大饱眼福。

"致富于千里之外，修宅于吾家祖园。"这是晋商恪守的信念，它们把奔波各地而辛勤积攒来的钱，化作一座座让人叹为观止的殿堂。而今，当我们作为观赏者，步入这奇妙的殿堂时，我们会为当年晋商的富庶而惊讶，更会被晋商艰苦创业的精神所折服。面对这一座座城堡式的深宅大院，透过逝去的历史烟云，我们会产生良多的感慨和遐想，并从中获取应有的教益。有此之行，我们将不会"抱愧山西"。

雕塑园里品芳记

雕塑公园，位于芜湖市神山公园东部。溪水环绕，芳草青青，景色秀美。

沐浴着和煦的阳光，我与家人漫步于雕塑公园内，一处山坡上矗立着一组人物雕像，他们或立、或坐，有的吸烟沉思，有的凝视远方，虽形态各异，面部都呈现凝重神情。他们中有蔡元培、鲁迅、胡适、梁漱溟。这些人，都是中国近代与现代文化史上叱咤风云的著名人物，他们曾为中国命运焦虑过，也曾发出过不同凡响的声音。时光流逝，如今换了人间，但这些前辈为我们留下的思想资料，仍值得今人去认真思索。我在这座题为"文化生态·文人中国"的写实性雕塑前，伫立良久，思绪万千。

道路一侧，竖起了一座立架，上面布满了殷红的枫叶，远远望去，宛如大地流淌的鲜血，让人想起鲁迅先生的诗句："血沃中原肥劲草，寒凝大地发春华。"细细一看，又恰似万紫千红之春花，迎风怒放，预示着春光来临，可能还会有其他联想。作者命名为"无题"，正由于没有点题，才给观赏者留下了丰富的想象空间。

迎面耸立着两块巨石，中间留有一排文字痕迹。这座雕塑名为："智慧之门"。告诉人们：人类文字的出现，是一件石破天惊的大事，正是文字的产生，开启了人类智慧的大门，让人类由混沌走上了文明。作品主题鲜明，耐人寻思。

融入民族元素，融入地方元素，是优秀雕塑作品的一大亮点。《天井2》生动体现了这一点。雕塑家用丰富的想象、高超的变形，让徽派民居"四水归堂"的天井，生动地展现在观众面前，天井下还配置了一张徽派竹椅。见此，从小生于斯、长于斯的我，即刻将思绪带回童年，带到了故乡老屋的天井下，不要小看这天井，这可是徽州人安身立命的居所。徽派建筑师运用了巧妙的设计，让阳光透过天井进入高墙深宅，让一家老小享受温煦的生活。我赶紧坐到天井边的竹椅上，让女儿为我拍上一张珍贵的留影。

雕塑公园已经先后陈列了三届刘开渠奖国际雕塑大展的优秀作品一百余件。今年第四届中国·芜湖刘开渠奖国际雕塑大展优秀方案展，已于6月15日在鸠兹广场艺术展览馆开幕。尔后，将有一批新的优秀雕塑作品，入驻雕塑公园。这座别具一格的艺术公园，已荟萃了众多精品，让人驻足品芳，赞叹不已。

中国美院教授、公共艺术学院副院长于小平，是一位从芜湖走上艺术雕堂的雕塑家，他对家乡的这座雕塑公园倾注了不少心血。他曾指出：芜湖雕塑公园内"有世界著名雕塑大师的作品，也有国内顶级艺术家的作品，极具代表性，呈现出国际国内最新的雕塑艺术面貌。人文与山水结合，这里的风景值得每一个芜湖市民自豪。"

是的，雕塑公园给芜湖市民提供了一个难得的审美空间。它将成为芜湖一张靓丽的名片，成为提升芜湖城市文化品位的艺术殿堂。

桂林奇山甲天下

桂林，我国著名的游览胜地。

"水为青罗带，山是碧玉簪。"这是文人对桂林的形象描绘。

1985年冬季，我出差到桂林参加全国文艺理论研究会举办的年会。贤妻爱兰也到桂林，她是参加一个全国机电产品的订货会议。我们相聚于桂林，利用会议空余时间，畅游了桂林山水胜迹。特别对当地喀斯特地貌形成的一座座奇特山峰，惊叹不已。这里，略记四则。

一、驼像妙趣

桂林不是大象和骆驼出没的地方，却有一头石质的大象和一匹石质骆驼留在城中，十分引人注目。这是怎么一回事呢？民间有这样的传说：从前南方有一群大象，北方有一群骆驼，听说桂林景美，景色优美，便都结队而来。面对桂林的山水，它们都陶醉了。其中，一只大象呆呆地立在漓江中，一只骆驼默默地立在月牙山下的草丛里，它俩再也不愿返回自己的故乡。天长日久，化作了岩石，成了石像和石骆驼。其实，桂林"草中骆驼水中象"，这种奇特景观的形成，完全是大自然的造化，是地壳自身运动的结果。

象山，又称象鼻山，位于桃花江与漓江交汇处，山状宛如巨象伸鼻吸水。由象鼻与象身构成的圆洞名为水月洞，江水贯通。宋代有一蓟北处士，在此留下了《咏月夜》一诗，诗云："天上明月照，水上明月浮，水流月不去，月去水还流。"用简洁的语言，道出了水月洞月夜风光的奇特美。

从象山西麓，经盘曲山道，可登山顶。山之顶端平展如砥，保存有明代石塔一座，名为普贤塔，远远望去，极像宝瓶。山与塔相联成趣，整个造型极似巨象驮着精致的玉瓶，壮美动人。

骆驼山，高约七八丈，酷似一匹伏地的单峰骆驼。细加体察，骆驼的眼、鼻、嘴——呈现清晰。山下为一片桃林。每当大地春回，桃花吐艳时，这里便成了一个紫红霞雾的世界，巨大的石骆驼，就相掩在一片氤氲的红云之中，故有"驼峰赤霞"之称。"驼峰赤霞"别具风采，它以绝妙之韵味，吸引着成千成万的中外游客。

二、伏波掠影

伏波山，濒临漓江的一座秀丽多姿的山峦。清澈的漓江像一条透明的丝带，从伏波山下静静地流过。当晚霞染红天际，人们便荡漾着轻舟，在漓江中畅游。这就是桂林著名的十景之一"伏波晚棹"。

伏波山东枕漓江，西着陆地，屹立江边，器宇轩昂，阻遏江流，汇集深潭。山的南麓，辟有园囿，修竹滴翠，棕榈成荫，各色花卉竞相开放，环境实在优雅清静。从九曲回廊进入临江阁，启窗眺江，舟楫木筏，一一浮现眼前，一派生机盎然的景象。西麓山巅建有观赏亭，亭的对面，恰为老人山，酷似一耄耋老汉，披着风帽，翘首南望，须眉毕现，神态自若。

伏波山下，有一奇特山洞，名为还珠洞，唐代亦名为东岩。此洞透剔，可容数十人。洞门面江，由漓江乘舟，可入洞内。宋代凿有西洞口，解放后又增辟南洞口，均能出入。岩洞临江处，有一巨石，悬空而下，状若浮柱。因离地有空隙，仿佛用剑砍成，故称试剑石。洞内有千佛岩，曾有唐代摩崖造像两百余尊，其中唐宋伯康造像及造像记，刻于唐大中六年，距今越千年，是宝贵的古代佛教艺术精品。此外，尚有不少珍贵石刻，如宋代米芾的自画像，范成大鹿鸣诗等，均为研究唐宋以来书画历史的珍贵文物。

所有这些，足以说明桂林不仅是一个风光迷人的游览胜地，而且也是一个历史悠久的文化名城。来到这里，不仅可以从秀丽的自然景象中，得到审美的愉悦，而且还可以从灿烂的文化遗产中，得到丰富的教益。

三、独秀英姿

"未若独秀者，峨峨郛色间"，这是南朝诗人颜延之对桂林市内独秀山由衷的赞赏。

独秀山，位于市中心，远离众山，孑然屹立，平地拔起，四壁如削，无怪乎古人誉之为"南天一柱""独秀天下"。唐代诗人张固有《独秀山》诗："孤峰不与众山俦，直入青云势未休。曾得乾坤融结意，擎天一柱在南州。"诗人以传神之笔，勾画出了独秀山之动人风采。每当晴日，阳光照耀山峰，呈现出紫色光彩，故又称之紫金山。

山峰脚下，为明代靖江王府遗址，孙中山先生出征广西，曾驻节此处。现为广西师范大学校址。绿荫丛中，耸立着一座座飞檐红墙的宫殿式建筑，显得古色古香。

通过广西师大校园，来到独秀峰西麓，沿着一条崎岖的山路，向上

攀登，即可抵达允升门，跨过允升门，再盘旋而上，即临小谢亭遗址。从小谢亭遗址，攀行数公尺，便登上独秀峰的最高处南天门。从山脚至山顶，共三百零六级。山虽不高，但平地突兀，仍给人以巍峨壮观之感。置身南天门，纵目远眺，桂林四周的景色——浮现眼前，暮霭中，峰林四立，云山叠嶂，恰似一幅天然绝妙的水墨画。

桂林多岩石，一般岩石都没有泉水，唯独秀峰北麓有一涌泉，凿有月牙池，建有桥亭，景色清雅。山路上还有许多岩洞，最著名的有读书岩、太平岩。山麓的石壁上，保留有历代石刻，其中唐代郑柱齐的《独秀新开石室记》，年代久远，弥足珍贵，是不可多得的文物资料。

孤峰矗立的独秀山，像一只巨大的手，支撑在苍茫大地上，它历经了多少日日夜夜，饱尝了多少风风雨雨，至今仍不改其独立挺拔之雄姿。游览此山，在流连秀美风光的同时，亦催人沉思，让人增添积极奋进的力量。

四、叠彩揽胜

桂林，群山耸立。一座座岩石峻山，把城市装点得既雄起又秀丽。

叠彩山，亦是桂林的一座名山，它是市内风景的荟萃之地。位于城的东北面。迎面望去，山峦横断，重重相叠，巨大的岩石呈铜绿色，宛如折叠的彩缎，显得十分典雅可爱。步入公园，即见一雕梁画栋的叠彩亭，翼立石上。穿过叠彩亭，进入仰止堂，堂中数株艳红的山茶花，在南国的沃土中，含笑盛开。由仰止堂拾级而上，进入一大岩洞，此洞奇特，南北对穿，仅能过人。前后洞开敞如厅，前名叠彩洞，后为北牖洞，洞中一年四季均有徐徐凉风，清幽别致，故名风洞。洞内石壁上，尚有古代书画多幅。出风洞，沿石级盘旋而上，山之左侧，有一亭翼立，立亭边，远眺漓江，满城风光，尽收眼底。翻过望江亭，继续向上攀登，可达彩叠山之最高处明月峰。朱德、董必武当年八十高龄之时，曾登此峰，留有唱和之作。"革命不服老，临高迎东风"。展现了老一辈革命家的凌云壮志，同时也是对后人的有力鞭策。

在叠彩的顶峰，鸟瞰桂林全市风貌，房屋鳞次栉比，嘉树葳蕤成荫，公路上汽车奔驰，漓江上汽艇畅行……这一切，为风光旖旎的山城，谱写了一曲力的交响曲，奏出了一篇动人的优美乐章。

时光片羽

时光不停地流淌，往事并非如烟。那些鲜活的记忆，教人奋起，催人有为，是令人终生难以忘却的。

岁月同辉

又到栀子花开时

　　端午节前后，正是栀子花盛开的季节。清晨上菜市，捎上几朵栀子花养在瓶里，室内顿时显得格外雅致。你看，那洁白如玉的花朵，让人会想起那出淤泥而不染的白荷；那缕缕的清香使人会想起那"暗香浮动月黄昏"的寒梅。是呵，栀子花是城乡间极为寻常的一种花。看到它，我的眼前，总会浮现出一位恩师——程以人老先生的身影。

　　程老先生祁门人，出身书香门第，毕业于著名的东南大学英语系。他英语实力雄厚，可以阅读原版专著。国学造诣颇深，深谙为文之道，喜爱吟诗唱和。大革命时代，他曾在武汉与著名作家沈雁冰一道，从事国民日报副刊的编辑工作。上世纪50年代，我在徽州师范就读时，他正在徽师任国文教师，我在高中学的文学课，就是由他讲授的。1958年，芜湖师专开办，他调师专任"文选与习作"课主讲教师。我亦由徽师保送入师专继续学习，学的正是中文专业，再次成了他的弟子。

　　师专地处芜湖北郊，附近农户有种栀子花的，花开季节，采上一批，送到校园兜售。此时程老先生准会买上几朵，养在茶杯中。他的

居室虽十分狭小，经此花一装扮，却满室生机盎然。有一次，我到他的居室中，见老先生又养了几株含苞欲放的栀子花，便忍不住问他："老师对这种寻常的花，为什么如此厚爱？"他笑着说："伟大出于平凡。这种产于乡间的平凡之花，给人的是一个洁白的世界，这种圣洁十分难能可贵。人们生活于充满利欲的凡尘之中，倘能保持自己的圣洁，可不是一件容易的事！"他喜爱这种圣洁的花，终其一生，以圣洁规范自己，培育弟子。

程老先生喜爱圣洁的栀子花，他的心灵也如同栀子花一样的圣洁。他敢于直面人生，率直地表述自己的看法，绝不观风使舵，说昧良心的话，干昧良心的事。那时，在"左"的思潮的支配下，学校终日忙于政治运动，无视教育自身规律，动辄停课，甚至对教师的主导作用予以置疑。在一次学习会上，程老先生忿然地说："在学校中，教师就是教的，学生就是学的。如果在教学过程中，教师发挥不了主导作用，那还要教师干什么？"正由于他敢于仗义执言，说了许多清醒而颇有分量的话，"文革"中受到残酷的迫害，焦虑和愤懑使他难以平静，导致双目失明。即使身陷玄螟，他仍关心身边的一切，经常让其子为其读报，收听电台广播，还不时吟诗，由其子记下，与故友酬唱。

程老先生学识渊博，阅历丰富，他对自己所从事的教学工作一丝不苟，从不懈怠。教学讲义自己动手编写，范文往往选自最新报刊的佳作。讲课时，一旦进入境界，准会手舞足蹈，仿佛是一位纯真的演员。每次学生习作阅完，总有一次详实而生动的评讲，指出好的，好在哪里，为什么好；有毛病，为什么发生，怎样才会写好。经他悉心点拨，学子们均大有长进。往事并非如烟，事隔近半个世纪，现在闭上眼睛，程老先生讲课时的情景，还历历如在眼前。

栀子花，圣洁的花。历来，它就为众多文人所推崇。明代吴门文人画派杰出书画家沈周曾在一首题为《咏栀子花》的诗中写道："雪魄冰花凉气清，曲阑深处艳精神。一钩新月风牵影，暗送娇香入画庭。"的确，栀子花仿佛就是由雪魄冰花构成，它是那样的超凡脱俗，不正是那些耿介纯真的知识分子的写照吗？看到它，我会想起屈原、司马迁、马寅初、舒舍予……总会想起终身受益的恩师程以人老先生。我想，此时他们都在天国，正在期待着中华民族的伟大复兴。

祖保泉先生二三事

安徽师范大学文学院资深教授祖保泉先生已九十高寿，且执教六十五个春秋，弟子遍布大江南北，著作远播海峡两岸。

上世纪60年代初，我在芜湖师专中国汉语言文学专业毕业。那时，高校师资极为缺乏，为解决新办的专科学校对师资的需求，省教育厅委托合肥师范学院中文系给各地选送的专科毕业生实施两年的进修培训。我有幸被派往合肥师院中文系主修"文学概论"，在祖先生的悉心指导下，度过了难忘的两年进修生涯。

合师院中文系主任为张涤华先生，副主任为祖保泉先生。祖先生承担了大量的行政事务，还担任了我和一位来自安庆师专的陈祖荫同学的导师。他为我们开列必读书目，定期听取读书心得的汇报。对我们提出的学习中疑难的问题，及时给予详尽解答。有一次，我在写读书报告时，把书籍的"籍"字上面的竹字头，写成了草字头。祖先生当即指出，"籍""藉"不可混淆。"藉"指的是古代祭祀朝聘时，陈列礼品的草垫，如《楚辞·九歌》："蕙肴蒸兮兰藉。"后来引申为借托，就是我们常说的"藉口"一词。他教导我们，学问就在严细处，没有细微认真的科学态度，那是做不好学问的。

上世纪60年代初，国民经济遇到严重困难，大学生的粮食供应不足，只能吃大麦糊、红薯馍。春节时，也不放假返乡，因那时农村正面临着饥荒。虽生活清苦，大家的求知欲望并未丝毫减弱，艺术氛围很浓。祖先生经常利用晚自习给大学生和年轻教师开设中国古代文论专题讲座，讲授了刘勰的《文心雕龙》中的"神思""情采"等重要篇章，司空图《二十四诗品》全文。这两部古籍，一部用骈文写成，一部以偈诗的形式表述，文字艰深，颇为难懂。祖先生从文字注疏开始，讲清字面含义，再从文学理论的角度，诠释其中的立意，指明对今人的启示。

祖先生一辈子读书、著书、教书，由衷地热爱书。当时，合师院内他的住房中，有一大间专门用作藏书，整齐地排列着书架，摆满了琳琅满目的书。他对我国历代诗话、词话，收集得最为周全，有数十种之多。可惜的是，这些图书也难逃"文革"之厄运，不少均已散失。

1970年，中国科技大学由北京迁来合肥，合肥师院被撤销，其校舍给了科大。此时，合肥师院中文系并入安徽工农大学（即今日之安徽师大），祖先生随中文系来到芜湖。从此，我和祖先生有了较多的接触机会，见先生益发专注于古代文论的研究。每次到他住所，他常谈及《文心雕龙》研究中学术界的一些动向，坦率地畅谈自己的观点，他的缜密的剖析和独到的慧眼，使我颇受教益。1982年，我在芜湖师专负责组织全国师专文学理论研讨会，拟请专家与会作学术报告。我同祖先生商量，请他到会作有关《文心雕龙》的学术讲演，祖先生慨然允诺。他在研讨会上，深入分析了《文心雕龙》的历史价值以及对今人的有益启示，使来自全国各地的文学理论教师在古代文论方面增长了不少见识。当时，祖先生带了两位研究生，一位是芜湖的吴家

祖保泉先生二三事

荣，另一位是来自贵州的胡晓明。先生让他们也参加研讨会，以便从实践中增加才干。如今，祖先生的这两位高足，胡晓明已是华师大文学院教授，吴家荣已是安大文学院教授。

党的十一届三中全会后，百废待兴。大学的教材建设赶不上实际需要，高校教师纷纷编撰适用的教材。我在师专从事"文学理论"课教学多年，也想从实际出发，编一本适用于师专中文专业的教材。我把自己的想法告诉了祖先生，征求他的意见。他建议我抓住课程的主干，体现学科的特点，结合自己亲身的体验，认真编撰。编好教材是一项长期的任务，不可能毕其功于一役，应当不断修改，不断完善。在他的热情鼓励下，我把一本名为《文学简论》的教材编写完毕，在学校的支持下，印刷成书。祖先生书法俊美，我请他题写了书名，他欣然挥写了横、竖两种字样，供我选用，我采用了其中的竖写样式。光阴冉冉，屈指已有三十年了。每当我见到这本书，看到祖先生题写的清雅刚道的书名，我就会记起先生殷殷的教导，努力地去做一些有益于社会的工作，不敢有丝毫的懈怠。

时光片羽

蜀籍学者刘元树

1960年，我在芜湖师专中文科毕业，留校任教，随即派往合肥师范学院进修"文学概论"。第一年，由祖保泉先生任导师，第二年，由刘元树先生任导师。两位导师言传身教，热情指导，让我受益匪浅，为在高校从事教学，打下了良好基础。

刘元树先生出身名门，1931年生于成都，毕业于四川大学，与著名的书法家、古典文学教授徐永年为同窗学友。川大毕业后，在上海华东师范大学中文系任教。后因支援安徽，由上海转往合肥，在合肥师范学院讲授"文学概论"。

刘先生勤于笔耕，文字优美，且有自己的见解。五十年代，即以"箭鸣"之笔名，在《文艺报》上发表文章。他主要致力于中国现代文学的研究。在鲁迅研究、郭沫若研究上用力尤多。著有《中国现代文学的历史经验》等专著。曾在合肥师范学院、安徽师范大学、安徽大学、西南民族学院任教。曾任安徽大学中文系副主任、西南民族学院汉语文系主任。曾任中国现代文学学会理事、安徽省中国现代文学研究会会长。

刘元树先生一生从事教学与研究，是一位求真务实、乐于育人的学者。

我在合师院进修时，多次聆听他讲授"文学概论"课。他讲课充满激情，善于联系实际，作生动之剖析。如，讲到艺术风格时，他强调风格是成熟的标志，一个没有成熟的作家，是不可能形成自己的风格的。他特别强调风格的独特性。艺贵独创，唯有鲜明的创作个性，才能赢得大家的赞赏。他举例说，我们所处的这座大楼四四方方的，没有什么特色。如果所建的大楼都是一色四四方方的，没有自身的特点，人们观赏时定会索然无味。经他一番描述，大家很快明白了其中的道理。

刘先生待人热情，重视友谊。他在合肥师院和安徽师大都和王明居先生共事。2015年惊悉王明居先生因病辞世，多次打电话向我询问，不顾年迈体衰，撰写了《忆王明居学长》一文，文中记叙了明居先生清贫、坦荡的生活，对友人的慷慨，以及在极"左"思潮下遭受的迫害。此文在《安徽师大报》上刊载，读之令人扼腕。

刘先生虽已八十余岁，依然关心国家大事，支持党和政府开展反腐倡廉斗争。他收集相关史料，进行梳理和研究，写成《包拯与包拯精神》长文，分为"跨越时空，传诸久远""反腐反庸，无私无畏""深察民情，为民请命""清心直道，严于律己"四大专题，一一深入阐述，让读者从包拯身上看到"包拯精神"。以史为镜，受到了反腐倡廉的深刻教育。这篇长文刊发于2014年9月15日《人民政协报》"艺术·讲坛"专版上。

2015年10月，我和贤妻特地赴合肥，其中有一项安排，是看望恩师刘元树先生。得知我们到来，刘先生十分高兴。虽然目力不济，仍拄着拐杖，从小区走到街道边，等候着我们的到来。来到他家里，促

时光片羽

膝相叙。每当我谈到当年在合肥师院进修，得到恩师无私帮助时，先生总是连连表示，这些算不了什么，其谦逊坦荡的处世态度，令人钦佩。先生虽年高体弱，却执意留我们到附近的一家餐馆共进午餐。

分手时，我叮嘱恩师保重身体，从心底里祝愿他福如东海，寿比南山。

刘先生的夫人庹碧先，是一位研究蚕桑的专家，曾在省蚕桑研究所工作。庹先生有良好的书画修养，书法和绘画作品颇为出众。

刘先生夫妇育有一女一子。女儿刘翠，在合肥工业大学学报编辑部任编辑。儿子刘石在清华大学文学院任教授，其书法健美清秀，颇具文人味。

蜀籍学者刘元树

模糊美学的开拓者王明居教授

安徽师范大学文学院有一位面容清癯、待人谦和、学有专长的长者，他就是王明居教授。半个多世纪的岁月中，王先生心无旁骛，潜心于文艺理论和美学园地的耕耘，发表了许多学术论文和学术专著，受到了广大读者的欢迎和有识之士的赞赏。

家庭的深远影响

安徽省东部，与江苏接壤的天长县，有一个繁华的汊涧镇。1930年，王明居先生出生于此镇的一个知识分子家庭。其父王锡章，国文、英语均有较好的素养。其母王絮生通识国文，尤喜阅读古代通俗文学作品。在这样一个书香家庭，他从小耳濡目染，产生了对文学的喜爱，对美的追求。

天长中学是省内条件较好的一所学校，王明居先生在这所中学读书时，借到一本朱光潜先生《给青年的十二封信》，这本蓝色封面的美学读物，引起了他浓厚的阅读兴趣，到了欲罢不能的地步。王教授说："对这本美学的启蒙书，我不止一遍地读，还写了摘记，这大概就是一种魅力使然罢。"

大学奠定厚实的基础

1953年夏，王明居先生考入北京师范大学中文系，当时，北师大中文系师资力量雄厚，仅一级教授就有黎锦熙、黄药眠、钟敬文等名师，校长陈垣更是著名的学者。这些老师以各自卓越的才华，撒播着知识的种子，滋润着学子的心田。尤其是黄药眠先生，乃著名的美学家、文艺理论家、作家，亲自为学生讲授美学课。

当时，在"向科学进军"的口号下，同学们发奋地学习，如饥似渴地吸收着知识的养分。王明居先生除经常向系内老师求教外，还拜访其他系的名师。如教育系欧阳湘教授，此人精通英语、法语，对西方美育颇有研究。王明居先生特地造访欧阳湘教授，受益良多。

从讲授"文艺理论"到耕耘美学

1957年夏，王先生从北京师大中文系毕业，被分配到哈尔滨师范学院（现哈尔滨师范大学）工作，开始讲授"文艺理论"课。在北方任教两年，因乡情难舍，调回安徽，在合肥师范学院中文系任教。后来，合肥师院并入安徽师范大学，王明居先生来到芜湖。

"文艺理论"是中文系的一门基础课，涉及面广，理论要求高，既要求有较丰厚的文艺知识，还必须具备对具体作品的分析力和鉴赏力。他讲课注意理论和实践的统一，通过对具体作品和艺术实际的分析，让学生把握其中的基本原理。他对唐代文学尤感兴趣，经常用唐诗说明文艺创作和文艺鉴赏中的问题。他撰写的《唐诗风格论》，就是对风格多样的唐诗所作的细腻精彩的剖析。

王先生主张美学应面向社会生活，他指出："美学家不能单纯地坐

而论道，美学的生命在于它对社会生活的影响力。"他学习美学大家朱光潜《给青年的十二封信》的精神，将美学原理通俗化，用身边事例剖析审美问题，写成《通俗美学》一书，融说理性、知识性、趣味性为一炉，深受广大读者喜爱。1985年8月面世，初版一万三千册销售一空。尔后，累印四版，均热销。1987年获"全国优秀畅销书"奖。赴香港展销，好评如潮，当地《读者之友》杂志刊专文称赞"《通俗美学》为中国第一本系统阐述美学的著作"。1988年又荣获"全国首届优秀教育图书奖"。

1992年3月至4月，王明居先生应北京大学叶朗教授邀请，赴京参加《中国历代美学文库》编纂研讨会，被聘为隋唐五代卷主编，经12年艰辛努力，此书终由高等教育出版社出版，共19册，其中隋唐五代卷分上、下两册。

模糊美学的新崛起

传统美学以精确见长，历经千年，建立了较严密的美学体系，却又显得封闭与片面。到了20世纪80年代，随着现代科技的发展，人们对美学研究的不断深入，传统美学的限阈已被打破，作为美学学科的一次大解放，模糊美学应运而生，而在模糊美学的崛起中，奉献最大者应属王明居教授。

1995年11月在深圳召开的"国际美学·美育会议"上，谈论得最多的是新兴的模糊美学。周长才博士在大会的发言中谈道："到目前为止，我认为对模糊美学贡献最大的是王明居先生。"

从1989年开始，王明居先生先后发表了《优美与模糊》《崇高与模糊》《审美中的模糊思维》等多篇论文，还出版了《模糊艺术论》《模糊美学》两本系统阐述他的模糊美学思想的专著，引起了美学界的关注。华东师范大学教授朱志荣在《1993中国哲学年鉴》中写道："王明居教授所撰《模糊美学》横跨自然科学和社会科学，既有高屋建瓴的理论系统，又有多角度全方位的详尽阐述。""它的出版，无疑拓展了九十年代美学研究的视野，必将在美学界和日常社会生活中产生广泛而深远的影响。"著名学者季羡林在为陈惇等人主编的《比较文学》所写的序言中强调："特别值得一提的是80年代才出世的模糊美学，更与比较文学有紧密相连的关系，谈比较中西文论而不顾模糊美学的存在，那是绝对行不通的。""我现在正在读王明居教授的《模糊美学》，觉得颇有收获。"能得到季老先生的赞许，委实难能可贵。

享受明媚的春光

改革开放后，学术研究也进入明媚的春天。从上世纪80年代开始，王明居先生发表论文达150余篇，独撰专著十多部。

即使到了古稀之年，仍坚持外出考察。为了体察徽文化的深厚魅力，他跑遍徽州的山山水水，写成了《徽州建筑艺术》一书共28万字，图文并茂，深为读者喜爱。

光阴荏苒，岁月如流。王先生虽已到了耄耋之年，依然精神矍铄，谈吐不凡。前几年，他曾到美、加、英、法、德、意、俄等国旅游考察，今年3月份又亲临宝岛台湾。他的出游不仅是为了休闲，还计划写一本《旅游寻美记》。我们衷心祝愿王明居先生青春永驻，期待着他那优美丰厚的美学著作再次问世。

模糊美学的开拓者王明居教授

此情常留记忆中

庚寅年，获悉葛尚范先生驾鹤西去，未及为他送行，实为憾事。斯人已逝，但他的音容举止却浮现于我的脑海中，作为人师，他的精神品格，值得广大学子效法。

葛先生是一位水平颇高的数学教师。我在徽州师范上学时，他为我们讲授过立体几何，受到学生的一致欢迎。他讲解几何定理丝丝入扣，有严密的逻辑性，如同剥笋，层层深入，让学生易于把握其中的关键，其板书，字迹清秀，井然有序。一堂课下来，写成满满一黑板，全部教学内容都在其中。后来，我被选送到芜湖师专中文科学习，他也从徽师调到师专数学科任教，不久被任命为数学科副主任。我虽不在数学专业学习，由于都是从徽师来的，又十分熟悉，有机会常到他家小坐，见到他常伏案忙于解题。他的这种对专业孜孜不倦、认真钻研的精神，令我十分钦佩。

葛先生还是一位爱生如子、师德高尚的教师，他总是将学生视为自己的子女，热心引导，悉心呵护。有一次，我在他家中，见到一位数学科的农村学生，向他倾诉家中的困难，父亲病了，幼小的弟妹无人照料，要求退学回乡，助父渡过难关。葛先生对这位学生寄予无限同情，劝说他打消退学念头，答应他向学校反映相关情况，让这位学生享受特等助学金。在葛先生全力帮助下，这位困顿的农家子弟，坚持完成了学业，后来成了中学数学教学的骨干教师。

葛先生既是一位立足教学岗位的优秀教师，又是一位关心国计民生、以天下为己任的正直的知识分子。1983年，我由师专调市里工作。有一次，葛先生来市区办事，顺便来我处相聚。得知我在教育部门从事行政工作，便告诉我，他也曾经在县教育局工作过一段时间。他说，教育是由许多学校组成的，办好教育就应当办好每一所学校。作为教育的主管部门应当关心学校，理解学校，切实帮助学校解决办学中的困难，决不能以太上皇自居。他的这一番话，使我颇受教益。以后，我每到一个学校，都注意听取他们的建议和意见，力争为学校多办实事。他还对我说，人才的培养，重在学校。办好学校，重在教师。没有一批德才兼备的好教师，人才的培养就会落空。由此，他对我说，尊重教师，大力提高教师地位，这个社会才有大希望。经葛先生一番提示，我认识到办好教育的关键在加强对教师的工作，一方面兴建园丁小区，逐步解决教师的住房问题；一方面设立"教坛新秀"评选活动，让德才兼备的优秀教师脱颖而出，成为教育的一种导向。这些具体措施，对促进芜湖教育的健康发展，发挥了积极作用。

人生在世的岁月，屈指可数。然而人所从事的宏伟事业都永世长存。葛尚范先生年过九十，高寿而病逝，他的品格和风范将永远活在我们的事业之中。

品文共商情意长

退休之后，卸却了繁忙的公务，时间是属于自己的了。有时，几位志同道合的挚友，相聚一起，切磋诗文，真是人生一大快事，奚智明先生及其贤内助宋美法，就是其中之一。

奚智明先生苏北南通人，从小酷爱读书。南通中学高中毕业时，正当国家招收新兵，他响应党的号召，进了兵营。入伍后，仍热衷文学创作，所写的诗歌，常见于部队的黑板报上。有一天，部队文化干事李仲群，读了黑板报上的奚作，觉得写得不错，便推荐他向军报投稿，让他笔下的诗篇，首次转化为铅字。在他的指导下，此后奚常在《人民前线报》《解放日报》上发表诗歌、曲艺、杂文。李仲群后来调南京军区歌舞团任编导。奚先生对这位识马的伯乐，一直深怀感激之情，常和他通信联系。退休后，数次专程到南京看望他。

莎士比亚说：书籍是全世界的营养品。奚智明乐于博览群书，尤其爱读我国古典诗文，他有良好的记忆力，刘禹锡的《陋室铭》、范仲淹的《岳阳楼记》、周敦颐的《爱莲说》、李白的《梦游天姥吟留别》、杜甫的《春望》、白居易的《长恨歌》、苏轼的《水调歌头·明月几时有》、陆游的《书愤》等经典诗文,都能一一背诵。时至今日,还将这些著名诗文,一一默写下来,一边练习书法,一边重温前贤的妙作。由于奚君腹中装有不少优美的古典诗文,笔下行文,富有诗情画意,颇具文采。

奚智明平常依靠阅读增加见识,对于翻阅的资料,长期存于记忆库中。有一次,我写了一篇关于诗圣杜甫的文章,请他提提意见。他见我文中写道:"杜甫一生写诗达四千余首,在我国诗史上,应为写诗最多的诗人。"便指出:"在我国诗史上,还有比杜甫写诗更多的诗人。"我问:"是谁?"他回答:"是陆游。"经查证陆游一生写诗一万余首,显然比杜甫多得多。于是,我将文章改为:"杜甫写诗达四千余首,在我国诗史上,应是较多的诗人之一。"这样,阐述更为准确,也更加符合史实。

奚先生是一位喜欢怀旧的人,对逝去的年华,件件往事,常与人谈起。他多次向我说起,中学时代一位校图书馆管理员,见他酷爱读书,常将那些好书留给他借阅,还帮助他到市图书馆取得借书证,让他到更大的图书馆,借阅更多的书。对这样一位乐于助人、关心学子的老人,奚智明感激在心,他一直努力充实自己,决不辜负老人的一片心愿。

坚守真理,是非分明,这是奚智明为人的性格特征。他介绍说,在"左倾"思潮泛滥的日子里,部队中一些人也乱上纲上线,把正确的视为谬误。奚智明爱唱歌,有一次他演唱了《革命歌曲选》中的一首《逛新城》。部队的某位领导,认为是"黄色歌曲",形成了"黑云压城城欲摧"的声势。奚智明一再申明:"这是歌颂西藏新面貌的一首革命歌曲。难道一男一女的表演唱就成了'黄色'!"好在政治部李仲群秉公帮助,一场恶作剧终于平静收场。

写作，依靠缜密的观察。奚先生写散文时，往往凭借自己敏锐的观察，看到别人易于疏忽之处，写出精彩的文字。如他在一篇写南浔的游记中，不是一般地去写嘉业堂的藏书，而是记叙了嘉业堂边游船中的船娘，在等待客人的闲暇之际，埋头阅读。说明南浔这一方热土，如今仍散发着文化的芳香。又如，他在游龙虎山的散文中，写山间的栈道，在有树的地方，空出位置，让树照常生长，而不是图方便随意将树锯断。这种绿色理念，给人以生动教育，说明为了保存生命之缘，处处都应认真践行。

著名翻译家傅雷，不仅其为业一丝不苟，令人敬佩；其胸怀坦荡、大义凛然的为人品格，亦令人十分景仰。我曾写了一篇有关傅雷和傅氏家族的文章，到奚先生住地，征求他的意见。他夫妇俩人，深为傅雷的事迹所感动。事后，他特地撰就一篇《文为心声》的散文，专门记述了我们对这位具有知识分子良心的前贤共同高山仰止的心情。

毛泽东主席在《沁园春·长沙》中写道："恰同学少年，风华正茂，挥斥方遒。"我和奚老弟都不是"风华正茂"的时节了。虽已到了古稀之年，但彼此仰慕前贤之赤心未减。我们常常相聚在一起，品文论文，情意浓浓，彼此力求做一些于社会有益的平凡小事。

挞馃的思念

　　大女儿从黄山归来，带来了久违的"徽州披萨"——"秀嫂挞馃"。嫩黄的外壳，香喷喷的内馅，嚼起来颇有劲头，口生余香，顿时勾起我对中学时代的回忆，往事一幕幕浮现眼前。

　　我初中和高中都是在徽州师范度过的。徽州多山，百姓利用山间坡地种上小麦、荞麦、玉米，磨成粉，做成粑粑，内馅多种多样，酸咸菜、霉干菜、萝卜丝、土豆丝、韭菜等都可用作馃馅。那时，歙县南乡的同学因事返家，回校总带来几个挞馃，大多为玉米粉或荞麦粉做成。肚子饿时，拿出与同学分享，我亦多次品尝。

　　高中阶段，曾到北岸教育实习，住在百姓家里，目睹了挞馃的制作过程。揉面时要放入少许香油，多次揉搓，为了使面柔和，将面多次掼至案板，这就是所谓的"挞"。"挞"的次数越多，面会越顺熟。装好馅，将馃的两面涂些食油，两面翻烤，费时十多分钟，两面呈嫩黄色，即可起锅食用。

　　徽州地少人多，徽人大多离乡背井，外地谋生，为了解决旅途中饮食之困，挞馃，是最好的充饥手段。据史载，早在唐朝，挞馃就成了

挞
的
思
念

徽州人远行的干粮。到了明清，挞馃更成了徽州人必备食品。无论是外出经商、进城求学、上山砍柴、下田犁地，都会带上挞馃。即使为平日早餐，挞馃亦成了徽州人的首选。

挞馃亦可做成精致的小烧饼。外面是千层油酥，内里是猪油霉干菜，烤成蟹黄色，其味极香美。著名教育家、徽人陶行知有诗云："三个蟹壳饼，二两绿豆粥，吃到肚子里，自有无量福。"从中看出，这位行知夫子，对挞馃委实情有独钟。如今，黄山小烧饼已将市场拓展到芜湖，市场上随时可以购到这一美食。

徽州民间流传有这样的歌谣："脚踏一炉火，手捧一挞馃，除了皇帝就是我！"足见，徽人对挞馃的由衷喜好。徽州人妯娌之间，也有攀比做挞馃的习俗，谁的挞馃做得好，皮薄、馅香、好吃，谁家的日子就会越来越兴旺。

一种食品反映了一个地方的风貌，留下了一段这个地方的历史佳话，让人思绪万千，难以释怀。

难忘的岁月

我中学时代母校是古城歙县徽州师范学校，问政山下，练江岸边，留下了我们琅琅的读书声。

1958年夏季高中毕业考试结束，按照惯例，由学校组织一台送行的毕业晚会。晚会上，除了学生艺术团演出节目外，老师也参加演出。语文老师汪时叙表演的朗诵《黄河之水天上来》，音乐老师朱光纯表演的独唱《教我如何不想她》，激起了阵阵热烈的掌声。晚会经历了两个多小时，约于晚上十点多钟结束。

我们休宁、屯溪一带的同学，便动身起程返家。急促步行四十余华里，感觉有些疲惫，便在岩寺公路边的汽车站内，背靠背席地而坐，大家吃完自带的馒头，又朝屯溪进发。想那时读书生涯简朴而清贫，都又是热烈而浪漫的。

三年同窗生活，彼此结下了如同手足的情谊，一旦分手，不知何时才能相逢，大家心中难免有些惆怅。为了留下永恒的纪念，班上同学都准备了一本纪念册，让老师、同学留下临别赠言。甲君是一位乐天派，有空在寝室里拉拉二胡，名曲《光明行》刚健悦耳，是大家时常欣赏的传统节目。他在我的留言册上，龙飞凤舞地写了六个大字："明天会更美好！"乙君是歙县南乡山区人，家境颇为清寒。高中毕业，意味着即可为家庭分忧，是经济上的一大转机，因而显得格外振奋。他在我的留言册上题写了："梅花香自苦寒来。"还有不少同学抒写了不断学习、奋力进取的心声，如"学而不厌""锲而不舍""学海无涯"等。这些毕业赠言，表达了同学之间互相激励、永不止步的信心与祝愿。时时翻阅这些鲜活的印记，真是感慨万千。

　　光阴飞驶，徽师毕业距今已有半个多世纪了。这些同学经过一番奋力拼搏，如今已事业有成。有的在大学任教授，有的评上了中学特级教师。大多在自身岗位辛勤耕耘了一辈子。

时光片羽

一个圣洁的灵魂

　　青海湖畔，三江源头，康巴藏族居住的玉树州，2010年4月14日日发生了7.1级地震，失去了两千余人的生命。情系玉树，八方支援，危急关头，呈现了中华儿女众志成城、共克时艰的崇高精神，涌现了许多可歌可泣的感人故事，香港义工阿福的所作所为，正是一首回荡于天地之间的不朽之歌。

　　阿福，这是人们对他的昵称，他的全名叫黄福荣，香港的一位货运司机。虽收入并不丰厚，却把身边全部的积蓄，都用于社会慈善组织，在玉树捐助了一所孤儿院。震前，阿福正好送一批物资到该院。强震发生时，阿福带着一批孤儿来到院外的空地上，避过了一劫。当他发现还有三位孤儿仍在楼内时，立即毫不犹豫又冲入屋内，实施救援。此时，余震频发，墙体崩塌，击中阿福头部。阿福临危不惧，为抢救藏族孤儿，献出了宝贵的生命。他是一个无私地把大爱献给人间的人，是一个令人景仰的圣洁的人，他的英名永远与祖国的玉树紧紧地联系在一起。

　　大千世界，芸芸众生。人们来到尘世，各有各的活法。当今，某些

人的处世态度，实在令人憎恶。有的人，整天关注的是个人鼻尖底下的私利，蝇营狗苟，猥琐不堪；有的人，在自己专业领域内，不去悉心钻研，却充当"文抄公"，窃取他人劳动成果；有的人好名成癖，一味吹嘘自己，为了抬高自己，不惜毁谤别人；有的人，说的一大套，行动不对号，台上大谈"全心全意为人民服务"，台下却为亲属大开方便之门；有的人，身居要职，生活上已大大超出一般水平，却欲壑难填，大搞权钱交易，大肆侵吞人民血汗，最终沦为罪犯。凡此种种，可以看到，人们的思想素质、道德修养差距何其大也！面对灵魂圣洁的香港义工阿福，他们显得多么藐小，多么卑劣！

是的，阿福是一位无私献出大爱，立志将温暖传递给弱者的圣洁之士。他曾对一起从事慈善工作的朋友说，如果有一天，我长眠于慈善事业的路上，那是上天赐给我的幸福。他的这一番谈话，今天已成谶语。如今，善良的阿福，已长眠于从事慈善大业的路上，他也因此而获得了永久的幸福。香港特区政府嘉奖黄福荣的德行，隆重地将他接回故乡，安葬于受人尊敬的陵园内。

人属于灵长类，他在同类中之所以优越于其他物种，在于人有深邃的思想、顽强的意志、高尚的情操。有志不在年高，无志空活百岁。阿福虽仅活了四十六个春秋，但他用脚步丈量着人间的真爱，用生命谱写了一曲感天动地的壮丽诗篇。

人生天地间，生命本来就是屈指可数的，然而，人的浩然之气，人的圣洁精神，却可与山河同在，同日月齐辉。阿福离去了，他所昭示的乐于助人的大爱精神将永远活在人们的心里，激励人们去创造互相关爱、充满阳光的幸福生活。

家母轶事

　　故乡月潭位于新安江支流率水之滨，那里有光洁喜人的鹅卵石沙滩，每当母亲在河边洗衣时，我就在一片鹅卵石沙滩上寻求孩提的梦。渐渐地，我与石头交上了朋友。我幼小时，便失去了父亲，母亲不仅养育了我，而且是我有生以来第一位老师。如今，我虽已渐近古稀之年，但母亲的一言一行仍清晰地浮现在我的脑际，教我忘记不得。

　　我的母亲是一位极为普通的徽州女人。关于徽州女人的性格特征，在戏曲《徽州女人》中，已有了较充分的刻画，沉稳刚毅，忍辱负重，这是她们共同的特征，我的母亲亦如此。

　　家母姓程，名珈宜，山斗乡人，十七岁嫁至月潭，父亲背靠殷实之家，不思进取，且喜酗酒，因而得白喉病，过早撒手人寰。母亲带着一个患病之长女和一个幼小的我，生活颇为艰难。记得七岁时，由于常在杂草丛生的庭院里捉蟋蟀，染上肿毒，母亲背着我，四处求医，终在东洲经一家中医治疗，得以痊愈。

　　我家堂屋的墙壁上，挂有《朱子家训》，上面写道："一粥一饭，当思来处不易；半丝半缕，恒念物力维艰。"母亲常指着这几句话，要我体

察节俭之重要，强调："有时当思无时苦，莫等无时思有时。"她说，收获一粒粮食，从耕田、下种、插秧、耘田、收割，历经数月艰辛的劳作，"谁知盘中餐，粒粒皆辛苦"。所以，绝不能浪费粮食，每次用餐，她都要我将碗内的米粒吃干净，要我从小养成珍惜劳动果实的好习惯。

我喜爱文学，最早受到的启蒙和熏陶，应该是从母亲那里得到的。家母小时上过私塾，虽长期从事家务，不能动笔，但略识一些常用字。《千家诗》中有不少篇什，她能背诵。如朱熹的名篇《春日》："春日寻芳泗水滨，无边光景一时新。等闲识得春风面，万紫千红总是春。"我最早就是从母亲的吟诵中获得的。特别是"万紫千红总是春"一句，从丰富的色彩直感中，让我体察到了春色的温存和欢欣，让我幼小的心灵中，就滋生了对明媚春光的追求和珍爱。

母亲高挑的身材，裹着一双小脚，走起路来颤巍巍的，为了减少家庭开支，在菜园地里自种蔬菜，一年四季除自食外，尚能出售。

我在徽州师范上学，吃饭不必自费，但平常的零用钱还得由家长承担。母亲为了让儿完成学业，不顾中年体衰，外出当保姆，母亲贤惠勤劳，她和用户关系处得亲如家人，每当寒暑假，用主深知母亲的爱子之情，同意让出房间，使得我们母子得以短期相聚。

三十年前，母亲拖着衰老的身体离开了人间。当时我正在安大语文阅卷点阅卷，且为江南片阅卷点的负责人之一，惊悉母亲病危，却因重任在身，不得离开。作为人子，母亲操劳一生，临终之际，未能在其身边尽孝道，实为一生憾事。好在善良忠诚的表哥替我为母办妥了后事。等我结束高考阅卷，携妻赶回月潭时，只能在一丘新坟前长跪，愧疚地为母送行。

一位著名的诗人写道："小时候/我不认识字/母亲就是图书馆/我读着妈妈。"确实，母亲不仅给了我血肉身躯，还启迪我智慧，教我做人。她的这本书，是我终生受用的。

母爱如山

三十多年前，一个炎热的夏季，母亲拖着衰老的病体，离开了人世。那时，我正在安徽大学语文阅卷点，参加批阅高考试卷，且为皖南阅卷片负责人。惊悉家母病危，却因重任在肩，不得离开。待我阅卷完毕，回到芜湖，收到母亲病故的电报。慈母操劳一生，临终之际，未能在其身边尽应尽之孝道，作为人子实为人生一大憾事。好在忠诚善良的表哥，帮我为慈母办妥了后事，待我携妻带女赶回家乡，只能在一丘新坟前长跪，悲痛地为母送行。

慈母身材高挑，裹着一双小脚，走起路来颤巍巍的。为了开源节流，自己在小园中种菜，除自食外还能出售。记得幼小时，和母亲抬粪到菜地拖肥，为母生怕儿子年幼，不堪重负，总是将粪桶往自己一边移。其实，她一双小脚，在繁重的劳动中，也是十分艰难的。

每当闲暇之日，我喜欢躺在母亲的怀中，静静地听她讲述那些动人的民间故事，有《云中落绣鞋》《凶狠的狼外婆》《呆女婿上门》等；让我听得入神，使我在幼小的心灵中，开拓了美妙的想象空间，懂得了什么是正义，什么是邪恶，激发了创造新生活的欲望。

我家大厅的重柱上，悬挂了一副作为家训的对联，上联是："欲高门第须为善"。下联是"教好儿孙必读书"。母亲常对着这副对联，向我诠释说：做人须行善，符合大义大德。行善者，必有后福。读书为了求知明理。只有求知明理，才能自立于社会。腹有诗书，胸有正气，必有一番作为。她还多次表示：读书求知，是人生的正道，做母亲的有天大的困难，也不放弃让儿走出山村，踏上求学之路。她是这样说的，也是这样做的。

　　故土月潭，在休宁南乡。那里群山连绵，率水环绕，静山碧水，风光秀美。

　　每当我探访故乡，为慈母扫墓时，面对巍巍高山，自然会想起母亲对儿子的款款深情。似山的母爱，让人深感其无比厚重，无比深沉。似山的母爱，是我一生中永远珍惜、无限景仰的宝贵内容。

　　光阴倏忽，转眼间慈母与我永别已三十多个春秋，但她的慈祥刚毅的音容，至今依然清晰地浮现在我的面前。

　　家母不仅给了我血肉之躯，还启迪我智慧，教我做人。她永远是我奋然前行的力量。

忆屏姐

　　清楚记得，我有一位慈爱的姐姐，叫锦屏，我称她为屏姐，她比我大十五岁。徽州是一个"虽十户之家，不废诵读"，文风十分昌盛的地方，即使是女孩也让她进校读书。屏姐在村里读完小学，考入歙县简易师范读中学。彼时正值抗日战争的国难时期，学校设在歙县雄村的一所祠堂内。有一天日机来空袭，全校师生纷纷逃离，屏姐在逃避空难中，不幸从楼梯上滚下来，可能内脏受损，返家后出现了病态，全身浮肿，行动不便，从此只能在家歇息。对于屏姐的病因，还有另一说法，歙县是血吸虫病流行区，屏姐住校下水洗衣，不慎染上血吸虫，导致身体失常。那时，医术欠发达，家庭也难以下决心毁家为女儿治病。屏姐只得抱着病体，一直走到生命的尽头。

　　屏姐是一位聪明的女孩，能写一笔娟秀的毛笔字，且喜爱读书，经常将书中精彩的故事，讲述给我听。《伊索寓言》中《狼和小羊》《农夫和蛇》《驴和他的影子》等有哲理性的小故事，我从小就听屏姐给我生动地讲述过。记得有一次屏姐被书中的情节所吸引，只顾自己看而没有向我讲述。我气得将书撕坏了。屏姐曾向母亲说，小弟弟喜爱学习，发展下去定有希望。不过，这样易怒的脾气倘若不变，是会影响他的前程的。

母亲曾告诉我，她生过三个小孩，老大是锦屏，老二是一个男孩，从小就夭折了，我是老三。之所以给长女取名锦屏，是从一部武侠小说中人物的名字借用过来的，大概是希望女儿不要懦弱，应像女侠一样济道救贫，气贯长虹。然而，命运与愿相违，屏姐求学未成，不幸染上了不治之症，使得她进入花季却无所作为。

屏姐虽有病在身，对我和母亲仍十分关心，总想为我们做点什么。每次母亲和我从菜园地劳动返家，屏姐特为我们准备好茶水，以解我们之干渴。有一次，我们回到家中，屏姐尚未将茶水准备好。她急忙跑到厨房拿茶壶，不小心跌了一跤，茶壶打碎了，她的手指也划破了。幼小的我，对这位心地善良的好姐姐，留下了极为深刻的印记。

1951年初春，春寒料峭，天气阴晦。早晨，母亲叫我送稀饭到大厅后面的一个小房间，给屏姐用餐。此时，屏姐已病倒在床数日。我推开她的房间，喊了几声，没有回应。来到床前，见屏姐双眼望着我，已说不出话。我赶紧喊来母亲，不一会屏姐就撒手人寰了。母亲悲泣地喃喃自语："女儿呀！你是丢了世上，了却痛苦了，我们母子将如何度过这艰难的人生？"长女养到成年却被病魔夺去了生命，小儿才十一岁，还得抚养。这正是路漫漫，人悲凉。做母亲的，肩上的担子确实万分沉重啊！

故乡的祖宅

月潭，一个山水相依的皖南乡村。

率水由大商岭冲决而下，形成一碧水深潭，每当风清月朗之夜，一泓溪水与月光相映，顿时将人引入绝妙的诗意之中。由此，获得了一个极富诗意的地名。

村庄建于率水边的一片高地上，依次分为上村、中村、下村三部分。我家的祖宅就在中村。

这座古老的宅第坐落在中村一条狭长的巷弄中，巷弄两头建有门，一经关闭，人便不能入宅。宅第大门为不阔的八字门面，门洞略斜，朝南而偏东，门前有阁楼，据说用于打更。大门入厅，先有一排六扇隔间的长花门，每扇花门下面小半截为木雕图案，上面大半部贴有雅致书画。平日，只在两边两扇花门出入。

祖宅兴建于何时，已无史料可考。我的曾祖父朱恩沛就已住入此宅。他是清同治年间例授修职郎、钦加布政司、湖北侭先补用县丞。

大厅为三开间，不设厢房。这样的构建形制，不是家祠，便是朝廷下来官宦的接待官厅。据说，这官厅宅院原为一个在江苏扬州任官的

祖先所建。厅正中上方，悬挂楷书"庆善堂"匾额，下挂《治家格言》中堂，两边墙上分挂梅、兰、竹、菊大幅铁画。厅内大柱上都挂有对联，中间一副是："欲高门第须为善，教好儿孙必读书"。"行善"与"读书"，这是祖辈对儿孙的殷殷嘱咐。厅之外侧，有一四水旧堂的天井。大厅的天花板均由薄砖镶成，用于防范火灾。

从大厅右侧入二进，左右两居室，室内铺有厚木地板。中间厅堂放有长条几、八仙桌。中央挂有"扬州八怪"李禅画的"一罐酒，一尾鱼，伴君解忧愁"的大幅图画，堂内也有一天井。

二进的后面为三进。三进左右仍为两厢房，厢房之间铺有地坪，可作子女歇息之用。为了防止雨水浸湿住所，三进的天井上安置了明瓦天花。这样，既可挡雨，又利采光。只是下雪天，明瓦上积存一层厚雪，室内变得十分阴暗。

三进的左侧为四进。四进即为大厅的后进。三进与四进相通。从大厅背后的两侧，也可至四进。四进有两厢房，中间一天井。天井左侧有楼梯，由此可登楼。楼上有六个房间，大厅之上有两个房间，二进、三进之上，各有两个房间，各房间均可互相贯通。

故乡的祖宅，共有四进，为一楼一底的二层楼房，有大厅有住室。合计正规厢房十二个，基本上满足了一个家族三代人生活起居的需要。

我的祖父警愚先生，名承铎，附贡生、翰林院侍诏。民国时，曾任本邑行政委员，财政管理处主计委员。亦为四乡闻名的中医。二楼厢房之间曾堆满了他翻阅的中医书籍，有《金匮要略》《本草纲目》《验方新编》等。

警愚先生喜爱花木。大厅一墙之隔，他修建了一座花园。花园中有一座种植牡丹的花坛。还用许多条石，构成放置花盆的石架。花盆中，种植了四季盛开的各色花卉，有梅桩、珠兰、茉莉、杜鹃、月季等。园中植有一棵古柏，苍劲挺拔。还有一棵柿树，年年果实累累。园的一隅，设有葡萄架，架上爬满葡萄的枝蔓。花园左侧，建一书房。书房的两侧为居室，中间为会客室，配有八扇玻璃大门，将书房与花园隔开。会客厅上方，置一长榻，来客可与主人坐于榻上，促膝长谈。旧宅大厅有一圆形小门，与花园、书房相通。

与二进一墙之隔的，是一个大厨房。厨房可供数户开灶，同时烹饪。厨房的左侧有一小门，可通花园。与厨房毗邻的，是一个空旷的大院子，可作家用的晒场，还是饲养家禽的好处所。

由于三个房头的众多儿女，全在外地工作，故乡的祖宅年久失修，多处漏雨，已到了风烛残年。为防止倒塌，在上世纪90年代被拆除。如今，成了一片废墟。

这故乡的祖宅，我诞生于斯、幼年生活于斯的故乡祖宅，成了我辈记忆中的影像。

故乡的祖宅

关爱生命之源

时光片羽

　　生长于江南，耕耘于江南，特别钟情江南绿色的山川。绿水村边绕，青山郭外倾。那盈盈的清溪，那叠翠的群山，着实让人感受到生命的律动。特别是到了大地春回的季节，隔着一帘烟雨，远眺一块块如茵的芳草，精神特别畅快。

　　生命之缘，离不开水的滋润；倘若脱离了水，生命也就枯黄了。记得两年前那次西北之行，亲身感受到了干旱给生命带来的危机。心灵受到了极大的震撼。我们由南京乘飞机向乌鲁木齐进发。飞行途中，从窗口向下望，只见大片大片枯黄的山峦，很难找到绿色的踪影，飞机到了乌鲁木齐，才见着星星点点的绿色树丛。

　　由乌鲁木齐市，我们乘汽车越过戈壁滩，到达被称为"火洲"的吐鲁番盆地，参观高昌故城遗址。高昌，又称高昌壁或高昌垒。位于吐鲁番市四十余里的阿斯塔那（汉名三堡）村东，它在1400年前，已是丝绸之路上的一座名城。这里四周界以大山，南临库鲁克山，北倚天山东部主峰博格达峰，中间为一隆起的低脊丘陵，即为著名的火焰山，绵延二百公里。火焰山下，自古以来就是中西交往的要道。而高昌则是中原与西域贸易往来通道上的一座重镇。汉武帝时，在此设校尉，屯垦戍边。足见当年，此处应为水沛草丰的昌盛之地。西晋末年，北方兴起许多地方割据政权。其中，麹氏在高昌称王，建高昌国，达一百四十一年之久。高昌作为王国的都城，进入历史上的鼎盛时期。从保存下来的故城遗址来看，规模宏大，气势雄伟。城郭呈正方形，周长达五公里，分外城、内城和宫城三部分。共有七座城门，相互间有平直大道相贯通。

高昌人笃信佛教，外城东南隅，有一处寺院遗址，面积一万多平方米，寺门、广场、殿堂、高塔、佛龛均保存较好。史书记载，唐代高僧玄奘赴西天求佛法，途经高昌，受到高昌王文泰的优厚款待，曾在高昌城佛寺内逗留讲经。高昌人口最兴旺时，多达三万余人。彼时，城中的街道上，熙熙攘攘，西来东往的商贾，品货论价，互通有无。然而，随着岁月的推移，由于战火的毁坏，更由于气候越来越干旱，风沙不断袭击，这座名城，竟成了废墟。当我造访高昌时，毒花花的太阳当空普照，不时沙土飞扬，没走几步，鞋内就填满了细沙。只得乘上毛驴车，进入高昌城。面对眼前这座高大的可汗堡，我陷入了久久的沉思。这难道就是昔日显赫一时的王城？时至今日，留下的是死一般的寂静，积满黄沙的荒凉。这里气候炎热，夏季最高温度达45℃以上。雨量稀少，全年降雨量不足12毫米。由于生存条件极为艰辛，当地居民只得迁徙他乡，留下一座空荡荡的孤城。

生活在水乡江南，随处都可以见到水，不以水为奇。然而，在高昌故城，却是黄沙弥漫，干涸无比，想弄上一口水，真比登天还难。

水是生命的永恒的主题。从一组数据中，可以看出水对人类的重大意义：人体的百分之七十，由水构成；人缺少百分之一的水，就会干渴，缺少百分之五的水，就会发低烧；缺少百分之十二的水，就会死亡。人离不开纯净的水。关爱生命之源，就应当珍惜水，大力保护水资源。

现实状况，确实令人不安。据报载："从长江的500个水质断面检测点看，污染的情况远远超过了人们想象，水污染已威胁到用水的安全。""养育了全国近四亿人口的长江流域，2003年污水排放量达164亿立方米，平均每分钟吸纳污水达到了万吨。"我们是长江岸边的儿女，都是喝长江水长大的。长江的污染影响了我们的生态安全，影响了我们的可持续发展。

关爱生命之源！还一个碧水蓝天给我们的子孙后代吧！

时光片羽

难忘的视觉盛宴

步入上海世博园内，为眼前一个个构思新颖、形式独特的场馆所注目，有宛如春蚕的日本馆，形似蒲公英的英国馆，状若绿色鸟巢的巴西馆，构成太极图的以色列馆……均极大地激发了大批游客的观赏兴趣。本文就五个印象最为深刻的国家馆，记下参观实感。

气势恢宏的中国馆

中国馆在世博园 A 区内，体积庞大，巍然屹立。建筑建下端为各省、市、区馆，上端为大红外表、巍峨斗拱的中国国家馆。迎面望去，庄严、大气、华美，体现了鼎盛中华、万物和谐的设计理念，使民俗的、传统的、时尚的、现代的诸因素有机地交融在一起。

进入中国馆，可乘电梯直达 49 米的最高层。先入大型放映厅，观赏主题片《和谐中国》。此片由青年电影艺术家郑大圣担纲执导。此人毕业于上海戏剧学院，后又赴美在芝加哥艺术学院学习先锋电影，其外祖父为杰出戏剧艺术家黄佐临，其母为著名电影导演黄蜀芹，或许是家学的熏陶，郑大圣年纪轻轻电影业绩却非同凡响，他执导的电影

《阿桃》，就被网上评为"国内最好的一部电视电影"。此次由他执导的《和谐中国》，以平实的手法、动人的场景，展现了中国人民在自己的土地上，舒心地建设，尽情地享受，奋发地崛起。影片耗时仅15分钟，却让人倍受震撼。

中国馆最大的亮点为《清明上河图》的展示。在一个环形大厅中，北宋宣和年间世界上最大的城市汴京（今开封）的繁华情景，一一呈现在观众面前。馆内的《清明上河图》，长128米，宽6.5米，比原图放大了三十倍。采用现代高科技手段，使汴河的流水，汩汩作响，粼粼闪光。河道两旁街肆上的人物也各自行动起来。有的背着柴火去出售，有的骑着马儿去会友，有的正为来人测字占卦……图中还呈现了街市昼夜不同的景色。据统计，白天出现的人物达691人，夜晚出现的人物达377人，合计竟有千人之众。面对这巨幅活动画卷，真叫人赞叹不已。

风格典雅的法国馆

坐落在世博园C区的法国馆，具有法兰西典雅超然之风格，既有浪漫的情愫，又含创新的因子，让盎然的绿意呈现在参观者面前。

展馆突出法式庭院的特色，尽显水韵之风姿。溪流沿庭院在流淌，小型喷泉让院内变成了一个清凉的世界。自动扶梯缓缓地前进，将一批批游客送到各层展区。

进入第二层，便到了法国馆镇馆之宝的展出处，这里有七件名垂世界艺术史的著名艺术大师的精彩之作，价值连城，据说仅保险费就高达三亿多欧元。展出时，有数位武警在旁守卫。罗丹的《青铜时代》，是一尊裸体士兵的全身雕像，艺术大师赋予他强烈的人性之美，生动地展现了人的忧虑、羞怯与敬畏。米勒是一位卓越的现实主义绘画大师，《晚钟》是他的代表作之一，在暮色苍茫的田野上，一对贫苦的农民夫妇，听到教堂钟声，停下了手里的农活，低头祈祷，表现了人们对摆脱悲苦命运的强烈诉求。梵高、塞尚、马奈等均为杰出的印象派大师，他们大胆地摆脱了传统绘画的模式，把对自然和人本身的关注放到了创作的首位，使油画创作发生了重大的变革。有人说观赏印象派画作，应眯起双眼，远远细望。唯此，方能从画家笔下轻浅流动的光影中，看透浓厚的景致。面对这些人类艺术的瑰宝，我凝视良久，思绪万千。

独领风骚的沙特馆

建于世博园A区，印度馆左侧的沙特阿拉伯馆，是园中最受观众追捧的外国展馆之一。据说为了建造这一展馆，沙特政府耗资三亿多美元。由此，成为世博园区中最大的外国馆。

沙特馆外形酷似一艘"丝路宝船"，其设计思想源于一千多年前中国与阿拉伯之间的"海上丝绸之路"盛景。这个"月亮船"的设计，出自一位中国建筑师之手，是在大批国际知名设计师的众多设计方案中，最后被遴选上的。月亮船边沿上，栽上了十余株西亚的椰枣树，远远望去，尽现阿拉伯世界的风采。

就光影感受来说，人们津津乐道的还是沙特馆那个全球最大的IMAX屏幕，面积达1600平方米，超过两个篮球场。馆内设有43台投影仪，放映起来，形成了令人咋舌的视觉盛宴。

步入沙特馆，盘旋而上，直达顶层，便可置身放映大厅，欣赏15分钟的四部电影。观众脚下的步道在不停移动，且可自如升降。移步换景，仿佛亲临其境，观众大呼："妙哉！"气势磅礴的短片中，生动地介绍了沙特的自然风光、悠久历史和当代生活，让人耳目一新。

参观沙特馆的人数特多，需站队等候六小时以上。虽耗时颇多，我们老两口还是觉得十分值得，因为终于品尝了当代人类最先进的光影技术。

天人和谐的瑞士馆

瑞士馆设在世博园C区，法国馆左侧，看完法国馆，接着看瑞士馆，是明智的选择。

从外表看，瑞士馆没有墙，四周由金属丝网围成，如瀑布一般从十六米高度垂下，成为一层轻盈的幕。在金属的网格上，依附着两万枚胶木唱片大小的红色圆盘。这些圆盘为半透明状，是由植物树脂蛋白材料制成的光电媒质，可把光能变成电能，无论白天还是黑夜，圆盘总能发出一闪一闪的亮光。

瑞士是一个重视环保的国家，他们推出的主题是"城市与乡村互动"，让城市从沉重的负荷中解脱出来，进入乡村赏心悦目的绿色世界。

瑞士馆的"看家法宝"，是把阿尔卑斯山的观光缆车，引进展馆。馆中设计成深邃的绿色山谷，缆车从谷底平稳升起，随着谷中满眼滴翠的植被盘旋而上，直抵馆顶花园，这里有生机勃勃的各种苗圃，有花团锦簇的各色鲜花，让人心旷神怡，充分领略瑞士人钟爱自然、享受生活的无限乐趣。

充满活力的西班牙馆

西班牙是斗牛士的故乡，热情奔放是他们生活的主旋律。该馆的首创者为一位女设计师，她说设计灵感来自跳弗拉明戈舞的女孩。奔放的舞姿，飘动的衣裙，让设计者体验到西班牙人活力四射的魅力，她

把这些要素融入整体设计中，还大胆地采用柳编藤片，搭成展馆外围。柳条是柔软的，巧妙地组合在一起，构成许多奔放的几何曲线。一眼望去，如同风中盛开的鲜花，让观众留下许多审美的回味。

西班牙馆在世博园 C 区，瑞士馆之东侧。内设三大展区。第一展区，名为"起源"。叙说人类从远古一路走来的历史进程。第二展区，名为"城市"，介绍西班牙城市的形成和基本特色。第三展区，名为"孩子"。这里，观众可以见到，一个身高 6.5 米的巨型娃娃，他叫"小米宝宝"，体格健壮，目光炯炯，微笑着面对大家。这位小米宝宝，也是一位智能机器人，他能向观众作出多种表情。事实正是这样，城市让生活更美好，正是为了让我们的孩子们过上美好的生活。为了孩子，我们应当理智地对待面临的一切。

毋庸过多介绍，参观世博园如同经历了一场难得的视觉盛宴，你定会感触良多，收获良多。

难忘的视觉盛宴

亲观"天狗食日"记

以往，人们未谙发生日食的科学原理，以为日食的发生是天狗吃了太阳。于是敲锣打鼓、放鞭炮，试图赶走食日的天狗。待到重见太阳，认为是赶走了天狗，恢复了太平。这样的故事，是从老人口中听到的。长大至今，都尚未亲睹"天狗食月"的一幕。

幸运得很，2009 年 7 月 22 日，全日食光临中国，长江流域的 20 多个城市，都可亲历全日食过程。这可是五百年一遇的"世纪全日食"。事前，电视作了预告，播发了有关日食的科普常识。报纸上，也集中作了报道与介绍。

我所生活的芜湖，正好在可以观测日全食的分布带上。这样，我就期待着，观测"天狗食日"这一幕的到来。

我住在市中心范罗山的一座六层房子的四楼。客厅的电视央视四套，从上午 8 时 20 分开始，连续播报日全食发生的实况，有天文学家在一旁解说。小外孙女沛然正在安徽师大羽毛球馆学打羽毛球。此时，老伴已前往安徽师大接她回来。我独自一人在客厅中观看电视播报日全食，还不时留意窗外，关注天空的变化。

7月21日《文汇报》以"追踪世纪日全食"为题，整版刊登这次日全食的信息，其中列有全国45个主要城市日全食见食时间表，芜湖名列其中，初亏为8时19分37秒；食既为9时31分06秒；食甚为9时33分38秒；生光为9时36分10秒；复圆为10时54分45秒。

发生日全食的22日上午，芜湖天气状况不太好。9时许，下了一阵濛濛小雨，随后转为阴天。此时，电视正在播报重庆发生日全食的情景，从初亏到食甚，月亮因表面的凹凸不平遮不住全部太阳的光亮，从而形成钻石环与具利珠，光辉夺目，蔚为壮观。

9时半，天突然变得十分阴暗，仿佛夜幕降临，历时约5分钟，才逐渐光亮起来，昼夜交替，即在眼前。有幸亲身体验日全食的全过程，内心十分欣慰。

天气转好，仰望窗外天空，见太阳似一轮弯月挂在东方。

此时，老伴已带着小外孙女回到家中。她们从安徽师大步出，天突然变黑，小沛然才八岁，这样的天气变化，尚不理解，她说仿佛到了魔鬼世界，生怕碰上幽灵。到了鸠兹广场，见许多人都在进行日全食观测，小沛然取出自备的观测玻璃片，看到太阳像一把镰刀。此时，太阳正在复圆之中。

天体是人类生活的大环境，关注天体，古籍早有记载。早在商周时期，殷墟甲骨文残片上，可见关于日食的内容。《诗经·小雅》："十月之交，朔月新卯，日有食之。"据推算，此次日食发生在周幽王六年十月朔日，即公元前776年9月6日。

我国民间广泛流传"嫦娥奔月""夸父追日"的神话故事，说明我们的祖先对太阳、月亮充满了美丽的想象。如今，随着人类航空事业的不断发展，遨游太空，探测月亮，已成为人类科考的现实。

秋之韵

　　今年高温日子较长，直到中秋，气温仍在30℃以上，真叫人热得心烦。过了中秋，几番秋雨送来了凉爽，让人感受到了"天凉好个秋"的快意。

　　入秋，天高气爽，万里无云，祖国的锦绣山河呈现出一幅清雅、开阔的画卷。宋人对浙西清秋时节之山水，有这样的描述："苕溪清秋水底天，夜帆灯火客高眠。江东可但鲈鱼美，一看溪山值万钱。"秀美的溪山在秋光下，越发显得端庄可人，那是万钱也难买到的。秋意甚浓，到峻山清溪中走一走，领略一下秋之壮美景色，岂不快哉！

　　"秋风吹渭水，落叶下长安"。秋风迎来了清凉，也带来了萧瑟。在交通不便、生活艰辛的古代，不少游人羁客往往会抒发悲秋的情怀。"何处合成愁？离人心上秋。"这就是当时他们心境的真实写照。范仲淹以"先天下之忧而忧，后天下之乐而乐"之名句，为千万读者所仰慕。然而，身处异乡，又遇上冷落之清秋，也会产生乡魂、旅思、愁肠。他在《苏幕遮》一词中，有这样的咏叹："碧云天，黄叶地，秋色连波，波上寒烟翠，山映斜阳天接水，芳草无情，更在斜阳外。黯乡魂，追旅思，夜夜除非，好梦留人睡。明月楼高休独倚，酒入愁肠，化作相思泪。"词中勾画了一幅游子思乡图：湛蓝的天空飘着白云，广袤的田野铺满了枯黄的落叶。浓重之秋色与浩渺之水波连为一体；江面上弥漫着凉意之烟霭。夕阳之余晖照着起伏之山峦，水天相接，无际无边。芒草萋萋之故乡，隐没在斜阳以外的远方。思乡之情，让人黯然销魂；旅途之愁思，更教人无法解脱。除非每夜做一个返乡团聚的美梦，否则定会无法入眠。皎洁的秋月照着楼台，益发增添了人的乡思。想借酒浇愁，却换来了一滴滴清泪。全词蕴涵了真挚的情怀，深沉而不颓靡，读来感人肺腑。

悲秋之情，在许多政治家的胸臆之中，往往与国事、时事紧密相连。鉴湖女侠秋瑾，为推翻清王朝而赴汤蹈火。就义时，发出了"秋风，秋雨，秋煞人"的感慨。国民革命的领军人物宋教仁，曾留下《秋晓》一诗："旅夜难成寐，起坐独彷徨。月落千山晓，鸡鸣万瓦霜。思家嫌梦短，苦病觉更长。徒有枕戈意，飘零只自伤。"诗中抒发了对家国的无限眷恋，空有杀敌报国之志，却飘泊异乡，独自悲伤，在秋天的拂晓，种种离情别绪，一起涌上心头。虽事隔百年，其推翻帝制的壮志，慷慨捐躯之精神，仍令人肃然起敬。

前人诗云："士悲秋色女怀春，此语由来未是真。倘若有情相眷恋，四时天气总愁人。"人的愁情必缘事而发，一年四季若有忧愁之事，无论何时皆会产生。即使是"无边落木萧萧下"的秋季，古代文人也不都是抒发悲伤的情怀。请看唐人刘禹锡的《秋词》："自古逢秋悲寂寥，我言秋日胜春朝。横空一鹤排云上，便引诗情到碧霄。"

毛泽东主席青年时代，在《沁园春·长沙》中，着力描写了秋天孕育的勃勃生机："万山红遍，层林尽染，百舸争流。""鹰击长空，鱼翔浅底，万类霜天竞自由。"这是何等开阔的胸襟，亦是一幅令人感奋的

秋之韵

画卷。看来，风光因人而定。秋之韵，给人以无限遐想，又给人以良多启迪，会促使哲人作出石破天惊的回答。

红叶是清秋的符号。"西山红叶好，霜重色愈浓。"陈毅元帅喜爱经霜的枫叶，因为她俨若坚定的革命者，经风霜而不凋，并且越发绚烂。唐人杜牧曾留下"停车坐爱枫林晚，霜叶红于二月花"的名句，至今让人传诵。

"待到重阳日，还来就菊花。"入秋赏菊，这是传统文化中的盛事。晋代诗人陶渊明，就是一位与菊特别有缘的高士，他笔下的"采菊东篱下，悠然见南山"，是千古之名句，他由此而被称作东篱先生。宋代爱国诗人陆游也曾留下一首咏菊之诗："蒲柳如懦夫，望秋已凋黄；菊花如志士，这时有余香……"菊花如志士，她傲霜盛开，不仅供人观赏，还可入酒，作枕囊，用处可真不少。

秋天是一个成熟的季节，收获的季节。稻谷黄了，收割入仓；瓜果熟了，供人品尝。宋代诗人苏轼的好友孔平仲，有一首《禾熟》的诗，写出了秋收给农家带来的欢乐："百里西风禾黍香，鸣泉落窦谷登场。老牛粗了耕耘债，啮草坡头卧夕阳。"阵阵秋风，吹来禾黍的清香，路边的泉水，在沟渠中流淌，打谷场上一片繁忙。经历了一年劳作的老牛，啮着青草，享受着金色的夕阳。这是一幅质朴清新、颇具韵味的秋收图，清初画家恽格据此情此诗画意，绘成了一幅农家丰收图卷，现藏故宫博物院。

"楚天千里清秋，水随天去秋无际。"秋色动人，秋韵深远。人们在秋光中享受着丰收的愉悦，更深入思考着自身的未来。奋力进取，创造更美好的明天，这就是人们在秋思中作出的回答。

与石为友 其乐无穷

石头无语最可人。觅石、赏石、写石，是我一生中最大的乐趣。我曾对友人说，一生有"四好"："书籍、字画、石头与邮票"。美石，为我一生中的最爱。这里，我将谈谈赏石的缘由，以及其中的趣事。

一、山区的孩子爱石头

我出生在皖南山区，家乡休宁月潭景色优美。新安江的支流率水冲出大山，在村边婉涎流过，四周黛山环抱，形成一个山水相依的绿色世界。率水边是一片鹅卵石的沙滩，每当母亲到河边洗衣，幼小的我，总是在河滩上，寻找着形态不一的鹅卵石，有的似关云长手中的一柄大刀，有的仿佛为一尊老人的头，有的如同李逵挥舞的板斧……这些石头，激起了童年的许多遐想，让我增添了生活的无穷乐趣。每次随母亲下河，总少不了从河滩上捡几块心仪的石头带回家，留在案前，不时细细观察，总觉滋味悠长。由此，我在孩提时代，就与石结下了不解之缘。人们常说，山区的孩子爱石头，我这个出生于大山的人，天然有钟情于奇石的姻缘，这大概是环境的造化。

"五户之村，不废诵读"。徽州是一个文风极盛的地方。孩子养到六七岁，便送到学堂去念书，子女上学，是人生中的一桩大事，祖父辈、外祖父辈，均需馈赠一方砚台，让其孙文运亨通。我开始上学时亦获得祖辈赠勉的两方砚台，一方是端砚，一方是歙砚，均有木制砚盒，一木盒上尚有精制之刻图，为老翁松下歇息，显示十分从容而高雅。一石砚背面镌刻为戒满铭，字体端庄，寓意深远，一石砚背面为墨写之咏扇铭，因砚为扇形，故咏赞之。这两方石砚作为家族对后代的勉励，我一直带在身边，未曾丢失。这也是我由爱石，转而关注祖国各地艺术砚，并收集艺术砚的开端。

二、关注石文化 撰写石专著

随着学识的不断积累，越来越感受到多彩的石头蕴藏着历史，饱含着悠久的文化。例如，人类最早的法典"汉谟拉比法典"，就被刻在一座石柱上，公元前18世纪古巴比伦王国第一王朝第六代国王汉谟拉比，为了巩固王国的奴隶制度，加强中央集权，废除了各城郡的法律、法令，制定了一部全国统一的新法典，并将其全部内容篆刻在一座黑色玄武岩的石柱上，以此颁布实施。后来，石柱在战乱中失踪。1901年，法国、伊朗联合考古队，在伊朗苏兹古城进行考古发掘时，意外地发现了这一珍贵文物。这一稀世珍石被运到了法国，现藏于巴黎卢佛尔博物馆。汉谟拉比法典石柱上部刻着精致的浮雕，太阳神沙马什端坐在宝座上，汉谟拉比恭谨地立于他身旁，沙马什正在把象征帝王权力的权标授予汉谟拉比。石柱的中下部刻着二百八十二条汉谟拉比法典的楔形文字条款。汉谟拉比法典石柱保存了世界上最早的、最完整的成文法典，为人们研究古巴比伦社会，了解古代巴比伦艺术，提供了极其生动而珍贵的史料。由此可见，石头与人类共存，石

时光片羽

头印着昔日的时光，研究人类的文明史，决不可忽略灿烂的石文化。

我平日阅读报刊书籍时，对与石头有关的见闻史料特别感兴趣，随手加以抄录，汇集在一起，竟达数十万字之多。按照"名人与石头""文史与石头""风光与石头""石头趣闻"四大项，分别加以归类。"名人与石头"，收集的是古今中外的政治家、军事家、艺术家与石头发生的故事，他们酷爱壮美的石头，同时还利用晶莹的石头给人间留下了动人的故事和不朽的艺术作品。"文史与石头"，讲述的是石头与人类历史、与灿烂文化密不可分的联系，正如著名的史学家托因比所说："坚硬的石头保留并向我们转述了祖先的文明。"从古至今，从神州到世界各地，都可以找到这方面的许多生动事例。"风光与石头"，反映的是作为观光旅游的胜地，美石的独特魅力。到黄山，人们惊叹飞来石的鬼斧神工；游华山，人们慑服"峻极于天"的花岗危崖。在品味"江山如此多娇"时，我们会赞美山峦中那些挺拔的石峰，也会赞美溶洞中的那些峻峭的石笋，可以断定，如果没有那些多姿多彩的石头，旅游地迷人的景色，定会黯然失色。"石头趣闻"，讲的是与石头有关的轶闻趣事。这些故事会让人增长见识，亦可促人深思，闲暇之时，加以翻阅能有所获益。

这本有关石头的小书，共约十八余万字，是我在觅石、藏石、赏石之际，汇集有关石文化知识而成，定名为《石头情思》，因为其中饱含了我对美石的无限感情，也由石而激起了我对人生的思索。承友人砚雕大师方见尘先生出面相邀，由上海著名书画大家刘旦宅先生题写了书名。1990年7月，展望出版社出版此书，亦可视为本人为丰富祖国石文化，作出了一点微薄的工作。

与石为友 其乐无穷

三、收集艺术石砚　品味石雕艺术

我国的书法与绘画，是世界文化史上风格独特的优美艺术。从事书写与绘画，离不开笔、墨、纸、砚。这笔、墨、纸、砚，被人们称之"文房四宝"。

关于砚，东汉时期许慎在《说文解字》中这样写道："砚，石滑也。"清代段玉裁注："谓石性滑利也"。"谓石滑不涩，今人研磨者曰：砚。"也就是说，砚是一种用来研墨和拨笔的器具，要求石质滑润，便于研墨，便于拨笔书写。

砚作为研磨器具已有悠久的历史，据现代科学考古发掘证明，在我国仰韶文化时期的遗存中，就有完整的研磨器。1980年，考古工作者在陕西临潼姜寨遗迹的发掘中，出土了一套绘画工具，其中就有一块石砚。显然，这是先民借助磨杵磨制颜料的早期砚，证明早在五六千年，我们的祖先就开始了使用砚的活动。我国古代石砚多取天然砾石，隋唐以后渐渐代之以陶泥烧造。同时又发现了端石、歙石、鲁石、洮石等宜于造砚的佳材。这些石料除了坚实、滋润、细腻、发墨等优点外，还含有丰富之纹理，十分惹人喜爱，如端石有鱼脑冻、蕉叶白、青花、火捺、冰纹、活眼等，歙石有罗纹、眉子、金星、金晕、鱼子、刷丝等。可是开凿这些名贵的石材，匠工是在条件极为困苦的坑洞中进行的。宋代苏轼有诗云："千夫挽练，百尺运斤，篝火下缒，以出斯珍。"足见，得到一方石质上乘的好砚台，十分不易。

数千年的文化发展，石砚也得到了广泛的普及，各地都陆续开采了一批具有特色的地方砚，如甘肃的洮河砚，宁夏的贺兰砚，吉林的松花砚，北京的紫石砚，河北的易水砚，山西的五台砚，山东的红丝砚，河南的天坛砚，安徽的歙砚，浙江的西砚，江苏的灵岩砚，湖北的角石砚，湖南的菊花石砚，广东的端砚，广西的柳砚，海南的琼州砚，台湾的螺溪砚等，有的省份有数种不同的砚材，真可谓之琳琅满目。据有关资料统计，我国历史上先后出现的砚种达300余个，可查到名字的有120余种，目前仍在生产和销售的也有60余种。最著名的是端砚、歙砚、鲁砚、洮砚，被誉为四大名砚。

随着时代的变迁，书写工具的毛笔逐渐被铅笔、钢笔所代替。现在已进入了以键盘代替笔来书写和绘画的计算机时代。很多人不再用砚台磨墨，使用毛笔写字，这样石砚作为文房的使用功能就越来越少，但石砚的观赏功能就越发被人重视。一方精美的石砚既是文化的载体，又有丰富的审美价值，别具匠心的木雕外盒，因石设计的灵巧形制，富有文化内涵的铭文，栩栩如生的石雕艺术等，均会引起观赏者无穷的遐思，从而得到文化的启迪和审美的愉悦。因此，收集祖国各地的艺术石砚，成了我数十年来不懈的追求。

我喜爱徜徉于广袤的山水之中，赴各地旅游成了我退休后的生活内容之一。在旅游中，我特别留心各地的名砚，想法购入一方当地砚。

我赴绍兴参观，专程到了兰亭，在那里看到了一方绿端砚，石质精美，绿色的涟漪，楚楚动人。砚面镌刻的鹅头，体现了大书法家王羲之独特的喜爱。我赶忙购入了这方端砚，以作镇宅之宝。

有一次，我路经南京，在夫子庙古玩市场见到了一方黄端。砚面有白色纹理，似电光闪耀。砚堂上方的四周做成树丛状，给人以丛林雷鸣的实感。这方端砚的取材和设计，均富韵味，我也毫不犹豫地将其购入。

我是徽州人，屯溪老街的店铺中，就有不少出售歙砚的。"三百砚斋"是老街上有名的一家砚店，我到屯溪时，总少不了逛歙砚店。有一次，我在"三百砚斋"中发现了一方极具诗意的老坑石砚。砚堂的

与石为友　其乐无穷

水波纹，成了滔滔的江水，砚的左上方刻有一帆小舟，砚的右下方刻有屹立着的诗人身影。整个画面呈现出了"孤帆远影碧空尽，唯有长江天际流"的诗境。砚制虽小，寓意深远，极富文化品位。购入这方小砚，感到十分快意。

我赴北京开会时，在机场看到了一方鲁砚，这是鲁砚中的红丝砚，石质透红，圆润可人。砚的周边雕成了荷叶状，生动古朴。虽机场的价码偏高，由于此砚颇为难得，最后我还是决心购下。

到银川时，得知此地盛产贺兰石砚，寻探多次终于找到石砚市场。贺兰石由豆绿和葡萄紫两种颜色构成，匠人由色构图，绿作底色，紫雕作葡萄，气韵生动，不失为精美的石雕作品。于是，我选购了这件葡萄美景贺兰石砚。

在敦煌，利用晚上时间，游览了文物市场，在出售洮砚的商店，购入了两方砚台。一方雕成了鱼状，寓意"年年有余"。一方雕成了青松状，寓意"松柏长青"。这两方洮砚，雕工精美，同时还体现传统文化的深刻寓意。

长春是松花砚的产地，清代松花砚是帝王御用的文具。近来，松花砚又着手开发。我在长春找到文物市场时，天色已晚，不少文物商店已关门，问了几家，终于有一店主拿出了一方松花砚，这是一长方形的素砚，未有繁复的雕琢。砚面有绿色的刷丝纹，正是松花砚的典型特征。我喜出望外地购买了这方松花砚。

临沂是大书法家王羲之的故乡，我到此处，专程参观了王羲之纪念馆，在纪念馆的专卖部，看到了两方石砚。一方为徐公砚，此砚料产于临沂市与费县交界处之沂南县青砣乡徐公店，砚体为长形，边碎生乳，不假人工，天趣盎然，淳朴雅观。另一方为燕子石砚，砚料为含有三叶虫化石的石灰岩，因石中三叶虫的身影酷似燕子，又近似蝙

时光片羽

蝠，故又称为蝙蝠砚，泰安、莱芜、费县等地均有此石料出产。我购入的这方燕子石砚，雕成蝙蝠状，砚盖中央有一处三叶虫化石，颇像正在飞翔之蝙蝠，砚体不大，却清趣十足。

我还在苏州购得一方体形较大的苍黄色澄泥砚。此砚，实际不属山西或河南用河中淤泥烧制而成的澄泥砚，而是由灵岩山的澄泥页岩雕刻而成，因其外观、手感均与人工烧制的澄泥砚极为相似。因此，称其为苏州澄泥砚，过去人称嵯村砚，又称藏书砚、太湖石砚。所购之砚，雕刻古朴，颇富文气，最为让人惊喜的是背面还刻有兰亭序全文。

经常有各地艺术砚藏入，激起了全家对精美石砚的兴趣。当一方名砚展现在家人眼前，大家禁不住用手抚摸其晶莹的肌理，欣赏其如画的雕工，品味其文化内涵，欣喜异常。

我数十年集砚的嗜好得到了家人的大力支持，大女婿利用外出的机会，两次为我购回了地方名砚。他出差到长沙时，特地寻找出售浏阳菊花砚的地方，购回了一方难得的菊花砚，此砚呈葫芦状，上端有一白色花朵，仿佛结着葫芦的藤上还盛开着白花。菊花石产于浏阳永和镇浏阳河的河底，它是由形形色色的呈针状、纤维状的矿物质构成，在一定的地质环境下作有次序的排列，形成放射状集体，外观看去，恰像盛开的菊花，故名菊花石。大女婿赴成都时，还为我购回了一方产于攀枝花市的苴却砚。苴却砚大多有青豆式的石眼。此砚因料作画，砚的上方一蛟龙在云雾中出没，其头正对着一颗绿色的大石眼。由此，我将这方砚台命名为"云龙戏珠砚"。

历时多年，我收藏了各地名砚达数十种，总计有一百余方。闲暇之时，拿出来观赏一番，别有一种滋味，仿佛正和老朋友作悉心的交谈。

与石为友 其乐无穷

四、美石寄厚意 友情深似海

本人酷爱美石，乐此而不疲，被朋友们传为佳话。市文联副主席、专工人物画的国画家柳文田作了一幅米颠拜石图送给我，画中将宋代大画家米芾对奇石的虔诚与挚爱描绘得十分感人，此画是我藏画中最为喜爱的一幅。

市罗家闸小学校长，后又任绿影小学首任校长的庞璐，七十多岁了，到新疆探访亲戚，她特地到奇石市场，选了几颗晶莹圆润的和田小玉石，带回芜湖，让我作为永恒的纪念。

安徽师范大学图书馆馆长孙文光教授的孩子孙川在美国西北大学攻读传播学、法学双博士，这所大学位于芝加哥附近的埃文斯顿小镇。在美丽的密歇根湖畔，那里有一颗颗白色的鹅卵石。孙教授让他的孩子回国探亲时，带来一颗，给我作纪念。这颗异国的白色卵石途经万里，重达三斤余，寄托了孙文光教授父子的一片深情。

市电视台台长奚智明访问美国，路经内华达沙漠，摄氏五十度左右的高温烤化了汽车挡风玻璃的胶皮，司机停车修补，奚台长看到散布在沙漠中的云母石在烈日下闪闪反光，便下车捡了几片，回芜后送了两片给我。这是他访美过程中的收获。

我在合肥师院进修时的同学周志杰，任宿州师专中文系主任，当地盛产乐石砚。乐石因敲击时发出声音似铜乐而得名，产于宿州市的褚兰，是灵璧石的姐妹石，发掘历史悠久，始于南唐。据说南唐后主李煜有一方"三十六峰御砚"，就是乐石砚。乐石砚多以声、色、彩、质四美为一体，堪称中华一绝。著名文史家赵朴初曾为乐石砚题书"砚林瑰宝"。我请周志杰先生帮我物色一方乐石砚。不久，他为我送来了一方，此砚呈枯椭圆形，以豆绿为主，带有橙黄。砚面精雕两条盘龙，正戏着一颗明珠，是一幅极为生动的二龙戏珠图。

朋友们有的赠石，有的为我物色地方名砚，这中间洋溢着深厚的情谊，令我难以忘怀。

一生中，我喜欢与石打交道，特别专注于艺术石砚的蒐集，它让我感悟了不少人生的真谛，极大地丰富了我的生活内容，委实受益匪浅。与石交友，时有所得，真是人生一大快事。

园丁的情愫

园丁以培育祖国的花朵为己任，她是爱的使者，把满腔关爱，无私地献给了莘莘学子。

庞璐老师就是一位令人敬仰的优秀园丁。她故乡在常熟，毕业于常熟师范，出身于书香门第，已年逾八十，数十年来一直从事小学教育。曾任罗家闸小学校长，后调镜湖区教育局任教研室主任。

上世纪90年代，我到市教委工作时，她已退休。当时，负责建设绿影小区的开发公司，为小区配套，新建了一座绿影小学，设施齐全，环境优美。这所新建小学派谁去负责呢？经多方考虑，决定由工作认真负责、富有管理经验的老校长庞璐老师担任。当时，绿影小学属市教委直接管辖，我和庞校长有了较多的交往。在绿影小学办学过程中，诸多令人难忘的情景，至今仍历历在目，不能忘却。

良师出高徒。一位良师既是一位充满仁爱之心的施教者，又是学业精湛的导师。当时绿影小学创办之初，调入的大多是师范毕业的年轻人，他们干劲十足，却缺乏工作经验。作为一校之长的庞璐，从教学抓起，让老师们认真写好备课笔记，抓住教材重点，剖析教学难点，妥善安排教学过程。庞校长仔细审阅每位老师的备课笔记，亲临课堂了解教师的教学实况，经常同教师商讨教学中的问题，手把手地帮助年轻教师愉快地走上初教之路。

教育是一个系统工程，需要全体教工相互配合，全身心地投入，只有全校教工互相体谅，共同协作，方能共同完成培育孩子的重任。为了加强教师之间的情谊，庞校长提议：开学不久的中秋节，全校教师一起在学校度过，大家一致赞同。中秋之夜，每位教师带来自己做的一样菜，聚集在学校里，过了一个别有意义的佳节。

爱生如子是庞璐校长一贯的情愫。庞校长勉励那些学习成绩突出的孩子，求知先做人，决不要在人品上发生偏差。对于那些学习存在困难的后进生，多加帮扶，决不让一个学生掉队。

有一位学生患病不幸去世，庞校长亲临学生家中，劝慰其父母。还参加了这个孩子的告别式，亲手为孩子的遗体系上红领巾。这种对小生命的关爱与敬重，让失去孩子的这一家，深为感动。

光阴冉冉，转眼已至绿影小学建校二十周年。这里的一草一木都凝聚了老校长的深情。不顾年事已高，老校长挂着拐杖，重访绿影校园。她看到学校管理有序，校园清雅宜人，心里十分高兴，勉励大家奋发向前，努力把绿影办成芜湖市的小学名校，为培养大批合格人才而不懈努力。

园丁的情愫

徽商与芜湖

徽商发轫于唐宋，明代成化、万历年间，达到鼎盛期。在近四百年的历史中，徽商成为"称雄四方""富甲天下"的重要商帮。

芜湖，襟江带河，交通便捷，物产丰饶，素有"长江巨埠""皖之中坚"等美誉。徽商兴业之际，往往把芜湖作为其展显身手的重要据点。当是，从徽州府——歙县城关，到达芜湖，主要有两条线路：一是经绩溪、丛山关，顺水阳江而下，顺利抵芜；一是过翠岭，经旌德，沿青弋江而下。长江是我国水路交通的大动脉，素称"黄金水道"。明清之际，东西南北货物，大批经芜湖中转，官府亦在芜设置税关，形成了芜湖"客商辐辏，百货丛聚"的空前繁荣局面。

不少徽商常年寄居芜湖，把芜湖作为他们的第二故乡，对芜湖的经济发展和社会繁荣，作出了不可磨灭的贡献。休宁人汪一龙，明万历年间举家定居芜湖，于西外大街设"永春药店"，慎选药材，精制丸散，四方征购，远销海外，驰名达两百余年。明嘉靖年间，休宁人汪尚权，在芜从事冶铁经营，拥有工匠百人，内部分工有序，产品质量可靠，赢得了大江南北的广阔市场。歙县岩寺人阮弼，在芜着力开发浆染业，因其技术先进，产品精美，"五方购者益集"，"遍于吴、越、荆、梁、燕、豫、齐、鲁之间"。他不仅在芜设立浆染总局，而且在全国各地设立分局，发展成驰名神州的一大富商。明嘉靖年间，倭寇突破江浙，进犯芜湖。守土者竟束手无策，阮弼挺身而出，不惜巨资募集壮丁数千，奋力抵抗，终使芜湖免遭浩劫。

徽商外出经营，十分注意搞好与当权者以及社会各界的关系，以利于商业活动的顺利开展。据史籍记载，明代休宁人汪可训，在芜行商，家中常宾客盈门。当然，遇及严重损害商民利益的某些政令，徽商亦会据理抗争。清代，官府向芜湖商民征收"江夫河蓬银"，引起民众极度不满。雍正时，歙人鲍人龙、鲍献父子与土民呈请于官，恳求废除此项苛政，未能获准。鲍人龙之母叶氏，毅然呈请官府，"愿捐银两万两，生息抵办"。雍正迫于舆论压力，不得不批准废除此项暴敛。徽商鲍氏一家的善举，既有利于社会的稳定，又有益于经济的发展。

徽商亦贾亦儒，敬奉理学，躬行仁义，关注民生，乐善好施。歙县许村人许仁，囊书就贾，著有《丛桂山房诗稿》，是一位道地的儒商。他长期在芜经营。道光十年（1830），芜湖一带洪水暴发，凤林、麻浦二圩，水漫堤西，一片汪洋。许仁亲主赈事，租赁船只，将老弱疾者救往高处，"设席棚，给饼馒，寒为之衣，病为之药，且为养耕牛。"水落之后，又供麦种，"倡捐巨万，独任其劳"。还协助两圩百姓订立"通力合作十六条"，组织众人，修理圩堤，变水患为水利。道光十四年（1834），许仁病故于芜，年仅五十八岁。"芜湖人感其德，请于官"，为其在凤林圩殷家山建祠祭祀。南京为徽商自芜赴江苏、两淮以及北方诸省的必经之地，歙人方如骐曾"与郑滂石凿金陵孔道，以达芜湖"。明天启元年，歙富商汪伯爵倡捐重建被毁之青弋江浮桥，"新建方舟二十艘，垫以平板，匝以巨槛"，既安全，又便于通行，被市民誉为"便民桥"。上述数例，足见徽商在芜，不仅促进了地方经济的繁荣和发展，而且对当地的社会民生也慷慨作出了有益的奉献。

作为"皖南门户"的芜湖，不仅是徽商落脚谋生的基地，亦为他们向全国进军的中转站。明清之际，不少徽商由经营盐业而成为巨富，扬州便成了他们活动中心。而由徽州入扬州，芜湖更是必经之地。著名作家汪曾祺，在《皖南一到》中写道："歙县是我老家所在。"他还把到皖南称作"寻根之旅"。汪老生于高邮，怎么到歙县寻根呢？原来祖父告诉他，祖居徽州，第七代才迁至高邮。为修族谱，其祖父曾回歙县。汪曾祺之先祖汪华，隋唐之际是割据一方的豪雄，后降了唐，被李渊封为"越国公"。这封号，在当时是很高的爵位，难怪在歙县，汪氏为全县第一大姓。徽州地少人多，汪氏子孙纷纷外出务商，汪曾祺的祖辈先在扬州，尔后又迁至高邮繁衍生息。高邮离芜湖并不远，说不定，汪曾祺的上祖，在赴江苏途中，或许曾在芜湖逗留过。

徽商在芜湖，名商为名城之繁荣和发展，注入了强大的活力；名城又为名商的光映史册，提供了绝好的活动舞台。这当中定有不少感人的故事，可供后人思忖和借鉴，本文只能挂一漏万地写上这些了。

知识乎？破烂乎？

看到这样的标题，有人会哑然失笑，怎么可以把知识和破烂连在一起呢？四化需要人才，人才必须具备知识，这是一个极普通的道理，难道还容置疑吗？然而现实中的情况并不像推理那样简单，笔者亲身碰到的一桩实事，是以发人深思。

S君要乔迁，几个朋友帮他运东西。大概是读书人喜爱买书之故，在S君全部家当中，书籍占了很大一部分。大捆小捆堆在地上，占了一大摊，路旁行人好奇地伸头观望，不时发出议论："这么多书，留着有何用？""不如当破烂卖了，还能捞回几个钱。"

破烂？书籍竟成了"破烂"，真是天下奇闻。著名作家高尔基把书籍视为"人类进步的阶梯"，这绝不是无稽之谈。因为，人类的智慧，人类对知识的探求，许多都写在书里。人类对知识的获得，一方面通过社会实践，另一方面则在书籍的阅读与思考中。人不可能事事都亲历实践，他必须通过书籍的阅读，借助于他人已经总结出来的经验。当然，那些无用的甚至有害的书籍，不在我们肯定之列。

社会发展至今天，仍然有一些人，把传播有用知识的书籍，视为

"破烂"，这不能不使我们痛感民族素质中存在的严重问题。

应当看到，在建设中华、实现"四化"的伟大进军中，不少有识之士发愤读书，勇于实践，努力攀登科学高峰，取得了令人瞩目的成绩。据2月23日《安徽日报》头版报道：我省阜南县科委工人何夹斌，是一位残疾人，多年刻苦攻读，自强不息，致力于电磁力学的研究。经六年探索，终于发明了多功能电机，被国外专家称之为"发电机的一次革命"，在37届布鲁塞尔尤里卡世界发明博览会上获一级骑士勋章。这一生动事例雄辩地告诉我们：知识绝非无用，一旦掌握了知识，就可以造福社会，创造人间的奇迹。

目前，社会上有一些人只重眼前小利，不注意自身素质的提高，出现了新的"读书无用论"，那种把书籍视为"破烂"的可笑言论，正是这种思想的反映。我们在开展精神文明建设中，引导全市人民读书求知，是一项长期不容忽视的工作。

天道酬勤

尊重劳动，热爱劳动，积极投身劳动，这是中华民族的传统美德。

习近平同志在民族小学考察时，勉励大家"少年辛苦终身事，莫向光阴惰寸功"。他引用的是唐代诗人杜荀鹤《题弟侄书堂》一诗中的两句。要求人们要有终身辛劳的志向，切莫因"寸功"而懈怠。只有那些不畏艰苦、奋发创造的人，才能迎来人间奇迹。

古代书籍中，有"天道酬勤"之说，告诉人们天公对那些勤于工作的人，特别优厚，会让他们获得意想不到的回报。许多事实，雄辩地说明了这一点。

现代国画大师齐白石，年轻时，只是湖南农村中的一名木匠，但他酷爱读书，坚持作画。据载，齐白石每日早起，必作画一幅，称之"日课"。如遇身体不适，卧床不能作画，日后康复一定补上。正由于白石先生在国画园地上耕耘不息，致使其画有神来之笔，被称作国画中的"绝品"。

鲁迅先生是一位深刻的思想家和杰出的文学家，他在世之时，不少读者十分敬佩的才干，称他为"天才"。鲁迅坦率地回答："我哪里是

什么'天才'，只不过把别人喝咖啡的时间，用在劳作上。"当别人悠闲地品味着咖啡时，鲁迅先生还在握着手中那管"金不换"的笔，不停地撰写。鲁迅先生正是用他的辛勤的耕耘，为我国现代新文学开辟出万紫千红的春天。

勤不仅可以制造辉煌，勤还可以补拙。清末中兴重臣曾国藩，就是一个突出的范例。

曾国藩从乡村野夫到朝廷命官，最后成为彪炳史册的中兴名仕，在我国史册上，是一位名声显赫的人物。但是，他在年少时，天资并不聪颖，并没有超群的表现。他在给子女的家书中谈到：自己年幼之际，在同辈中要算是"愚陋之至"的人。在流传的一则故事中，亦证实了上述情况。

据说，小时候，曾国藩记性并不好，一篇文章，反复诵读，还背不下来。一天晚上，曾国藩在大厅一角的书桌旁，认真诵读范仲淹《岳阳楼记》。小偷溜入他家，爬上大梁，专等曾国藩读完书，入房就寝，开始行窃。哪知，曾国藩一直读到东方发白，还未把《岳阳楼记》顺畅地背下来。小偷只得从梁上跳下来，狠狠地对曾氏说：读了一夜，还不会将文章背下来，真是蠢笨如牛。

曾国藩年幼时，虽智力逊于一般，但他勤于思，敏于行，经过长期刻苦的自我磨炼，终成一代良臣，成为后人效法的典范。他的事迹有力地证实了"勤能补拙"这一真理。

事实告诉我们：不必埋怨自己智力不如他人，只要做到勤勉，来个"笨鸟先飞"，照样可以前程辉煌。

文苑拾锦

WENYUAN SHIJIN

文艺园地，百花吐艳，让人神往。那些有益的交往，那些可载史册的文化活动，是造福社会、涵养身心的丰富内容。

痛失江南一枝竹

5月11日早上，冯怀远同志匆匆赶来范罗山，告知黄老病情恶化，医生正在全力抢救。八时半，黄老的大女婿打来电话，沉痛通报黄老已于八时整与世长辞。我接到噩耗，当即赶到弋矶山医院，见黄老像熟睡一般，躺在病床上，再也不能像往常那样招呼我坐下，同我攀谈了，我的眼睛溢出了泪水，默默地行了三鞠躬礼。我实在不愿打扰这位老画家的安宁，因为他终身作画，历尽辛劳，应该让他得到歇息。

然而，老画家黄叶村先生却和我们永别了，他再也不能拿起画笔为人们描绘竹石图。他享年七十有八，可以算是高寿而终。若天假人寿，让他再多活几年，尚可多留几幅优美图画在人间，尚可对我市热心字画的青年，多做些切实的辅导与帮助，这正是我们的事业所需要的。可是，事与愿违，黄老带着他的未竟的计划，永远地闭上了他的双眼，念此种种，怎能不叫人黯然伤心！

黄老是一位耿直的人。春节，到他府上拜年，他总是笑呵呵地指着门上的春联说："每年我都要写上这副对子，'天下兴亡，匹夫有责。'国家大事我们都应当关心，四化大业靠大家添砖加瓦。"他常常向我提

出，有些商店的招牌，字写得不正确，应该给他们指出，限期改正。中国人应当关心祖国文字的纯洁和健康，不能写错别字。他还建议小学教师要懂书法常识，写字不能颠倒笔顺，否则会贻误下一代。总之，黄老十分关心社会，关心人民的事业，即使病重住院，他仍惦记着人民的事业。他曾对我说："我住院数月，不能作画，不能干事，用了人民的钱，不能给人民效力，深觉有愧。"逝世前不久，正逢政协开会，他几次提出，要自己的子女推车送他到教工俱乐部参加会议，经医生劝阻，这才罢休，黄老这种纯洁的心灵和高尚的精神，是多么感人！

黄老先生自幼喜爱写字作画，早年曾受教于新安画派名家汪福熙先生，经过长期不懈的艺术磨练，驰誉大江南北。黄老十分重视对民族艺术传统的学习和继承。他认为我国数千年的灿烂文化，有自己的珍品，对历史遗产采取简单的否定态度是不对的。他注重师法传统，面向生活，形成了自己独特的艺术风格。他笔下的山水，布局疏密得当，笔力雄浑隽永，气势吞吐大荒。他挥洒的丛竹，风晴雨露，秀姿各异；柔韧刚健，耐人品味，因而赢得了"江南第一竹"的美名。黄老喜爱吟诗，常以诗配画，更增加了图画的意境。他在画上题写了不少佳句，如："一挥满幅兰芽壮，墨迹未干顷刻香。""山鸟亦知春花艳，停立枝头不肯飞"。借画抒怀，表达了老画家对十一届三中全会以来党的路线、方针、政策的由衷的歌颂。黄老的书法，糅篆、隶、魏碑多种笔法为一体，朴拙刚道，富有韵味。他手书的"镜湖风景区"五个大字，引人注目，为人称道，为优美的镜湖增添了秀色。

安徽师大教授宛敏灏先生在悼念黄老先生的挽联上写道"艺苑久蜚声翰墨犹新遽失江南一枝竹；小楼漫听雨湖亭在望长同尺木两家春"。宛教授对黄老书画的造诣作了很高的评价。黄老的逝世，是我市书画界的一大损失。人的生命是有限的，艺术的创造却是无限的。黄老留给人间的书画作品，将与世长存；黄老孜孜不倦致力于艺术创造的精神，将与世长存。我们从黄老的人品画品中一定会得到教益，激励我们投身建设中国特色社会主义大业，为创造美好的未来而奋发努力。

斯人怅然逝去　艺作流芳千古

　　光阴荏苒，已到了黄叶村先生一百周年诞辰。这位杰出书画家生前历经坎坷，逝后书画作品倍受大众喜爱。而人们对他知之不多，我一直期待着较为详尽的介绍他的专著问世。

　　初秋季节，程治安先生来到我处，拿出了厚厚两大本《我与黄叶村先生》手稿，正是一部全方位介绍黄老的力作。图文相彰，文字简朴，且有不少人们不太知晓的昔日烟云，正好为广大希望了解黄叶村、研究黄叶村的人们，提供了一份不可多得的史料。

　　全书分为生活篇和艺术篇两大部分。生活篇中分别记述：黄老因说公道话而被打为"右派"的苦难历程；"文革"中痛失独子，欲哭无泪的心酸；文化失落时，发出"悔不当年学木匠"的悲叹；生活好转后，仍埋头书画创作，谆谆教育子女："要想留名后世，必须靠奋斗取得事业上的成就……"通过这些真实而感人的镜头，让一个刚正、奋发的艺术家的身影，屹立在我们的面前。艺术篇中，系统地介绍了黄老在诗、书、画、印诸方面的艺术造诣，以及在传统文化方面的深厚修养。还专篇介绍了黄老与合肥、安庆、芜湖等地著名书画家亲切交往、切磋技艺的往事。黄老是一位珍视友情的书画家，十分重视别人的艺术专长，曾谦逊地说："我到合肥不写字，葛介屏的字比我好；不画花鸟，樊石虎的花鸟比我强。"正由于他虚心好学，自强不息，因而在书画创作上，才能实现艺术上的不断突破。他既重视对传统的学习与继承，又注意对外来文化的研究与吸收。黄老是一位杰出的国画家，然而他又曾经画过油画，这是许多人并不了解的。他为程治安先生绘制的一幅黄山风光图《童子拜观音》。构图丰满、严谨，色彩对比强烈，意境幽静深邃，就是一幅令人喜爱的风景油画，曾被赞誉为"江南竹翁的油画绝唱"，在社会上引起广泛关注。"转益多师是吾师"，由于黄老注意从多方面广泛吸收艺术养分，他的画作才生机勃勃，极富艺术张力。

黄叶村先生是一位诗、书、画、印均有不俗表现的、难得的艺术家。他的书法正、草、隶、篆、行样样出众。其魏碑行书，独树一帜，既刚正雄健，又峻峭流畅，气势不凡，他为程治安所写的各种字体范帖，或已成了让人激赏的珍品。他在水墨画上，山水、兰竹、花鸟均有涉猎，其中又以山水最为突出，笔下的山川，墨色滋润，气韵生动，极富新安画派之特色，十分耐看。"十余年来画竹枝，日间挥写夜间思。横涂竖抹千千幅，写到如今已成痴。"他笔下的墨竹，苍劲挺拔，颇具君子风采，其中风、晴、雨、露，各种气象中的竹，尚有不同情态的绝妙抒写。他为程治安先生精心挥写的"疏淡竹"，构图明快爽利，笔墨简练遒劲，神态婀娜多姿，实在清秀可人，这是一幅竹石图中的神品。黄老篆刻功底雄厚，朱文线条清雅流畅，白文构图古朴端庄。他为程先生篆刻的毛主席诗词印谱十一首，一句一印，共200方，成了黄叶村先生存世珍品。黄老十分推崇清代纳兰性德的词作，说明他十分注意诗词中的意境，以及诗词中饱含的丰富情感，这也正是书画家必须具备的艺术修养。

程治安先生在上世纪60年代初，就开始了与黄老的交往，在黄老的困顿生活中，曾给予倾情支助，黄老在书画创作上，也给了程先生诚挚的指点，他们之间是一种亦师亦友的亲密关系。由此，程先生也比别人更多地了解黄叶村先生，才能为后人提供较为详实的有关史料。

"养天地正气，法古今完人。"黄叶村先生是一位有人生追求且富于艺术创造的艺术家。原国务院副总理方毅在京参观"黄叶村遗作展"时，为黄叶村的艺术成就所折服，称黄叶村先生为"当代中国的凡·高"。是金子总会发光。黄叶村不愧为当代杰出的书画大家，他的立身做人和艺术耕耘，都值得我们深思和效法。相信，这本介绍黄叶村专著的出版，一定会给众多喜爱黄叶村、追慕黄叶村的读者，带来新的惊喜和新的收获。

师生丹青情

崔之玉先生书画作品展在芜湖与大家见面了，值得庆贺。

这是一次不同一般的展览，它充分展示了人间的真情。崔老作古已多年，其作品大多数散落民间。今天，一批颇具功力的书法作品，多幅俊美多姿的绘画作品，能在展厅与众人见面，完全是他的学生杨林等苦心搜集的结果

我在教育部门工作期间，曾慕名到崔老家中拜访，当时曾计划为他办一次书画展。老人告我，身边已无大件作品，只得作罢。交谈中，深为老先生对书画艺术的一片赤诚之心所感动。他说，我孑然一身，终生从事书画教育，生活纵然清苦，亦无遗憾。

在艺术园地中，唯有辛勤耕耘，致力创造，才能获得骄人的成绩，崔之玉先生勉励其弟子："屈辱只有增加痛苦，奋斗才能求得光明。"这已成为他的众多学生拼搏向上的巨大动力。经他悉心培育的桃李，如今在美术界已挑起了大梁。有的成了省美协的负责人，有的已是具有一定影响力的书画家。人们把教师的职业比喻为红烛，坦然地燃烧自己，无私地照亮别人。崔之玉先生从事艺术教育数十年，他的所作

所为不正是这样吗？

　　杨林是崔之玉先生的得意门生，也是这次展出的主要发起人和热心组织者。他的山水长轴《芳草白云留我住》，是这次参展作品中引人注目的佳作，此画用笔精到，极富层次感，着色淡雅，颇具新安画派之遗风。《美术报》曾发表评论，赞赏其作品为"徽山徽水徽文章"。确实如此，观其山水画卷，宛如在徽州的山光水色中畅游，岂不快哉！

　　崔老先生也是晋心阳的启蒙老师。如今，心阳已步入中年，在数十年的艺术探索中，找到了自己的路，创作了一批让人赏心悦目的画作。此次参展的山水画卷《秋水吟》，独具水墨韵味，将"秋水共长天一色"之壮美意境，抒写得淋漓尽致。

　　戴书君是崔老的一位女弟子。她擅长篆书，文笔古朴，苍劲而又清新，其作品已收入《中国当代青年书法家辞典》。

想起了李瑛先生

最近，崔之玉先生师生书画作品展与江城人民见面了。由崔之玉先生，让我想起了李瑛先生。他俩同样有深厚的传统艺术功底，他俩同样热心地从事艺术教育工作，他俩同样都终身未娶，孑然一身。

上世纪九十年代，我在教委工作时，曾与李瑛先生有多次接触，并在工人文化宫为李先生举办过绘画作品展。那时，见李瑛先生的大幅水墨画作，笔墨酣畅，线条生动，传递了作者内在的思绪，真是别有一番情趣。李先生擅长描绘动物，笔下的猴子，机灵活泼，委实令人喜爱。多幅奔马图，则偏重于写意，寥寥数笔，勾勒了马之奔腾的气势，似有摆脱一切羁绊的超然意气。

李瑛先生出生在北方，具有北方汉子的那种阳刚之气。他对不愿交往的人，会说出极其不客气的语言来，让你颇为难堪；而对于心心相通者，却可以轻言细谈，相见恨晚。

他毕业于南京师范大学国画专业，受过专门的艺术训练，大学毕业后，分在芜湖师范任美术教员，后又在十二中、八中任教。他要求学生既要重视写生，掌握好线与形体的表现技巧，又要多观摩优秀美术

作品，提高自身美的鉴赏力和美的表现力。

李瑛先生是一位有强烈爱憎的人。他常常把内心的这种爱憎，注入笔端，融化在作品之中。我见过他创作的一幅雄鹰图。画面上有这样一段题款："沸沸然，终夜不得安宁，只得以板刷代笔，作此雄鹰图。以解心中烦闷。"此画作于"文革"时期，由题款可以看出，当时作者处境的痛苦和内心郁闷。作者笔下的雄鹰，收起了双翅，落在一棵枯树上，瞪着双眼，对人间的种种离奇表演表现出极大的蔑视。画为心声，从这幅画可以看出李瑛先生的一颗爱国爱民的赤子之心。

李瑛先生来芜以后，一直耕耘于芜湖艺术教育的园地上，直至生命终止。他以芜湖为家，对江城这片土地充满眷恋。他一面从事艺术教育，一面关心着遗存的历史文物。由于居住在十二中校内，对其中的历史文物倍加珍爱。大成殿旁，有一块谦卦碑，此碑为唐代李阳冰所撰，明代重刻，它反映了我国书法变迁的历史。这块石碑，"文革"中曾遭到破坏，据说由于李瑛先生鼎力保护，才躲过了劫难，使得我市这一重要历史文物，终能保存至今。今天，我们到大成殿，能见到这一碑刻，应该十分感激李瑛先生。

为人民做过有益之事的人，人民定会记住他。李瑛先生是一位有益于芜湖的人民教师，江城儿女是不会忘记他的。

文学之路非寻常

拿起生花妙笔，创作诗文，成长为一名作家，实非轻易之事。王兴国先生从轮船锅炉工，成长为享誉全省的工人作家，用他的人生之路谱写了一曲人间知难而上的感人篇章。

王兴国童年丧父，过着艰辛的生活，只读过三年小学。为了生计，十七岁便来到长江旁，在一艘江轮上学司炉。干的虽是重体力活，却从未丢弃学习，他一边手挥大锹，一边认真读书。新中国成立后，更是用整个身心去歌颂党，歌颂新的生活。1953 年，他的处女作《海员之歌》发表，诗中歌吟："当我十八岁，/我看见了新的人生黎明，/江水冬落春涨，/一年又一年，我的信仰更加坚定……"党发现了这位底层工人的文学才华，让他在 1954 年参加了首届省文代会，成为我省第一位工人作家。此后，王兴国的创作欲望如喷泉般喷涌，作品不断在《安徽文艺》《安徽日报》上发表。1956 年，他的第一本小说、散文集出版。1959 年，又出版了诗集《春到长江》。他的作品感情奔放，质朴而又充满生活气息。

王兴国为人刚直、坦荡、豪爽。他在《礁石》一诗中，这样写道：

"礁石的身躯这么峥嵘，/发怒的大海啃咬的齿痕，/浪与浪的撞击，海与风的撕打，/镂刻出群像威武的浮雕——/海岸上立起不屈的精神……"古人云"诗言志"，这段海礁的描写，正是王兴国先生自身的写照。

"文化大革命"的恶浪铺天盖地袭来，连这位出身贫苦的工人作家也未能幸免。十年浩劫，三次抄家，两千余册藏书、百万字手稿和笔记全被抄光。蹲牛棚，遭批斗，罚劳动，一一经受。更令他痛心的是宝贝虹儿，在迫害与打击中离家出走，至今生死不明。"她走得这样匆忙，除了留下一张露出笑靥的照片，还留下一双那样深沉多思的眼睛……"

王兴国是长江的儿子，他眷恋那些在大江上与风浪搏击的美好时光，他在诗中作过由衷的赞美："长江，你一路惊雷从天边奔来，/滚滚大浪卷着团团云彩……/长江，你托着煤山，托着谷食，/你担着重庆，担着上海，/因劳动者汗珠洒进江流，/你那万朵浪花才更加闪耀光采……"（《长江赞歌》）。

王兴国是一位多面手，小说、诗歌、散文均有涉猎。他的小说《大杂院轶事》在刊物发表，受到广泛好评，被省文联授予"短篇小说创作奖"。他是中国作家协会会员，简介收入《中国作家大辞典》。

我在芜湖师专工作时，就对他较为熟悉，曾邀请他到校与中文系学生座谈文学创作问题。座谈中，他告诫学生：搞文学不能一心想出名，要耐得寂寞，平常多读、多看、多想、多写，积累丰厚了，自然会写出让读者喜爱的好作品。

我兼职文联工作时，曾和他一道率领我市文学青年赴皖南采风。我们一起上齐云山。在途中，他写了《大山的儿子》一诗。因知道我出生在皖南山区，曾微笑着对我说："这首诗是写给你的。"诗中有这样的内容："大山的儿子，/有广阔的肩膀，/他能承受重压，/如同没事一样。"人会有贪图轻松的弱点，面临重压会发生动摇，他是希望我做一个勇于抗压的男子。

王兴国先生1924年生于肥东农村。他成长为工人作家以后，不仅自己勤于笔耕，而且积极辅助文学青年。凡得到他无私帮助的人，都不会忘记他的殷殷哺育之情。现任芜湖县作协主席的朱幸福，就是其中的一位。

朱幸福在芜湖师范读书时，经老师介绍，认识了王兴国。他请王先生审阅学写的小说。王兴国认真阅读了他的习作，诚恳地指出：情节有些简单，人物不够丰满，有散文化的毛病。要求他读一些中外文学名著，看看名家怎么写的，向文学名家学习。还要求他：做生活的有心人，在生活中发掘生动的素材。在王兴国先生指导下，朱幸福的小说、散文陆续在报刊发表。1997年，王兴国组织策划《皖江文化丛书》，让朱幸福将发表的作品汇集成《太阳雨》，作为《皖江文化丛书》中的一种，付梓问世。这正是王兴国先生对文学青年的厚爱与提携。

2014年1月，王兴国先生不幸因病逝世。朱幸福痛失良师，十分悲痛。他写了《把我领进文学圈的那个人走了》一文，在《荆江文艺》上刊载，叙述王兴国先生对其诚挚的帮助，表示也同王兴国一样，热心扶助文学的后来者。

王兴国先生是一位性情中人，喜怒哀乐形之于色。他心直口快，有时可能说了些对他人有不快之话，会引起他人的一些看法。这些，都已成了过眼烟云。人们对王兴国先生从工人成长为作家，且热心培育文学青年的所作所为应该是赞同的。芜湖人民是不会忘却这位工人作家的。

崔之模先生的国画艺术

芜湖有一位享誉中外的国画家，他就是崔之模。生于1933年，祖籍太平县仙源甘棠人。因上辈在芜湖定居，一直与江城相伴。常怀爱乡之情，画稿中必题"仙源甘棠村人"。

之模先生素有绘画禀赋。1952年在治淮委员会，即创作有治淮水利工程画作五幅，收入《治淮水利工程素描集》。1954年，考入中央美术学院华东分院（现为中国美术学院）。在校学习刻苦，曾得到当代国画艺术大师黄宾虹、潘天寿的指教，打下了扎实的传统绘画的艺术功底。

天有不测之风云。在"反右"那场政治风暴中，崔之模遭受残酷打击，被剥夺了公职，在社会底层，从事繁重的体力劳动。拨开乌云见太阳，崔先生得到了平反昭雪。他立即投入了拨墨丹青的工作，很快恢复了艺术的元气，创造出了一幅幅令人首肯的画卷。

崔之模先生擅长山水，他的作品既继承了新安画派的山水特色，又融入了本人独特的创作风格，笔力刚道，墨色华润，手法多变，意境深远。上世纪60年代，曾有四幅作品参加全国美展，其中两幅被中国美术馆收藏。当代著名书画家林散之对崔之模的国画有极高的评价，称其作品"用笔用墨不俗，能得到黄老（指黄宾虹）法度"，"无近代一些魔障气味"，"从上海、浙江、安徽、南京都未见过如此笔墨。"崔先生因其作品新安画风十分突出，且有自己的艺术创造，故被誉为"当代新安画派的领军人物"。

时至70年代，崔之模先生探索创作"焦墨干皴雪景画法"，大获成功。画家以焦墨干皴技法，画出"树梢沾雪乱纷纷""千树万树梨花开"的动人景色，幻出春意将临、瑞雪丰年之美好企盼。对此，著名美术理论家、美术教育家林树中有精当的评论："'焦墨凝重，浓而不滞，行于纸面，多出飞白'。画中墨白对比强烈，行笔走蛇，又似蓬头垢面，又似莽莽草原，正如石涛所说'有法无法'，熟能生巧，简直很难说出到底是一种什么皴法？真是奇妙。这种皴法多有创造，在中国画技法中，可谓别开生面。"崔之模先生所作巨幅长卷《黄岳晴雪图》，用皴擦技法，将茫茫之雪景与壮丽之山河融为一体，体现了壮阔、雄美之意境。

崔之模先生多才多艺，能说一口标准的普通话，曾在中央电视台、芜湖电视台合拍的电视剧《月缺月圆》中，扮演爱国华侨，演得惟妙惟肖，在芜湖艺坛留下一段佳话。此片曾获国家"五个一工程"奖。

崔先生为人耿直，重视情谊。2003年上海人民美术出版社出版了《崔之模山水画》。他特地携精美画册来我处。让我目睹崔公笔下，一幅幅云蒸霞蔚、波澜壮阔的山水画卷，委实为他的卓越的艺术创造，激动不已。

"绿水青山忽苍茫，深谷飞雪漫天狂。野径无人鸟语寂，独有泉声伴画郎。"崔之模先生作画之余，兴犹未尽，喜作一些题画诗写于画端，诗与画浑然一体，构成了极为感人的艺术境界，同时也寄托了蓬勃向上的精神力量。

　　崔公的山水画作，画中有诗，诗中有画，真是不可多得的艺术创造。

文苑拾锦

其仁其书

建国六十周年之际，芜湖市主办了一次书画展，展出中，有一幅"风展红旗如画"的书法立轴，让人品味良久，那灵动的笔触，潇洒的气势，委实令人折服。这一行草的作者，就是年过六旬的后其仁先生。后先生擅长隶书，他在镜湖公园内所书的"高知园"三字，古朴厚重，金石味甚浓。如今，其行草亦写得如此动人，说明其书法功底扎实，有多方开拓之势。

后先生老家在芜湖附近的乡村，其父后翰章，十三岁在芜当学徒，先与人合伙开店，后单独办店。后老先生除经商外，尚有书画爱好，录竹谱，练书法，终年不辍，以致能写一笔清秀之楷书。父亲的业余爱好，从小给儿子以潜移默化的影响，使他对传统的书画艺术，种下了钟情的种子。

其仁先生在芜湖师范学习期间，遇上了李瑛、黄近玄等名师。这些老师学有专长，受过系统的书画训练，因此对学生的培育，亦行之有效。后先生回忆求学的历程，认为中师所受的艺术教育，让他受益匪浅。中师毕业后，先分在延安小学任教，后因其有书画特长，被调至十三中任美术教师。

在数十年研修书法的岁月中，后先生一方面读有关书艺之书，临名家碑帖，挥毫不辍，勤于书法实践；一方面向书画大家求教，书信往还。他曾与启功、林散之、费新我、王箇簃、黄养辉等多次通信，有的达数十封。启功是学者型的大书家，他十分赞赏赵子昂的观点，"书法以用笔为上，而结字亦须用功"。强调"用笔何如结字难，纵横聚散最相关。"倘若"但辨其点画方圆，形状全无是处"，字就写得不堪入目了。由此，他主张既主意用笔，更应在结字上下功夫。费新我先生，浙江湖州人。早年习西画，后自学国画。56岁右腕患关节结核，无法书写，遂改用左手运笔，大获成功，被称为"左笔大师"。费先生以画意掺入书法，作品跌宕多姿，深受大众喜爱。"转益多师是吾师"。其仁先生向多位名家请益，这正是促使其书作备受人们首肯的重要原因。

热心书法教育，正是后其仁先生人生的一大特点。他在十三中美术班，长期任书画老师，培养了一批又一批弟子。当年，吴云冠在工人文化宫工作时，曾主办了三期书法学习班，后先生应邀主讲书法课程，培养了不少书法的年轻骨干。其仁先生谈到书法教育时，强调注重基础，让学员具备良好的基本功。打好基础，未来的发展就无可限量。他很重视学员的悟性，根据不同学员的独特个性，因材施教。受过他指教的年轻人，如刘华骏、戴志全、方红等，如今均已成绩斐然，颇受社会关注。

其仁先生为中学高级美术教师、中国书法家协会会员。曾任芜湖市政协常委。虽声望在外，仍安之若素，低调处事。我与之相交已廿余年，深为他诚挚待人、磊磊胸襟而感动。近来，他除继续从事钟爱的书法艺术外，又绘出了一幅幅精美的画卷。笔下的《竹鸡图》《水仙图》，生机盎然，让人感受到了浓郁的生活情趣；笔下的《一泻千里》《石猴望月》，雄浑壮美，凸现了祖国山川的非凡气派。后先生谈到，书画艺术是以创造美为己任的，他要努力从事艺术实践，以美的书画奉献给广大观众。而今，这位书家已步入花甲之年，我们祝愿他老而弥坚，继续耕耘，结出更为绚烂的艺术之果。

其仁其书

史上应留其名的画家

芜湖当代画坛上，有一位画家应当在当地文化史上留其尊名，此人就是柳文田先生。

柳先生1922年生于山东蓬莱。曾用名柳世疆、柳世畋。1939年求学于烟台荷舫画社，从此与绘事结缘。曾在蓬莱、青岛、安徽等地任教。日寇入侵，国难当头，北方沦陷。柳文田辗转来到皖南，后又定居芜湖。曾任芜湖市美术馆馆长、芜湖市书画院副院长、市文联副主席、市美术家协会理事长、安徽省美术家协会理事。

柳文田先生为中国美术家协会会员。当时在芜湖，身为中国美术家协会会员的人，为数寥寥。因为必须三次参加全国美展，方为会员，其入会条件颇高。

柳先生擅长画人物画，仅简略数笔，即令人物神采毕现，不仅达到形似，而且极为神似。他喜爱抒写历史人物，代表作有《李时珍》《满江红》《李白夜宿五松山下》等。而且以现实题材入画，见之令人叫绝。如他参加全国美展的一幅题为《友谊》的国画，画面是一位中国小朋友，与非洲的一位小朋友，在比赛乒乓球，生动活泼，充满乐趣。

他得知我是雅石爱好者，便为我绘成一幅《米颠拜石图》，画着大书画家米芾对着心仪的奇石虔诚拜揖的情景。构图简约，寓意深长。画的虽是人物背景，却将这位书画大家对奇石钟爱的神态，刻画得栩栩如生。如今，这幅我珍爱的人物画，已捐赠安徽师范大学博物馆，参观者可一睹柳文田先生这幅人物画的风采。

柳文田先生还喜画菊花，他笔下的秋菊亦颇具神韵。寥寥数笔，便将秋光下的黄花，展现得神采奕奕。我藏有一幅他的《秋菊图》，请书家后其仁先生题写了《春华秋实》四个大字，将画与书法裱在一起，可谓珠联璧合，十分耐人观赏。

柳先生个条不高，戴着一副眼镜，给人以温文尔雅的印象。他为人平和，待人忠厚，一直低调做人。

他的住地，离市中心较远，是文化局分给他的一套房子。晚年，他一直住在那里，深居简出，埋头作画。

我在市委宣传部工作期间，曾多次到柳先生的住处，拜访过这位画家。他虽年事较高，且身体欠佳，却一直对绘画创作念念不忘。曾对我说：齐白石大画家，五十岁以后，还衰年变法，力求艺术创新。我也想衰年变革，追求国画创作的新意。

然而，天不假年，柳文田先生衰年变革的艺术理想没有如愿。因疾病困扰，柳先生于1990年与世长辞，享年68岁。柳先生人虽逝去，其创作的别有风采的国画，将永留人间，给人们带来美的愉悦。

终喜画魂归梓里

——观《张玉良遗作展览》

　　省博物馆二楼宽敞的展览大厅里，挂着一幅幅装裱一新的绘画作品，人们在静静地观赏着、沉思着，大家在为一个不寻常的女性对美的独特的追求和创造，而发出由衷的赞叹。

　　张玉良（1895—1977），旅法皖籍女画家。她从事绘画六十余年，创作了两千多件作品，在世界二十来个国家举行过画展，获奖十余次。在《世界画家、雕塑家、木刻家大辞典》中，载入她的名字，还附有她的传记。这位出身低微却自强不息的艺术创造者，虽长期远离祖国，对祖国的赤子之心始终不变，她生前不入异国国籍，死时穿旗袍入殓。临终前留下遗言，将其珍藏的作品，全部捐献给故乡人民。最近，她的作品已运回梓里，有油画、国画、水彩画、版画、素描等。这些作品凝聚了画家的心血，是她精心培育的艺术奇葩。

　　炎黄子孙，血管里流淌的是民族的血液，笔下展现的是民族的风格。张玉良擅长油画，其作品不少取材于故乡的生活，江南水乡的风光，江边巍峨的宝塔，江中行驶的木船……这一切，都成了画家精心表现的对象。她创作的《双乐图》，两个手摇拨浪鼓的少年，形象幽默风趣，富于动感，构图与着色风格酷似敦煌壁画。她笔下的《霓裳羽衣舞》，一群仕女端庄典雅，舞姿轻盈优美，颇有中国国画"吴带当风"的韵味。这些，都可看出我国传统艺术对张玉良的深刻影响。

艺成绝非一日功。张玉良从一位生平坎坷的弱女子，成为世界闻名的女画家，其间付出了长期辛勤的劳动。她功底扎实，刻意磨炼，一张张精彩的素描就是明证。这些素描，构图准确，线条流畅，技巧娴熟，说明画家具有锐敏的观察力和卓越的表现力。展品中，各种插瓶花卉的静物写生油画，各种山乡景色的风景小品油画，让观众领略了她的独特的艺术创造，看到了女画家身历逆境仍致力于绘画艺术的一颗燃烧的心。

展厅里，悬挂着国画艺术大师张大千赠给张玉良的一幅墨竹图，飒爽挺拔的翠竹，不正是这位女画家的写照吗？竹子深深扎根于大地，不畏风雨与严寒，它奉献给人们的是生命之绿。这是美的创造者的心灵，也是美的创造者的形象。

张玉良眷恋祖国，却未能回国看望心爱的故乡，这是十分遗憾的。如今，她以心血浇灌的大量绘画作品已运回安徽，同千千万万的故乡人民见面了。倘若九泉之下的女画家有知，必定十分欣慰。

风尘女画家，在早期颠沛流离的日子里，曾流落芜湖，并有过一段辛酸的往事。芜湖人民对她的不幸遭际深表同情；对她的自强不息的艺术创造深表赞赏。如果，她的遗作能来芜展出，定会受到大家的欢迎。

梨园妙曲　誉满江城

——观赵燕侠演出有感

著名京剧表演艺术家赵燕侠来芜演出，使江城出现了京剧热。和平大戏院门口等票者络绎不绝。人们看了她的戏，交口称赞：名角确实非同凡响，真叫人一饱眼福。

这次，赵燕侠在芜演了四出戏，我观看了其中的《盘夫索夫》《红梅阁》两出，深为她的精湛的艺术表演所折服，这里略记所感。

京剧是古老而典雅的表演艺术，它要求"四功五法"，即"唱、做、念、打"四种基本功，"手、眼、身、法、步"五种表现方法。赵燕侠对此样样精到。赵燕侠出身梨园世家，自幼学艺，功底深厚，技艺超群。例如"唱"的方面，她音域宽，音量大，越唱到高音处，声音越铿锵动人，有板有眼，跌宕多姿，一唱一顿，极富韵味，吐字十分清晰，真正做到字正腔圆。她不仅能演青衣、花旦，还能反串小生。在《盘夫索夫》"书房盘夫"一场中，她演唱小生的娃娃腔，赢得了满堂彩。在"做"的方面，她表演细腻，一招一式，都有丰富的内涵。在《红梅阁》一戏中，李慧娘无辜被害，化为鬼魂，怀着强烈的复仇愿望，赶跑了刺客，搭救裴舜卿脱离了险境。舜卿十分感激慧娘，向她提出"永结为好"。慧娘内心万分悲愤，因为她已身首分离，不能为人妻了。这种复杂的感情，是较难表现的。赵燕侠用悲愤的眼神，抖动的双手，磋步挪动的舞姿，作了精彩的表演，并且情动于衷而形于外，流下了悲愤的泪。演出后，我询问燕侠同志："您演李慧娘时，为什么会流下眼泪？"她说："李慧娘对真善美的追求，深深感动了我，我进入角色了。"

燕侠同志告诉我，在九江演出时，上演《花田错》，扮演春兰，这是一位年方十六的翩翩少女，可是燕侠已有五十七岁了。一上场，观众感到演员老了，胖了。随着演员的进入角色，随着表演的展开，观众把演员的"老"和"胖"都忘记了，而被剧中的这位活泼可爱的少女所吸引，演出结束，剧场里爆发出热烈的掌声。由此可以看到，京剧的表演程式虽与现代生活有一定的距离，但它极富特色，是完全可以被观众所理解的。作为民族传统艺术的京剧，它扎根于民族文化的土壤，必定为广大群众所喜爱。

赵燕侠不仅艺精，而且气正。在上世纪60年代，她曾是现代京剧《沙家浜》阿庆嫂的扮演者。那时，江青经常来到《沙家浜》剧组，对赵燕侠这位杰出的京剧演员，一方面刻意拉拢，施以小恩小惠；一方面颐指气使，发号施令。赵燕侠心明气正，根本不理睬江青的那一套，弄得"女皇"内心十分不快，无端剥夺了赵燕侠担任的角色，还把赵燕侠作为"阶级斗争的对象"，实行政治迫害。

面对江青的迫害，赵燕侠刚正不阿，从不低头。在"文化大革命"中，赵燕侠是一位是非分明，敢于斗争，令人敬佩的女艺术家。

"文化大革命"结束后，赵燕侠平反昭雪，很快又走上了舞台。她以高昂的激情，率团在全国巡演，专程来到芜湖。她在芜数天的精彩演出，为我市现代戏曲演出史，留下了浓抹重采的一笔。

难忘的京剧演唱会

芜湖为长江沿岸著名之商埠，江边帆樯连片，岸上商贾云集，经济颇为繁荣。同时，又是一处文化交会之地，著名的戏剧大家、有品位的剧团，曾先后来芜演出。记得老岳父生前告诉我，新中国成立后，四大名旦之一的尚小云，曾率团来芜，在新华戏院演出《失子惊疯》，轰动全城。岳父为买尚小云戏票，整夜排队未睡觉。

数年前，芜湖成立了京剧协会，不少票友、粉丝纷纷参加，他们定期集中演练，赶往外地参加演出，取得了一个又一个佳绩。为满足广大票友、戏迷的需求，市京剧协会曾组织了一台京剧名家演唱会，邀请京、津、宁三地京剧名家，在范罗山百花剧场，登台献艺，让江城戏迷过足了戏瘾。

演唱会打头炮的是杰出青年老生凌柯，他是天津京剧院实验剧团国家一级演员，毕业于中国戏曲学院。师从余派，致力京腔原生态表现。行腔高处清亮悦耳，低处浑润苍凉，整个演唱婉转多姿，耐人寻味。他演唱《击鼓骂官》，声情并茂，令人叫绝。

朱宝光为著名马派老生，原战友文工团副团长。曾拜京剧大师马连良的大弟子王和霖为师。扮相端庄，行腔洒脱，颇得马派神韵。他演唱了马派名剧《苏武牧羊》片段，让戏迷领略了马派艺术的精妙。

张派青衣是广大观众喜爱的京剧旦角艺术。张萍为张君秋先生的亲传弟子，颇得张派神韵。《中国京剧音配像精粹》中张君秋的许多节目，大多由张萍配像。她扮相俊俏，表演细腻，唱功韵味醇厚，深受观众喜爱，她演唱了张派名剧《状元媒》片段，博得观众连连叫好。

姜派小生于万增，出身梨园世家，其祖父于连泉，艺名筱翠花，是筱派旦角艺术的创立者。于万增曾师承姜妙香、茹富兰、陈盛泰、江世玉等名家，主攻文武小生。表演传神，演唱流畅奔放，刚健有力。现为国家京剧院一级演员。其小生艺术，既有姜派的风雅，又有叶派的倜傥，博采众家之长。他演唱的《奇双会》片段，如行云流水，且气势豪爽，看不出他是一位年逾花甲之人。

康万生为津门著名花脸，曾拜方荣翔为师，又向夏韵龙、王正屏、李长春学习。他中气十足，嗓音铿锵有力，在《铡美案》中，将刚正不阿的包拯鲜明地展现在舞台上。

荀派杰出传人龚苏萍，是安徽的媳妇。毕业于江苏戏校，拜荀派名家孙毓敏为师。她嗓音圆润，表演清新，善于用眼神与身段展示人物的内心世界。演出中，龚苏萍即兴表演了《尤三姐》中三姐痛斥贾琏的一段戏，将胸怀正义的尤三姐刻画得惟妙惟肖，令人叫绝。

压轴的是著名老旦李鸣岩的演唱。李鸣岩出身梨园之家，自幼随父李连甲学戏。曾受教于谭小培、贯大元、李多奎、李金泉等。她嗓音古朴苍劲，表演自然大气，被誉为"京剧老旦传承第一人"。虽年逾八十，声音仍甘冽有力。演唱的老旦名段《钓金龟》《赤桑镇》仍刚正厚重，韵味十足。

京剧演唱，主要靠演员的嗓音和精彩表演。乐队的有机配合亦十分重要。这次名家演唱会，请来了国家京剧院国家一级琴师费玉明，战友文工团国家一级琴师高俊浩，他们高超的伴奏，让江城戏迷大饱耳福。

京剧名家演唱会已过去较长一段时间了，其动人的情景还历历在目，让人感奋不已。它是我市一次高质量的艺术盛会，亦是我市群众文化活动中值得回顾的盛事。

文苑拾锦

创始画派的艺术大师

萧云从，·明末清初芜湖人，字尺木，号无闷道人，于湖渔人，晚年自号钟山老人。

萧氏自幼聪颖，精通诗文，尤善绘画。他苦心专研唐、宋、元、明各代名家的画家技术，熔诸家笔墨于一炉，既转益多师，又勇于创造，形成了疏秀清新的独特风格，在画坛上产生了深刻的影响，被时人推崇为姑孰画派的始祖。萧氏一生创作了许多山水画卷，"工雅绝纶，极为艺林珍重"。如他早期所作《秋山行旅图卷》，显示了深厚的功力和非凡的才华。乾隆皇帝在该画上题款："几点萧萧树，疏皴淡淡山，由来以意胜，无不寓神间。秋景宜廖廓，客人自径还。粗中具工细，识语破天悭。"

萧氏的人物画亦不同凡响，他笔下的人物神采飞扬，栩栩如生。其代表作为《离骚图》，描绘屈原诗歌中的人物与故事，计有六十四图。著名文史家郑振铎，对萧氏所作《离骚图》十分赞赏，他认为这些作品"雅有六朝人画意，若'黄钟大吕之音'，非近人浅学者所能作也。"

萧氏的作品，已成为中国国画艺术的瑰宝，成为后人学习中国画的

必读教材。中国现代著名国画家黄宾虹指导学生作画时，就把萧氏作品定为反复揣摩的重点读本。萧氏作品流传到日本后，成为日本南画作者学习的摹本。1986年，美国哥伦比亚大学的一位教授印了一本介绍中国画的书刊，把萧氏的作品选作封面，并选登了萧氏作品数幅。由此可见，萧氏绘画艺术不仅在本国享有盛誉，而且在世界各地亦有一定的影响。

驰名中外的芜湖铁画，和萧氏有极密切的关系。铁画创始人汤天池，是一位打铁工匠，他就是在画家萧云从的启发帮助下，以锤代笔，以铁作墨，锻制而成。这种别具风味的工艺画，疏密有致，刚道有力，立体感强，赢得广大欣赏者的肯首。

芜湖人民为了纪念这位享有盛誉的杰出画家，在市内风光秀丽的镜湖之畔，建造了具有明清风味的尺木亭，亭边矗立着一座萧云从的紫铜坐像。画家侧坐于巨石之上，凝视的目光、沉思的面容、仿佛正在构思一幅精美的艺术画卷。为了继承和发扬萧云从的绘画艺术，促进民族绘画事业的不断发展，芜湖市成立萧云从研究会，并于1986年萧云从诞生390周年之际，举办了纪念活动，目前已开始着手征集萧云从的作品，编写萧云从的年谱，探讨与研究萧云从的绘画艺术。萧云从研究会副会长崔之模先生，自号甘棠村人，曾求学于浙江美术艺院，现为中国美术家协会会员。他笔下的山水疏朗多姿，秀逸宜人。他用干皴法绘成的雪景，妙趣横生，尤为人称道。在崔先生的作品中，既有时代气息的回荡，又有对萧云从传统绘画艺术的吸取。目前芜湖市有为数不少的一批绘画青年，正在奋发地耕耘着。我们深信，在一代画师萧云从的诞生地芜湖，由于传统艺术土壤的孕育，定会产生出许多深孚众望的艺术佳品，萧云从精湛的绘画艺术定将得到发扬光大。

别开生面的画展

癸巳春节之际，王定安先生水墨画展，在我市古玩城南山堂与观众见面。经挚友介绍，有幸参加了揭幕式，观赏了王先生数十幅山水、墨竹、人物佳作，琳琅满目，气象万千，可谓大饱眼福。这委实是一次颇具特色、别开生面的画展。

定安先生出生于水墨江南，自幼酷爱作画，曾向书画名家黄叶村、王石岑求教。凭着自身坚韧不拔的磨炼、喜读文史哲的素养，画艺日臻成熟。那一幅幅云蒸霞蔚的山水图画，用笔纵情恣意，线条刚道自如，意境耐人寻味。在画展上，他谈道："我不可能重复每一幅画，我希望在每一幅画中，能画出我不同的感受。"因此，他笔下的每一幅画，都极具个性，展现风采。

中国传统艺术讲究精、气、神。所谓"精"，应做到"精到"，体现出独特的艺术创造；所谓"气"，指"气韵生动"，使作品呈现出勃勃生机；所谓"神"，则要求作品具有迷人的神采，富有艺术的震撼力。通观定安先生的画作，深感他在"精、气、神"的表现上，下了很深的功夫，取得了喜人的收获，人们称他为"中国当代实力派画家"是名实相当的。

文化是作画的基石。定安先生喜爱读书，尤喜唐诗宋词，因而在其作品中，诗情画意特别浓烈，观者一眼望去，就有鲜明的意境美。中国传统水墨画是绘画与书法的完美结合，自古以来就有"书画同源"之说，许多杰出的国画家就是杰出的书法家。王定安十分重视画上的题款，信笔挥洒，跌宕多姿，颇具韵律美。在一幅山水的上端，题有古诗数首，诗画相映成趣，极具中国文人画之遗风。如《幽居图》中题翁卷诗《乡村四月》："绿遍山原白满川，子规声里雨如烟。乡村四月闲人少，才了蚕桑又插田。"诗与画相得益彰，使作品更具艺术感染力。又如《空山新雨》，题王维佳句："空山新雨后，天气晚来秋。明月松间照，清泉石上流。竹喧归浣女，莲动下渔舟。随意春芳歇，王孙自可留。"让作品增添了文人的雅兴。

定安先生这样写道："我爱水墨画，纵情地勾画，姿意地渲染，极偶然的艺术效果，真是令人陶醉，水墨精神给了我力量，使我勇敢地面对它，执着人生。"他在水墨世界中，耕耘了四十多个春秋，已步入天命之年，肩负着承上启下的艺术使命，希望他进一步加深对传统艺术精髓的吸取，进一步加深对时代艺术元素的融汇，创造出更多让广大观众惊喜的佳作。

勤奋谱新曲　吟唱和谐篇

周祥鸿同志的作品集《和谐吟唱》即将问世。我与他是多年交往的老朋友，向他表示由衷的祝贺。这是他的第五本作品集付梓，是他从近年来40万字的作品中，精选了其中的一半，结集而成。

祥鸿同志长期在报社担任负责工作。由于敏于感悟，勤于耕耘，曾发表了不少深受读者欢迎的作品，被选为芜湖市作家协会主席。他对工作的认真负责，对同志的诚挚相待，给我留下了极为深刻的印象。

"平生无所好，惟一手中笔。"数十年来，祥鸿同志以笔耕为生。读书、写文章，成了他生活的主旋律。他把写作视为人生的一大快事，称之为"快乐写作"。无论是散文、随笔、书评，还是诗歌、小说，他都广泛涉猎，且能得心应手，让人叹服，他被同行称作有为的写家。

写家是生活的有心人。他能直面人生，刻画生活的多姿多彩，使其作品成为时代的风云录。在《和谐吟唱》这一作品集中，就有反映芜湖改革开放三十年来巨大变化的动人文字。作者"亲历美好"，激动地写道："我是个'追梦人'啊！""这一切的梦如今全都化成了诗，全都

变成了画，我徜徉在这如诗如画的梦境中。"在《迎接圣火》这篇短文中，记录了祥云圣火在江城传递的动人情景，以及"点燃激情，传递梦想"的种种难以忘怀的时刻。这些洋溢着时代精神的作品，不仅可以让人感悟时代，还可以激发人们去更发奋地创造美好的新生活。

写家是热血奔放的抒情者。在其作品中，必然洋溢着炽热的情感，以其真情实感打动读者的心弦。祥鸿同志喜爱写诗，在他的许多作品中，都具有诗的感染力，充满了诗情画意。他在教师节到来之际，发表在报刊上的《老师对我们说》，热情地讴歌了辛勤的园丁对孩子们的教导，并以十分感激的心情，表示不辜负老师的期望。作者写道："说得最多话的是老师，我最难忘的话也是老师说的话"。"'好好学习，快快成长！'老师的话在我的心里化成了这句话，一直伴我走上工作岗位"，"老师啊，我要永远记住你对我说的话！"《梦回弋江》抒发了作者对故土的深深眷念；《母亲的那盏灯》寄托了作者对慈母的那份难以割舍的深情；《桑树情》再现了儿时生活的情景，把孩子们与桑树之间的不解之缘，写得活灵活现，让人忍俊不禁。

写家是人生的追问者。他总是对面临的种种社会问题，寻求其中的答案，并引导读者领悟人生的真谛，提升人生的价值。祥鸿同志喜欢写千字文，行文虽短，却揭示了社会的弊端，让人思索如何健康地生活。如《楼下有好戏》，勾画的是人间的一场闹剧，揭示的是世间追名逐利的丑恶心灵，刻画入木三分，读之令人深思。又如《送礼》，社会上的不少送礼，都包含有祈求对方为己办事的目的，而文中的送礼者，完全是出于对老领导人格的尊重，却被许多人误解了。当真相大白之后，送礼者对众人说出的三个字："我是人！"则点明了主题。健康的人，应自尊自重，绝不能腐蚀别人，得益自己。

写家是美梦的追逐者。他描绘绚丽的图景，憧憬美好的明天。祥鸿同志是一个与梦结缘的人。他在《说梦》中写道："人生有许多梦，生活中有许多梦，作品中也有许多梦，梦真是无处不在。""尼采说，就算人生是个梦，我们要有滋有味地做这个梦，不要失掉了梦的情致和乐趣。"作者正是乘着梦的羽翼，带着梦的斑斓，去享受生活中的美感。他在《季节的颜色》中就为我们铺陈了一幅四季美景：春，"以绿色为底色，让红、蓝、黄、白竞相争妍，形成了万紫千红的色彩"；夏，"让金黄领衔，让蓬蓬勃勃的色彩迸发出无限生机"；秋，"深红举起枫叶的浪漫，以一叶告知秋的来临"；冬，"晶莹剔透的银白世界啊，银装素裹，洁白人间"。这真是一个充满着梦幻的缤纷世界。梦的精美，梦的冲动，必然引导人们热爱生活，奋发创造新的生活。因为篇幅所限，对《和谐吟唱》无法作详尽的介绍，热心的读者还是自己去阅读品味吧。

勤奋谱新曲，吟唱和谐篇。优秀的文学作品可以净化人的心灵，提升人的素养，为构建和谐社会提供精神食粮。我们祝愿周祥鸿同态继续用他手中的笔，追随时代风云，谱写和谐篇章，为繁荣江城文学事业，作出新的贡献。

文若清风　人淡如菊

"迢迢星汉远，夜夜唤凉风。"

正衡的散文随笔集《静夜凉风》近日问世。承荣他厚意相赠，并在该书扉页上，题写了上述诗句。凉风，酷暑中迎面徐来之清风也。正当奇热难当之际有一阵清风拂面，让人顿觉清爽无比，直呼快哉！此时所有烦恼和不快，均被涤荡一空。阅读正衡之作品，确有这样的体验。是的，"唤凉风"不仅是正衡人生的企盼，也是他执笔为文的艺术追求。

著名学者杨义在《感悟通论》中指出："东方的感悟性和西方的分析性，在人类思维史上双峰并峙"。在我国，"感悟已成为一种诗性的潜哲学。对感悟的珍惜，就是对中国文化生命的珍惜。"有无较强的感悟能力，这是能否创作出让人叹服的艺术品的关键。翻开《静夜凉风》，近四十万字。其中有对亲情的感人倾诉；有对文友的逼真勾画；有对花影食语的诗意描述；也有对人间弊端的刻意针砭。由此种种，说明正衡是一位对生命有极强悟性的写家。他把生活中的林林总总写入作品之中，艺术地加以展现，还让作品闪耀着思想的灵光。

作为副刊编辑，正衡把来稿者作为自己的文友，乐于同他们交往。他在《副刊编辑丛谭》中写道："作为编辑，肯定有自己的喜好，但一定不要随意砍伐别人。""我们副刊编辑，办的是文学和文化的聚会和盛宴。一个优秀明智的有眼界的编辑，一定要有宽容之心，容得下多种个性与风格。"他与撰稿者真诚相待，结下了深厚情谊。这当中既有七八十岁、阅历丰厚的长者，也有二三十岁追求新潮的青年。"不薄熟人厚新人"，对那些蕴藏潜力且具鲜明特色的新作者，正衡总是热情扶持，为其提供崭露头角的平台。"尽力去做一个让大众写手称赞的平民编辑。"这正是正衡对自身的要求。

安于平凡，勤于劳作，这是正衡一贯的作风。在从事繁忙的编辑工作之余，一直笔耕不辍，写出了不少让人掩卷沉思的美文，《山人赵恩语》就是其中之一。赵恩语是一位茶艺研究者，又是难得一见的隐逸民间的学者，他撰写的《我们早已忘却了的童年》，约三十万字，独具文化意义与思想价值。正衡敏锐地发现了这位民间学者的不同凡响之处，对其进行了专访，写成一篇感人的人物特写。文中写道："在今日社会到处都浮躁着发财致富梦想的大背景下，比比皆是学人的短视与学术的功利，而民间学人的纯学术坚守，就成为一束难能可贵的光源，照亮的不仅仅是学术本身。"读此文，我们会在这一束难能可贵的光源的照耀下，扪心自问，不该去追逐那些浮名与虚利，应当为民族、为社稷做点切实有益的工作。正衡这一作品，曾荣获省报刊副刊好作品一等奖，全在情理之中。

"文字是透露作者生命基因密码的符号，作者的'自我'就涵容在这些文字中。"我深信，在今后的岁月中，正衡依然会把他对生活的感悟传递给读者，让读者分享生活中的芬芳，沉思生活中的课题。

水仙清雅怡人心

　　龙其霞学生时代就酷爱文学，大学期间参加全省大学生写作竞赛，以《草儿青青》一文赢得金奖，该文曾在《安徽文学》发表。走上工作岗位后，一直笔耕不辍，陆续在各地报刊发表了数十万字的作品。这次结集的散文随笔集《迟开的水仙花》精选了其中的二分之一，内容广泛，笔调活泼，风格清新，既体现了女性作者体察事物的细致入微，又展示了关心社会、关心民众的人生思索。

　　文学作品中蕴含的人文关怀，是作品具有的社会意义之所在。翻开其霞的作品，可以读到许多这方面的篇章。《通道里的箫声》写作者在上海外滩办完事，走入一条地下通道，听到一个五十岁中年男子吹出的深沉而又忧伤的箫声，"我渐渐放慢了脚步。他有家吗？有妻子儿女吗？如泣如诉的箫声是在回首往事，还是思念亲人？"这箫声难以忘怀，以至于"出差归来，返回到自己凌乱而又温馨的家，耳畔却常常想起那凄婉的箫声"。写的是通道里凄婉的箫声，呈现的是作者关注民间疾苦的博大胸怀。《哦，瞎女人》，抒发对一位卖老鼠药的瞎女人的诚挚关爱。文中写道："人到中年，方知生存不容易，看看那送液化气的，沿街叫卖甜酒酿的，酷暑的夜晚仍在灯下做裁缝的以及清晨扫马路的等等劳动者，可见残疾人生存更不容易。但无论世事如何变化，我永远赞赏和尊敬的还是自食其力而又'我心依旧'的人们，哦，瞎女人就是这群体中的一人。"作者并不是简单地同情与怜悯社会的弱势群体，而是赞扬他们之中那种自食其力的拼搏精神，这种精神正是我们民族生生不息的力量所在。《怀着一颗恻隐之心》叙述的是"我与老公拎着两个大包站在申元街与北京路交叉口，等待那对流浪夫妇"的故事。这对流浪夫妻，女人痴呆，男人弱智。文章结尾这样写道："工薪阶层的我们，粗茶淡饭，却不希冀自己大富大贵，家财万贯。世界是我们来旅行的地方，不必带着过多的行囊。一直喜爱听那首叫做《祈祷》的歌曲：让我们敲希望的钟呀，多少祈祷在心中……让贫穷开始去逃亡呀，快乐健康留四方，让世间找不到黑暗，幸福像花儿开放……"毋庸讳言，我们在建设小康社会的过程中，尚存在许多亟待解决的问题，我们应乐观向上，但不应对社会问题闭上双眼。但愿作为社会之本的人民越来越活得舒坦，但愿人文关怀能普照城乡。

"天然去雕饰，清水出芙蓉"，这是一种令人神往的审美境界。原生态文艺最大特色就是率直纯真，保持了原始状态的自然美，委实十分难得。其霞是一位务实率真、崇尚自然的女性，她最讨厌虚伪造作。文如其人，她的作品亦体现了这种艺术特色。在《心的归宿》一文中，作者对其家庭有这样的描述、"我的家，与今天人们津津乐道的时尚大相径庭。家里没有豪华的灯饰，也没有锃亮的大理石地砖，更没有霸气逼人的老板桌椅和散发着甲醛味的真皮沙发"，"一切时尚、前卫、高档的设备与我理想的生活情调格格不入。我宁愿落伍，也要真实、自然和温馨。"从作者布置的家庭环境，可以看出她的喜爱简朴、安于平凡，不事雕琢的人生追求。《卖螺蛳的老人》是最早发表在

水仙清雅怡人心

《芜湖日报》副刊上的作品。作者以朴实无华的笔触勾画了一位卖冰糖五香螺蛳的老人。当作者获悉老人已经离世，感到十分惆怅，并发出这样的感叹："是的，他的一生不能算是幸福的，活着也从不被人注意，但他是生活的强者，一个自食其力的真正的强者。"行文质朴流畅，给读者留下了极为深刻的印象。

文无定法。一个高明的写家应运用多种手法，在绝妙的变化中，让读者领略艺术创造之美。通览其霞作品，深感其构思与行文，极尽变化之妙。《一只红方凳》，借物写事，引发儿时的回忆，抒发对父母双亲的无限思念。《我家的"三不当真"》以三句话为线索，写夫妇间的斗趣和融合，笔调轻松幽默，让人忍俊不禁。《见识了VIP》以时尚的贵宾优待一事为主轴，凸现一个人钱包鼓鼓，而无文明素养，实在十分丢人。《QQ签名与葵扇题字》采取时尚与传统交融的写法，让读者从两种似乎毫无关联的做法中，看到了人张扬个性的行为特征。不必过多举例，足以看到其霞构思作品是下过一番功夫的，其变化之妙，确耐读者玩味。

时代风貌　百姓心声

芜湖市"千家万户赛春联"活动，从 1986 年开始，至今已届二十六个春秋。一项群众文化活历经二十余年，尚能蓬勃开展下去，不能不说是人间一大盛事。市文化馆将历届获奖春联，遴选若干精品，汇编成册，以作纪念，这委实是为群众文化办了一件大好事，并将为芜湖群众文化活动留下浓墨重彩的一笔！这项极有意义的群众文化活动，均由文化馆具体操办，他们为此耗费了不少精力和心血。作为一个自始至终"赛春联"活动的参与者和见证者，我愿意写上一些感言，奉献给读者。

"千家万户赛春联"活动之所以能持续至今日，且越办越好，主要原因如下：

第一，优秀的传统文化激发了广大群众积极参与的浓厚兴趣。

每当春节来临，写春联，贺新年，成了家家户户不可或缺的民间文化活动，这是千百年来民俗文化的生动体现。开展赛春联活动，正好抓住了群众文化的热点，为弘扬传统文化提供了舞台，因此赢得了城乡百姓的广泛喜爱，不仅本市民众踊跃来稿，就是一些邻近地区的百姓亦纷纷来稿参与。

第二，党委、政府鼎力支持，促成了这一活动经久不衰。

赛春联活动起初由市委宣传部发起组织，尔后由市文化馆负责牵头操办，每次获奖作品颁奖大会，均有市委、市政府分管领导参加。市委、市政府以及有关部门，对这项群众文化活动的关心和支持，促成了这一活动的蓬勃开展。

第三，企业与有关部门协作搭台，保证了活动的如期举办。

文化活动的开展，需要财力的支持，企业的参与，解决了这一难题。而文化与媒体的合作，扩大了这一群众文化活动的信息面，提高了活动的社会影响力。

第四，学者与文化人士参与评选，提高了群众文化活动的品位。

每届赛春联活动，均有当地著名学者、文化人士认真进行评选。安徽师范大学文学院教授孙文光先生一直热忱参与评选活动，并多次在颁奖大会上作精彩点评；已故著名书画家黄叶村先生、已故楹联研究者潘海鳌先生都曾作为评委，参与有关活动。这些学者和文化人士的参与，对提高赛春联活动的文化品位，起了积极的引导和保证作用。

第五，贴近时代，反映民心，赋予传统文化以崭新的社会内容。

时代在发展，社会在前进，群众文化活动也应该与时俱进，着力于新的创造。

赛春联活动倡导写时代之新风貌，抒民众之肺腑情。集子中收入的许多精品，反映了改革开放以来城乡的巨大变化，广大人民创造新生活的坚定信心，以及对美好未来的热切企盼。总之，这些出自众人之手的春联佳作，展现了时代的风貌，抒发了百姓的心声。

"千家万户赛春联"活动，已经产生了广泛的社会影响，收到了良好的社会效果，形成了芜湖市一项历久不衰的、享有盛誉的群众文化活动。

　　硕果取得，实属不易；展望未来，仍需努力。祝愿此项群众文化活动越办越好，再创辉煌。

伉俪觅石度韶光

芜湖，位于青弋江与长江交汇处，不仅是经济发达的繁荣商埠，而且是文化底蕴丰厚的名城。过去，这里曾经流传过文化名人米芾拜石的动人故事；如今，这里聚集了一群觅石、品石、藏石的朋友，形成了引人注目的赏石文化氛围。在江城赏石文化圈中，有一对热心参与的伴侣，这就是刘师银先生及其夫人鲍建生女士。

说来话长，刘师银与鲍建生相识相恋于上世纪70年代中叶。斯时他们下放在地处安徽宿松的农场，因濒临长江，与庐山、石钟山、小孤山相距颇近，便于他们劳动之余浏览庐山，拜访石钟山，登临小孤山，远观巍然屹立的翠峰，近察惟妙惟肖的巧石，常常为大自然的造化而震撼；内心也对多姿多彩的雅石，产生了深厚的感情，开始领略了"石不能言最可人"的妙趣。

美在于独具慧眼的发现，美在于辛勤付出的创造。刘师银夫妇常常同石友们一道奔赴皖南山区，度过多次寻求奇石的欢乐之旅。在崎岖的高山峡谷中，在湍急的溪流沙滩旁，夫妇俩忙于觅石、掘石、品石。突然，一方色彩斑斓颇有深意的雅石，进入他们视线，夫妇俩欣喜欲狂，赶快刨土掘地，将宝石收入囊中。

皖南山区出产的景文石，诞生于宣城与宁国交界的山涧中。由于铁元素融入砂石岩中，形成了各种美丽的画卷，有的如亭亭玉立的修竹，有的宛若丛林叠嶂的山峦。刘师银先生曾在宣、宁相邻的山沟中，觅得一方景文石，石上有一抹晚霞，余晖映衬着远山，山旁有一棵挺拔的古树巍然屹立，构成一幅大写意山水画卷，让人品味无穷。当地百姓原来称这种奇石为花纹石。后来，著名美学家王朝闻将其定名为"景文石"。刘师银先生这方命名为"晚山"的景文石，正是这一石料中令人称绝的佳品。

徽文石为黄山太平、旌德、泾县一带出产的名石。此石以黑地金纹为特征，石质细腻而坚贞，色调沉稳而大方，深受奇石收藏家的喜爱。在黄山市举办的石展时，受朋友之邀，刘师银夫妇抵达仙源古镇段的麻川河，在一座古桥下游150米的河滩上，埋头寻找徽文石。经山洪冲刷，裸露的河床上躺着各种各样的卵石，突然，发现了一方黑色的卵石，经刷洗，上端显现一个有隶书韵味的金色"福"字，且结构匀称，字迹流畅，尤其是最后一笔的弯钩，宛如人写一般的灵巧，可谓神来之笔！这方名为"天下第一福"的奇石，外形酷似酒坛，让人联想到是一坛福酒。福字右边，有一朵彩云，左边还有一只弯腰迎福的小鼠。鼠为生肖之首，寓意岁属之首，祝愿人们共享吉祥幸福的生活。一方奇石蕴含了多少丰厚的中华传统文化，委实令人拍案赞叹。刘先生此番黄山之行，真是天赐福也。

灵璧石，天下第一奇石，产自安徽灵璧县。自古以来，深受皇廷和名家青睐。获得一方上品灵璧石，为藏石家的终生追求。宋代有人赋诗赞曰："灵璧一石天下奇，声如青铜色如玉。透润四时岚岗翠，乾坤之宝落世间。"有一次刘师银夫妇专程到徐州吕梁镇，寻购吕梁名石。

在该镇奇石市场，发现一方三孔奇石，心里为之一振，遂以重金购入。经断定为灵璧彩玉石。徐州与灵璧相邻，在徐州奇石市场见到灵璧石，当属情理之中。该石上方之孔已开口，形成两只相向的凤凰之首，上大为凤，下小为凰。赏石文化中，石有透亮之孔，称之为"锁云"。凤凰下端，有两个不规则的圆孔，恰似两朵祥云。故定名"凤凰彩云归"。此石曾赴沪"万春园"参加奇石展，荣获铜奖。

刘师银先生曾在一国有企业任负责人。他是一位动手能力极强、极富艺术匠心的人。为每方奇石打造精美的底座，从创意、画稿、构图、落座、雕琢、打磨、油漆，都一一亲自动手，让雅石有了相宜的依托，更显得风姿绰约，仪态端庄。他见到一堆樟木大树根，从中选出可用者，经去芜取精，做成一桌四凳，置于庭院，成了精美的树根陈设，上置雅石，相得益彰。他还将一小樟树根，做成枝干错落的刚虬小树，将色彩斑斓的小雨花石，用铜线穿好，挂在树枝上，宛若春花盛开在枝头，眼前一片春色满园之景象。这种树，在中华传统文化中，亦称之"发财树"，象征财源茂盛，事业发达。

鲍建生女士是一位从事育人工作的园丁，夫妇志趣相同。不仅双双奔赴山谷河滩、奇石市场，寻求难得之奇石，还动笔撰文，畅谈觅石之乐趣，介绍喜获之各种奇石。她先后在报刊上发表有《我与雅石的奇缘》《七星河里觅美石》《惊鸿一瞥龙凤石》《凤约彩云归》《"秋江塔影"诞生记》《南陵人家南陵石》等。

经多年的奇石收藏，刘师银夫妇现有奇石200余方，大小不等，石种多样，各具特色。他俩选定"地大·橡树园"小区，建立了展示奇石收藏成果之"艺瘦堂"。他说将藏石展示地命名"艺瘦堂"，寓意有三，一是表达为丰富赏石文化尽力之决心，"衣带渐宽终不悔，为伊消得人憔悴"也；二是中华文化有谐音之说，"艺瘦"即"益寿"；三是瘦者，苗条多姿，楚楚动人。此为雅石"瘦、皱、漏、透"的重要审美标准之首。

进入艺瘦堂，博古架上摆满了千姿百态之雅石，黄腊石温润可人，千层石危崖惊世，三峡石色彩斑斓，灵璧石波谲云诡，太湖石玲珑剔透，宣石冷峻空灵……让人驻足玩味，不肯离去。雅石需要用心去感悟，需要用诗化的语言去表述。从一方方雅石的命名中，可以见到刘先生的艺术匠心。一方白色灵石上有人行进，被命名为"高士踏雪"；一方黄腊石，宛如山峦，上有金色余晖，被命名为"金山夕照"；一方寿山石，上有红黄斑点，被命名为"山花烂漫"；一方宣石，有溪水涌动瀑布直泻之痕迹，被命名为"雪融瀑声近"；一方身姿婀娜的黄戈壁石，被命名为"清供"。凡此种种，均给观石者以无穷的审美快感和丰富的联想。

石聚天地之精华，汇山川之灵秀，虽默默无语，都在沉雄中孕育着思想，饱含着哲理，与雅石打交道的人，心胸开阔，充满乐趣。

为了与广大石友以及众多爱石者分享雅石之妙趣，刘师银夫妇决定将其珍藏的各类奇石挑选一部分编辑成书。他们为推动芜湖赏石文化的发展，做了一件十分有意义的实事。我们衷心祝贺这本赏石之书的问世。祝愿刘师银先生和鲍建生女士藏石之业不断有新的成效。祝愿这对志趣相投的伉俪，在与雅石的对话中，共度美好时光。

步入万卷闻书香

著名戏剧家莎士比亚说过："书籍是全世界的营养品。"购入一批有品位的好书，如同请来了一些良师益友，经常与其对话，其乐无穷。正因如此，不时光顾书店，成了我生活的一部分。万卷书屋，就是我经常驻足之处。在那里，我觅到了不少心爱之书，闻到了书籍浓郁的芬芳。

当今世界，年轻人是创业的生力军。万卷书屋就是由两位年轻人合伙创办的。一位叫宋磊，他勤劳朴实，待人热情，坐镇书店，负责销售业务。另一位叫汪华，他轻巧机灵，密切关注各地图书销售动向；不辞辛劳，奔赴各地采购适销对路的好书。就是这两位年轻人紧密合作，把万卷书屋办得红红火火。他们还根据信息化时代的特点，开设了网上销售服务，全国各地读者可以在网上选购其图书。北至黑龙江的佳木斯，南至海南岛的三亚，均有读者向万卷订购书籍，并得到了满意的服务。可以毫不夸张地说，万卷书屋已成了芜湖的一张文化名片，通过万卷书屋对全国各地读者的热情服务，人们认识了江城芜湖，认识了芜湖人民的勤奋与热忱。

正如万卷书屋所言："不用东奔西走，好书这里常有。"他们进书的品种繁多，文、史、哲、宗、艺，各种门类，应有尽有，而且品位不错，人们可以从这里挑选到喜爱的好书。数月前，我在万卷曾购到金克木著周锡山编，由中国人民大学出版社出版的《文化卮言》，确有喜出望外之感。金克木，祖籍安徽寿县，现代著名学者。其学问文章堪称一流，继钱锺书之后，选大家的，似乎只能是这位老先生。他多年致力于梵语文学和印度文化的研究，是中国著名梵语学家。他通晓多国文字，学贯中西，与季羡林、张中行、邓广铭并称为"未名四老"。《文化卮言》中，收集了金克木先生从1935年至1995年，六十年间学术论著的精华，内容涉及中外文化、语言学、文艺学、史学、美学等诸多领域，文笔随意，颇似聊天，却又机趣盎然，读之颇受教益。我还在万卷书屋购入一套《王朝闻集》共二十一卷，由河北教育出版社编辑出版。王朝闻先生是杰出的美的创造者，他创作的毛泽东侧面浮雕像，被用作《毛泽东选集》封面画像，他创作的立体雕女英雄刘胡兰像，已成为红色雕塑的经典。王朝闻先生还是一位美学理论的大家，他的审美研究，注重从实际出发，援引身边生动的事例，阐发审美的内在规律。这一套《王朝闻集》，系统收入了王朝闻先生生前发表的多部文艺评论集和美学文集，对了解和研究王朝闻先生的文艺观和美学见解，是不可多得的重要资料。前不久，我还从万卷书屋觅得一套"读书台笔丛"，共十册，由江苏教育出版社出版发行。这套笔丛汇集了南京、扬州、南通、杭州、上海五城市的文人学士近年来"游思文林"而写下的随笔妙文，其中有王振羽的《漫卷诗书》、陈学勇的《浅酌书海》、徐雁的《书房文影》、薛冰的《淘书随录》、董健的《跬步斋读思录》等，集子中的作品，短小精悍，融知识性与趣味性为一体，让人读后遐思万端，获得了不少新启示。

据悉，汪华在春节前夕，专程赴宝岛台湾，了解那里的图书市场，带回了数千册台湾的文史专著，这对促进海峡两岸的文化交流，定有裨益。

南朝昭明太子萧统在一封答友人的书信中写道："与其饱食终日，宁游思于文林。"人活着，既要有物质上的保障，也要有精神上的支撑。读书求知，"游思文林"，这更是现代社会的必然需求。党中央提出，建设学习型政党，建设学习型社会，要求党员和群众，加强自身学习，提升自身修养。因此，一个城市不仅要求有优美的人居环境，也要求有满足市民购书的知名书店。

文苑拾锦

谦逊自处

于是之是北京人民艺术剧院的著名演员，他在《龙须沟》中扮演的程疯子、在《茶馆》中扮演的王掌柜，丝丝入扣，栩栩如生，成为话剧艺术中人物塑造的不朽经典，一直活在广大观众的心里。显然，于是之是观众喜爱的话剧明星，驰名的表演艺术家。然而，这位话剧明星却能正确地估价自己，谦逊地对待众人。

于是之常说一句口头禅："我只是个普通的演员。"他在自己的名片上仅写着"演员于是之"几个字，至于职务、职称，虚的、实的各种头衔一律全免。他在出版文集时，一再叮嘱编辑，把书名定为《演员于是之》，切莫在名字前面加上什么，包括"著名演员""表演艺术家"之类。于是之喜爱书法，他写的字潇洒、俊秀，令人喜爱。一位同行对他说："于大师，您为密云水库题的'碧绿'两字，挺飘逸，能赐我一张墨宝吗？"于是之谦虚地回答："我写字缺少金石气，小时候练过赵之谦的隶书，那只是流而非源，麻烦你给我找一本方笔的汉碑，好从头学起。"正因为于是之永远不满足自己，才孜孜以求，不断有更大的长进，终成表演艺术大家。

孩提时代，获得一点新知，内心无限欣喜，一有机会，就想展现出来。这时候，母亲就告诫我："儿啊！半瓶醋好晃荡。懂得多了，就知道知识无边，不会那么自我陶醉了！"随着年龄的增长，阅历的丰富，逐渐认识了"半瓶醋好晃荡"的道理。人生有限，知识无涯，只知晓一点皮毛，就自以为了不得，真是渺小得不值一提。

　　享誉世界的俄国文学家列夫·托尔斯泰曾深刻地比喻说：如果把人看成一个分数，其分母是自身的实际价值，分子则是对自身的评价。自己对自己的评价愈高，分值自然会愈小。由此可见，谦逊自处，正是提高自身价值的灵丹妙药。

　　"虚怀若谷"，这是古人对一个胸襟开阔、积极进取的有识之士的形象描画。

　　谦逊不仅是一种美德，而且也是头脑清醒的最佳表现。世间万象，林林总总，人们对其认识和把握是难以穷尽的。所以，知总是相对的，未知却是人们经常碰到的。如果知之甚少，就自以为掌控了世界，这就背离了事实，定会闹出笑话来。唯有谦虚，时时想到自己的不足，不断充实自己，不断完善自己，才会永不止步，不断获得新的突破。

　　古代圣贤告知我们："天不言自高，地不言自厚，桃李无言，下自成蹊。"人自身的价值是一种客观存在，无须去自我粉饰，亦无须对外张扬。所以，谦逊自处正是一种既朴实又聪明的处世态度。

才义双佳数董郎

人生倘若遇上一位才义双佳的友人，互有交往，畅叙情谊，将会使生存空间变得更为充盈，生活亦显得极有趣味。

董金义同志，在我交往的朋友圈中，属较年轻的一位，大家称他为"小董"，戏称"董郎"。说他"小"，其实也五十出头了。女儿在京工作。他在报社，也属资深编辑。

金义同志，笔名荆毅，在网络微博中，辟有"荆毅晚风"专栏。他的第一部散文集《庸常岁月》，记故土乡情，述人生感悟，娓娓道来，文笔清新，似有著名乡土作家沈从文之遗韵。

今年金秋时节，他被吸收为中国作家协会会员，成为我市为数极少具有这一头衔的人。荣获这一荣誉，他显得十分低调，说是碰上了好机遇，表示作为一个新的起点，今后应加倍努力，写上几篇让读者喜爱的作品。

金义出生于青弋江畔的南陵许镇一个农户的家中，靠自己的聪颖和奋发，考上了巢湖卫校，毕业后在市四院任医生。由于酷爱写作，发表了一些文章，崭露才华，被《大江晚报》副刊部招为编辑，从此弃医从文，走上了文学之路。

对工作的极度负责，对朋友的极度热忱，是董金义同志为人的品格。

报纸离不开印刷，报社急需解决印刷厂常年亏损的问题，需要配备一位敬业的厂长。领导将目光注视到小董的身上，认为他为人忠实，可承当此任。

从熟悉的文学编辑的岗位上，改行从事印刷管理，委实是一件令他十分为难的转折。为了报社的大局，他以事业为重，毅然接受了组织的安排。

经过一段刻苦的实践，小董逐渐掌握了印刷厂的内部管理要素，降低成本，减少损耗，逐步实现了扭亏为盈，为报纸印刷开创了新局面。

小董能撰能书，是文艺的多面手，不仅笔耕不辍，而且书法出众。行书舒朗娟秀，富有书卷味。

他还是一位嗓音纯厚的出色歌手，一曲《父亲的草原母亲的河》，唱得苍茫、辽阔，饱含深情，把蒙古族民歌长调的风味，抒发得感人至深。每当朋友聚会时，他献上一首金曲，总会让大家十分欣喜，赢得热烈掌声。

石头无言，最可人。小董还是一位喜欢收藏巧石的有心人。他住宅的客厅中，陈列有灵璧石、三江石、太湖石、宣石、徽石等别具一格的名石，让观者产生审美的惊喜。

深蕴内秀且善于学习的金义同志，年纪才五十出头，正处于人生的黄金时节。祝愿他一如既往，奋然前行。在今后的岁月里，会获取更多的感悟，创作出非同凡响的文学新作。

撰史圆梦　点赞芜湖

秋雨飘沥，王东同志冒着细雨来到我处，送来了才出版的《十大商帮与芜湖》，让老朽分享他史学研究之硕果，令我十分欣喜。

我与王东同志的交往，始于上世纪80年代。那时，我在市教委工作，他在鸠江区教委任主要负责人，为普及九年义务教育，他披荆斩棘，奋力推进，使一个基础教育十分薄弱的区，上升为基础教育先进区，受到了省教育厅的表彰。他待人热忱，工作干练，给我留下了极为深刻的印象。

如今，当年朝气蓬勃的小伙子，已进入了中年。退居二线之际，他把精力投入读书和研究，在清静中着力笔耕，陆续在《大江晚报》上，发表了不少有见地的地方史专文，显示了他的写家风采。

王东的父亲王廷元先生，为安徽师范大学历史与社会学院资深史学教授，致力徽商研究，他的多篇徽商研究论文，至今仍为后人深入研究徽商的重要参考。由于生活在这样一个学养浓厚的书香之家，王东对文史一直饶有兴趣。

史学是建立于史料的基础之上的。俗话说"巧妇难为无米之炊"，

没有充实、可信的史料，就难以撰就新颖、深刻的史论。王东之父，为研究明清史，曾收集了不少相关史料。王东为研究芜湖地方史，也时刻注意搜集与芜湖有关的历史上的人和事。有一次，我同他一道访问无为，来到无为图书馆，他曾向馆方询问吴廷翰的相关著述。吴廷翰是无为明代一位杰出的哲学家，他有较为系统的哲学思想，始终坚持朴素的唯物论，主张"只有气质之性，别无他论"。他的哲学思想传入东瀛，为日本的哲学家所仰慕。王东询问有关吴廷翰的书籍，是打算对吴廷翰作专题研究。

"知今宜鉴古，无古不成今"。人们之所以重视史学，是因为历史是一面镜子，它可以通过对史实的追忆，吸取历史的借鉴，满怀信心地去创造未来。

芜湖襟江带河，区域优越，物产丰盈，经济发达。早在明清之际，就是"五方杂处""百货杂陈"的繁华商埠。王东长期生活于芜湖，对芜湖这方热土，怀有一种诚挚的乡恋。他继承乃父专注芜湖研究的传统，着力梳理芜湖地方史。

作为商都的芜湖，以往驰骋全国的十大商帮，曾先后入驻，积极参与了芜湖的经济开发。各路商帮在芜开发的历史，也有力地证实了芜湖昔日的辉煌。

王东同志的史学论著，思路清晰，文笔晓畅，引证的史料亦颇为丰富，让人们在生动史实面前，了解芜湖的昨日，自会振奋不已。

点赞芜湖的历史，人们为祖先昔日杰出的创造万分激动；实现梦想，更应以昔日之辉煌为鞭策，奋发地创建更加辉煌的未来。

我想，这应该是王东同志致力于芜湖地方史研究的初衷，亦是我读他有关史论的感悟。

后　记

　　老夫年近八十，以往曾出过数本文集。这本《岁月回眸》集，为近些年所撰散文的一个汇编，亦为有生的最后一本文集。

　　"文章千古事，得失寸心知。"我一直秉持为文应"有感而发""有益于世"的要求，倘若这些文字，让读者阅后，有所获益，也就实现了作者的初衷。

　　本书出版过程中，得到安徽师范大学党委书记顾家山同志的关心与支持。学校办公室主任曾黎明同志百忙中多次与校出版社联系相关事宜。在此，一并向他们深表谢意。

　　校科研处为本书的付梓，鼎力相助。内心十分感激。

　　时值金秋，我为耕耘的收获，颇觉欣慰；亦为祖国的繁荣昌盛，倍受鼓舞。实干兴邦，逐梦成真，更加美好的未来，靠我们勤勉的双手去创造。

朱典淼

丁酉年深秋

撰于市东左岸耕耘居

后记